A
filha
do pastor das
árvores

SÉRIE

O POVO DAS ÁRVORES

A filha do pastor das árvores

GILLIAN SUMMERS

A filha do pastor das árvores

Tradução
Flávia Carneiro Anderson

1ª edição
Rio de Janeiro
2011

BERTRAND BRASIL

Copyright © 2007 by Berta Platas and Michelle Roper
Publicado por Flux, um selo da Llewellyn Publications
Woodbury, MN, 55125 USA. www.fluxnow.com

Título original: *The Tree Shepherd's Daughter*

Capa: Raul Fernandes
Foto de capa: Felicia Simion/Trevillion Images

Editoração: DFL

Texto revisado segundo o novo
Acordo Ortográfico da Língua Portuguesa

2011
Impresso no Brasil
Printed in Brazil

CIP-Brasil. Catalogação na fonte
Sindicato Nacional dos Editores de Livros, RJ

S953f	Summers, Gillian
	A filha do pastor das árvores/Gillian Summers; tradução Flávia Carneiro Anderson. – Rio de Janeiro: Bertrand Brasil, 2011.
	280p.: 23 cm
	Tradução de: The tree shepherd's daughter
	ISBN 978-85-286-1536-4
	1. Romance americano. I. Anderson, Flávia Carneiro. II. Título. III. Série.
	CDD – 813
11-7467	CDU – 821.111(73)-3

Todos os direitos reservados pela:
EDITORA BERTRAND BRASIL LTDA.
Rua Argentina, 171 — 2º andar — São Cristóvão
20921-380 — Rio de Janeiro — RJ
Tel.: (0xx21) 2585-2070 — Fax: (0xx21) 2585-2087

Atendimento e venda direta ao leitor:
mdireto@record.com.br ou (21) 2585-2002

Para o meu querido companheiro,
que convive há anos com gatos rabugentos, cachorros enormes e
pilhas de livros excessivas em nossa cabana no norte da Geórgia.

Agradecimentos

Muito obrigada a Maureen e Nancy por seu entusiasmo e sabedoria; à equipe de pesquisa do Festival da Renascença — Shannon, Christina, Graham e Jack —, que teve de aguentar coxas de peru, torneios, queimaduras de sol e vários beijos de donzelas; a Summer pela avaliação cuidadosa; aos meus editores maravilhosos Andrew Karre e Rhiannon Ross, que leram, releram e deram sugestões incríveis e valiosas; ao meu excelente agente Richard Curtis (você é ótimo!) e a todas as pessoas criativas e encorajadoras que participam do grupo de autores de literatura juvenil da Yahoo.

1

Árvores. Embora Keelie Heartwood imaginasse que sua vida não poderia se tornar mais deprimente do que já era, a visão da floresta verdejante deixou-a ainda mais triste. Ela já podia sentir a comichão provocada por sua alergia. Se qualquer tipo de madeira fazia com que se sentisse mal, as árvores vivas eram ainda piores.

Keelie deu um passo à frente, escorregando um pouco, e sentiu um cheiro horrível. Olhou para baixo. Havia pisado num montículo de cogumelos podres em decomposição.

— Eca!

Um trovão ressoou em meio às nuvens escuras no céu nublado, que prometia mais chuva. Outra péssima notícia para seus tênis brancos. Nos últimos tempos, todas as novidades haviam sido ruins.

A lama preta no caminho sinuoso, amplo e ladeado de árvores sugava seus tênis, manchando-os, enquanto ela se esforçava para acompanhar as passadas rápidas da sra. Talbot. A mulher era a advogada de sua mãe, e Keelie a odiava quase tanto quanto já detestava o Colorado. Atrás delas, as rodas do táxi que as deixara giraram no cascalho solto, fazendo o carro arrancar, derrapar na estrada pavimentada e partir a toda velocidade. Keelie preferiu não olhar, para evitar que sua vontade de voltar à Califórnia se estampasse em seu rosto. Jurara a si mesma que não choraria, mas as lágrimas teimavam em despontar, tentando encontrar vazão. Talvez fossem as árvores. Havia muitas ali, e a comichão começava a se transformar numa séria crise de nervos.

Com o coração acelerado, Keelie puxou mais para cima do ombro a alça da pesada mochila de couro, sem querer correr o risco de estragar as poucas roupas que lhe restavam. A companhia aérea havia perdido sua bagagem, outro ponto negativo em seu dia horroroso, em sua vida horrorosa.

O aroma apetitoso de carne assada percorreu o ar, cortando o cheiro úmido e terroso que encobria tudo como um cobertor mofado. A barriga de Keelie roncou. As únicas coisas que ela comera durante o dia tinham sido o pacotinho de amendoim e os minissalgadinhos que a comissária de bordo lhe oferecera no voo de Los Angeles. Pena que se sentira deprimida demais para aceitar a oferta da sra. Talbot de lhe comprar um sanduíche na Au Bon Pain, no Aeroporto Internacional de Los Angeles.

Pelo menos já não chovia, embora, a julgar pelos trovões e pelo tempo fechado, um temporal pudesse cair a qualquer momento. Nuvens escuras como bolas de canhão esponjosas adejavam sobre as sempre-vivas. Mais adiante, a quantidade de árvores diminuía, revelando duas torres amarelas bem altas, de aspecto antigo, nas laterais dos imponentes portões de madeira com dobradiças de ferro preto. A entrada era ladeada por leões gigantes de topiaria. Um deles estava sentado no chão cheio de folhas, a pata num imenso escudo, no qual se lia "Bem-vindo ao Festival da Renascença de Montanha Alta"; o outro se encontrava agachado, como se prestes a dar um salto.

Circundada pelas árvores altas da floresta, a entrada parecia um cenário abandonado de *O senhor dos anéis*.

Artificial, pensou Keelie. Tudo ali havia sido montado, exceto as árvores. As pontas dos dedos da garota formigavam, por causa da madeira viva ao seu redor. Nunca estivera numa floresta tão grande. A qualquer momento teria urticária.

As pessoas perambulavam na frente do quiosque que servia de bilheteria, algumas se reagrupando, prontas para partir, outras procurando o dinheiro do ingresso nas bolsas e carteiras. Ao lado do quiosque, um gigantesco mapa do festival mostrava que o lugar era enorme, cheio de ruas, e até mesmo um lago. E uma desanimadora área florestal imensa. Nada de almoço. Keelie estava enjoada.

À frente, a sra. Talbot ignorou a bilheteria e desapareceu portões adentro, andando com determinação. Keelie fora abandonada para seguir caminho sozinha. Grande novidade! Sua mãe também havia sido uma mulher muito ocupada. Keelie estava acostumada a se virar sozinha. Em breve faria dezesseis anos, e não seis.

Dois guardas grandalhões, com armaduras cinematográficas, correram atrás da sra. Talbot.

— Ei, senhora, pare! Precisa comprar o ingresso.

Keelie sorriu, satisfeita ao ver que a advogada fora pega em flagrante. Bem feito!

A garota deu um sorrisinho dissimulado para o atendente, prendendo os cabelos atrás da orelha. Esperaria ali pelo táxi que as levaria ao aeroporto assim que La Talbot fosse expulsa do festival.

Um atendente arregalou os olhos ao vê-la e fez uma exagerada reverência.

— Seja muito bem-vinda, senhorita. Seu pai a aguarda. Bem-vinda ao Festival da Renascença de Montanha Alta.

Ele lhe entregou um mapa e um folheto.

Keelie o fitou espantada, segurando os papéis. Será que aquele homem era vidente?

— Ei, ande logo! — A sra. Talbot acenava, chamando-a para entrar. Os dois guardas já voltavam à área da bilheteria, um deles contando o dinheiro.

Keelie soltou um resmungo, pois sua alegria durara pouco. Aproximou-se dos leões. Ninguém bloqueou seu caminho. Mas um movimento, detectado com o canto dos olhos, levou-a a se virar. O leão tinha mesmo encolhido os ombros? Podia jurar ter visto uma ondulação esverdeada percorrer o corpo do felino. Impossível. Devia ter sido uma rajada de vento.

Uma vibração à sua direita. O rabo com ponta peluda do animal oscilara, como se ele estivesse prestes a saltar da base de pedra e correr para a floresta. O homem fantasiado à entrada olhou de esguelha para Keelie e fez sinal para que ela prosseguisse. Ele não notara o movimento e a deixara passar: ou ela era aguardada, ou aquele lugar podia ser considerado negligente no que dizia respeito à entrada das pessoas.

Keelie estremeceu ao passar pelo estandarte e pelo enorme portão. Parecia uma fortaleza barulhenta. Uma ruidosa prisão. Rufos primitivos marcavam o compasso das gaitas de foles, dos violinos e das trombetas desafinadas, em uma mistura estonteante, pelo visto apreciada por aqueles pobres coitados.

Apesar da saudação simpática no escudo do leão, não haveria nenhuma acolhida para Keelie. Ela com certeza, que, não queria estar ali.

A garota deu uma olhada no relógio. Duas horas naquela nova vida e seus tênis já estavam acabados; sua bagagem, perdida; e sua coluna, dolorida. Além disso, na certa suas unhas deviam estar um desastre. Sem falar nos formigamentos e na náusea que sentia por causa da floresta. E, para completar, estava vendo coisas.

Queria — não, precisava de — um banho quente e uma massagem. Tempos atrás, sua mãe ligaria para TJ no spa diurno Belos Sonhadores e marcaria uma hora para fazerem massagem lado a lado, com pedras quentes. Keelie tinha vontade de pegar o próximo avião de volta à Califórnia e à civilização. De volta para sua mãe.

Sua mãe, que dizia "Está bem, querida. Vamos conversar a respeito" sempre que Keelie via ou sentia algo estranho, inexplicável. Quanto mais amadurecia, mais as duas trocavam ideias daquela forma. Sua mãe sempre fazia com que se sentisse normal de novo.

No entanto, ela não estava mais ali. Keelie inalou profundamente, achando difícil respirar. Sentia a presença dos pinheiros ao redor e tinha a sensação de que lhe sussurravam algo. Estava prestes a ter um ataque de claustrofobia, mas para onde fugiria com aquele monte de árvores ao redor?

— Ande logo, Keelie. — A voz da sra. Talbot veio de algum lugar à frente. — Se eu não for embora daqui a trinta minutos, vou perder o voo de volta.

Pelo visto a sra. Talbot, que também trabalhava na firma de advocacia da mãe de Keelie, recebera uma tarefa ingrata, a qual, obviamente, executava a contragosto. Keelie imaginou como a sra. Talbot teria reagido na reunião: "Levar a pirralha até o Colorado?", perguntara na certa. "Não podemos simplesmente deixá-la no aeroporto?"

Mas, não, isso teria sido muito arriscado, já que havia a possibilidade de a menina fugir, após o incidente no primeiro fim de semana. Keelie passara a ser considerada uma fugitiva em potencial, que precisava de acompanhante, como um bebê. Embora fosse verdade, era de enlouquecer.

Irritada, a garota conteve as lágrimas, que ameaçavam voltar.

— Engula o choro — murmurou para si mesma. — Não demonstre seu medo. — Não queria parecer uma chorona quando encontrasse o pai, que não via desde pequena. *Meu pai biológico*, lembrou a si mesma.

A lama fazia barulho a cada passo de Keelie, que tentava, com dificuldade, acompanhar a advogada em seu formal terninho azul-marinho. A mulher vestia uma roupa totalmente inadequada para aquele lugar. Por sinal, a própria Keelie também.

Embora os visitantes que se dirigiam em bando à saída parecessem cansados, relembravam às gargalhadas os melhores momentos do dia. Se haviam acabado de fazer os mesmos programas, para que recontá-los? Será que sofriam de algum tipo de amnésia?

A sra. Talbot caminhava contra a maré humana, desviando-se com agilidade para evitar colidir com os turistas. Como conseguia? Embora o salto alto devesse afundar na lama, ela se movimentava como se o caminho de terra fosse igual ao piso de granito polido da firma Talbot, Talbot & Turner em Los Angeles.

Keelie apertou o passo, decidida a não parar. *Não reclame, não*, disse a si mesma. A sra. Talbot fez uma pausa em uma barraca de bijuterias e perguntou algo à atendente atrás do balcão. Em seguida, apontou para sua acompanhante e agitou uma pasta. Keelie sabia que a diminuta etiqueta branca colocada ali dizia "Keliel Heartwood", projeto número seja lá qual fosse na vida tumultuada da advogada.

A atendente rechonchuda e de rosto corado, que usava um traje medieval com um corpete superapertado, balançou a cabeça.

— Não sei, senhora — respondeu. A impressão era de que a qualquer momento seus seios enormes arrebentariam o corpete, como melões arrochados. Olhando para Keelie, franziu o cenho.

Um sujeito que parecia ser de outra era, com um avental de couro asquerosamente gorduroso na parte da frente da estranha roupa medieval, cutucou o ombro da sra. Talbot.

Keelie disfarçou o sorriso ao ver que a advogada conteve um grito.

— Ela se referiu ao marceneiro — disse o velho à atendente, falando com um sotaque inglês escancaradamente falso. Em seguida, virou-se para Keelie. — Então é um deles? Ouvimos falar que você viria. Continue um pouco mais por esse caminho, senhorita. Heartwood está na construção de madeira de dois andares, perto da justa. Não é, Tania? — perguntou ele, arqueando uma das sobrancelhas grossas para a atendente peituda.

Justa. Keelie meneou a cabeça. Demais. E o que ele quisera dizer com "é um deles"? Ela não tinha nada a ver com aquele lugar. Fingiu observar os colares e amuletos expostos. Uma caixa com pedras polidas chamou sua atenção.

— Quanto custa esta?

— Apenas dois dólares, querida. — As palavras foram ditas com suavidade, porém o tom de voz da mulher era frio.

Keelie tirou duas notas novas da mochila e colocou-as no balcão, tomando o cuidado de não tocar na madeira. A sra. Talbot chamou-a de um ponto mais distante, no caminho de terra. A garota ignorou-a. Examinou as pedras na caixa e pegou uma ovalada, cor-de-rosa e cheia de veios.

— Vou levar esta aqui. É o quê?

— Quartzo rosa. — Os dólares haviam desaparecido. — Anda, a mulher está chamando você. E obrigada pela compra. Esta já é a segunda semana de mau tempo. Mais uma igual a essa e vamos virar um show de lama.

Keelie pegou o quartzo, receando que a mulher iniciasse uma imposição das mãos ou uma cantoria aos deuses. Começou a trovejar de novo, o que levou Tania, a contrabandista de melões, a fazer uma careta, preocupada.

— Ainda bem que está quase na hora de fechar — comentou ela. — Pelo visto, vai cair uma tremenda tempestade.

Rajadas de vento fizeram os estandartes coloridos no alto esvoaçarem, esticando as cordas. A brisa trazia um forte aroma de ozônio — certamente choveria em breve. Keelie colocou a mochila de couro nas costas e, em seguida, olhou de soslaio para seu conjunto de blusa e casaquinho de lã brancos e a calça capri, de linho azul, e sussurrou:

— Eu não devia zombar de La Talbot. Também estou arrumada demais para esta Terra do Nunca.

Do outro lado do amplo caminho de terra, pessoas de uma família gargalhavam ao sair cambaleantes, esbarrando umas nas outras, de uma barraca em que se lia "Labirinto Mágico". Keelie odiou-as por estarem felizes e unidas. A mãe olhou-as de relance ao passar e arqueou a sobrancelha ao ver o terninho da sra. Talbot. Keelie percebeu que as roupas das duas as tornavam mais chamativas que os bobos da corte, os homens com pernas de pau e os camponeses medievais que perambulavam aos montes por ali. O estômago de Keelie roncou de novo.

— Sra. Talbot, será que podemos...

A advogada havia sumido. A garota olhou ao redor. Nem sinal da mulher de terninho azul-marinho.

Um estrondo fez Keelie olhar para trás. Uma prateleira com bijuterias expostas despencara. Colares espalharam-se pelo chão lamacento.

— Meus produtos! — Tania começou a pegá-los. — Este festival está amaldiçoado!

— Shhh, minha jovem. Não deixe a administração ouvi-la dizer isso. — O velho perdera o sotaque.

O lugar continuava apinhado de visitantes; nem todos se dirigiam à saída. Era difícil caminhar em linha reta. Quando Keelie julgou ter vislumbrado o terninho azul-marinho da advogada, foi cercada por um grupo de falsos camponeses, que, cantando animadamente, chegara pela trilha do alto da montanha.

Um grandalhão de casaco vermelho, orlado com pele falsa e adornado com dúzias de sininhos prateados retinindo, vociferou com voz de megafone:

— Abram caminho para o rei e a rainha.

O grupo de pessoas vestidas como camponeses que circundava Keelie gritou:

— Hurra! Hurra!

Prendendo a respiração, Keelie tentou abrir passagem. Estava quente e úmido, e vários camponeses levavam longe demais sua atuação. A garota sentiu que alguns precisavam urgentemente se familiarizar com o desodorante dos tempos modernos.

Ela vislumbrou algo azul-marinho passando por entre as árvores, no outro lado da trilha. A sra. Talbot.

Keelie abriu caminho e, então, viu a advogada agitando a pasta diante do rosto de um homem. O sujeito usava chapéu de bobo da corte e calças de seda com retalhos coloridos. E pernas de pau. Ele se inclinou da cintura para baixo, tentando ler os papéis mostrados pela sra. Talbot. Uma jovem gótica de cabelos negros aproximou-se, trajando um vestido preto justo, de mangas longas e soltas, arregaçadas para exibir uma segunda manga abotoada do pulso ao cotovelo. Ela conversou com a advogada e apontou para uma clareira do outro lado da colina; em seguida, virou-se e desapareceu em meio à multidão. O homem de pernas de pau bradou:

— Vida longa ao rei e à nova rainha.

— Ah, tanto faz — disse Keelie. Vida longa ao rei e à nova rainha. Bom, tomara que sim. Que vivessem muito mesmo. Perguntou-se o que teria acontecido com a antiga companheira do sujeito. Na certa criara juízo e se mandara daquele lugar maluco.

Keelie conteve as lágrimas, que teimavam em surpreendê-la de vez em quando, embora todos achassem, como comentara a mãe de Laurie, Elizabeth, que ela vinha lidando bem com a situação. Bom, Keelie podia fingir estar ótima em público, e era exatamente o que continuaria a fazer. Ela piscou rapidamente, na tentativa de secar as lágrimas que marejavam seus olhos, sem ter de enxugá-las e demonstrar seu estado de ânimo.

Pela visão embaçada, vislumbrou mais uma vez o terno azul-marinho. Abriu caminho entre a multidão que se acotovelava, ignorando os olhares curiosos lançados em sua direção. Percebeu, de repente, que já não se sentia enjoada. Olhou para a pedra rosa e lisa que segurava. O que quer que fosse, funcionava. Meteu-a no bolso.

Do outro lado da multidão, havia um grupo de pessoas observando um homem com uma ave, cuja cabeça estava coberta por um capuz de couro. Falcoaria. Puxa, aquilo, sim, era interessante. Keelie estudara história medieval no nono ano, na Escola Baywood, e fizera um trabalho sobre a arte de treinar falcões.

Aproximando-se, notou as longas tiras de couro amarradas nos pés do animal. Piós, lembrou.

Pobres aves. Também eram prisioneiras. Tal como dissera sua mãe, as pessoas ali não passavam de um bando de bobalhonas imaturas tentando viver na Idade Média. Estavam totalmente desconectadas da realidade. Quem ia querer reviver uma época em que não havia saneamento e as pessoas perambulavam com sachês ao nariz para cobrir o fedor dos corpos sem banho?

A mãe a alertara sobre como vivia aquele pessoal renascentista. E como vivia seu pai, que levara adiante a versão medieval da velha escapada para se juntar às pessoas do circo.

Uma coruja piou perto de Keelie, que percebeu a presença de outras nas gaiolas, junto aos falcões.

Ela vira uma coruja empalhada no laboratório de biologia do sr. Stein, na Escola Baywood, que lhe parecera careca e atacada por traças. A ave branca que estava ali girou a cabeça para acompanhar Keelie, sem piscar os enormes olhos amarelos, e tinha penas felpudas e macias. Keelie gostaria de poder tocá-la.

Um homem de camisa branca, com mangas bufantes e sedosas, e botas pretas à altura do joelho posicionou-se no meio do círculo, com um falcão na mão enluvada. Apesar do tamanho da ave, segurava-a como se nada pesasse.

— Alguém pode me dizer por que os olhos do falcão estão vendados? — Sua voz era potente, e ele também simulava um sotaque inglês.

Algumas pessoas responderam.

Keelie observou a ave, que agitava as asas, alternando o peso de um pé para o outro, como se estivesse impaciente.

— Olá. Você gosta de pássaros? — A voz levou-a a se virar depressa. Não ouvira ninguém se aproximar. A mulher usava um cabelo bem curtinho e vestia uma versão feminina do traje de falcoeiro, com camisa estilo pirata e botas de cano longo. Fez um gesto em direção à coruja admirada por Keelie. — Aquela é Lua. Nossa coruja-das-neves. Ela morde, viu? Então é melhor nem chegar perto.

— É linda. — Seu próprio tom de voz lhe pareceu contrariado. Não queria estar ali, mas, embora não tivesse planejado morar numa floresta do Colorado com um bando de ripongas esquisitos, não era mentirosa. As aves eram incríveis.

O ruído de alguém correndo fez as duas se virarem.

— Preciso de mais isca — informou um sujeito sem fôlego, cujo suor escorria pela face queimada do sol e contornava os afluentes formados pelas rugas ao redor dos olhos. — Ariel está na árvore. — Ele apontou para cima, para a parte superior dos pinheiros altos que contornavam a clareira.

Keelie olhou para as copas esvoaçantes, sem saber ao certo o que procurar. Uma mulher teria subido ali? Os ramos sacudiam, e os galhos com folhas em forma de agulha balançavam freneticamente ao vento; então, perto de uma forquilha no tronco de uma árvore enorme, ela viu o contorno vultoso de uma ave. *Ariel*, apostou. Queria avisá-lo que devia voar para bem longe dali se pudesse. Se a própria Keelie tivesse asas, regressaria voando para casa.

Ou então faria um voo de volta ao passado e aproveitaria cada dia que ficara com a mãe. Diria a ela que não pegasse o voo de San Francisco a Los Angeles. Avisaria que não devia confiar na companhia aérea regional.

Keelie sentiu uma dor no peito. Respirou fundo. Nada de chorar. Não mais.

— Voe livre, sem olhar para trás — sussurrou.

— Keelie, ande logo. Estou superatrasada — pediu a sra. Talbot. Ela estava a uns seis metros da menina e, pela primeira vez, mostrava-se aborrecida. Um respingo de lama manchara sua meia-calça.

A tratadora de pássaros olhou para a advogada de cima a baixo e, em seguida, mordeu os lábios, como se tentasse conter o comentário que faria.

— Pode me informar onde encontro o sr. Zekeliel Heartwood? Esta é a filha dele. Prometi trazê-la pessoalmente, e já está ficando tarde. Tenho que pegar um avião de volta para a Califórnia. — O sorriso da advogada não parecia sincero.

A mulher dos pássaros apontou para um poste inclinado no cruzamento, cheio de placas de rua pregadas de forma negligente.

— Vá pela Travessa do Espírito da Água até a Fileira das Árvores. Ele mora no lado esquerdo. Impossível não vê-lo. — Ela se virou para Keelie. — E você é a filha dele. Estou envergonhada por não ter me dado conta disso. É igualzinha a ele. — Deu um largo sorriso. — Sou Cameron, uma amiga do seu pai.

Uma amiga? Keelie podia apostar! Mas, apesar de ela ter certeza de que o festival estava cheio de gente bizarra e esquisita, por algum motivo gostou de Cameron. Franziu o cenho e afastou-se, apertando o passo, então desacelerou ao se dar conta de que não precisava seguir a sra. Talbot. Já sabia qual era o caminho. As instruções da falcoeira haviam sido claras.

A alguns metros dali, o caminho se bifurcava. A placa voltada para o lado esquerdo dizia "Fileira das Árvores". Que tremenda sorte! Mais madeira. A do lado direito trazia "À Pista de Justa". Keelie abriu o mapa. De fato, havia uma grande pista de corrida, sobre a qual estava escrito "Justa". Curiosa e sem a menor vontade de ver a sra. Talbot concluir com sucesso sua missão, ela seguiu o caminho da direita.

Sobressaltou-se quando uma ave enorme esvoaçou à sua frente, fazendo um voo rasante sobre o caminho antes de se dirigir às árvores. Por um instante, Keelie achou que ela a atacaria. Fora o falcão? A menina olhou para cima, e um tom vermelho-vivo reluziu diante de seu rosto. Não fora ele. Havia fauna selvagem demais ali para seu gosto.

A pista de justa não lembrava em nada o que o próprio nome sugeria. Mais parecia um campo de futebol arenoso, com uma tribuna de um lado e um muro de madeira do outro. Ainda havia um monte de gente animada ali e no palanque. Vendedores de comida anunciavam aos gritos seus produtos: espetinho de carne e coxa de peru.

— Pegue sua intoxicação alimentar em um desses espetos — murmurou Keelie, segurando com firmeza a mochila. Sua mãe lhe dissera que aquele lugar estava cheio de ladrões e de batedores de carteira.

Quando subiu a trilha inclinada, Keelie pôde ver melhor o que havia adiante e parou, boquiaberta. Cavaleiros de armadura galopavam na direção uns dos outros em cavalos imensos, como nos filmes. Por um momento, ela teve a sensação de estar na Inglaterra do século XVI, e não num Festival da Renascença do século XXI.

Mantos coloridos cobriam os cavalos e oscilavam com o movimento. As armaduras dos cavaleiros pareciam verdadeiras, embora a maioria não brilhasse, aparentando estar amassada e gasta.

Os homens empunhavam longas lanças de madeira e, cada vez que se cruzavam no caminho, um deles tentava derrubar o outro com a arma, empolgando muito a plateia. Aberrações sedentas de sangue — que ideia!

Atrás de Keelie, as aves gruíram, seus cantos lamentosos competindo com os toques das longas trombetas, os gritos da multidão e o som metálico das armaduras e das espadas, uma mistura de ruídos que ecoava e percorria em ondas o corpo dela.

Seu pai estava por perto. Supostamente, aquele lugar era seu lar agora. O que podia ser mais assustador? Keelie olhou ao redor, observando a plateia animada e os jogadores fantasiados. Não conhecia ninguém além da sra. Talbot. Embora não gostasse da advogada, a mulher fazia parte de sua antiga vida, e ela queria se agarrar a cada fragmento que lhe restava.

Quando a sra. Talbot fosse embora, Keelie ficaria sozinha naquela terra encantada. Bom, não exatamente sozinha. Moraria com o pai; e já ouvira o bastante a respeito dele para saber que a vida seria mais um pesadelo que um conto de fadas.

Imaginou o que aconteceria se as amigas descobrissem que seu pai não passava de um cigano, um homem que ganhava a vida indo de um Festival da Renascença a outro, de um show a outro, vendendo seus artefatos para o público como uma espécie de vendedor de poção mágica do faroeste. Keelie sentiu ondas de constrangimento percorrerem seu corpo.

Quando as amigas perguntavam o que seu pai fazia, ela dizia que ele trabalhava para o governo no Serviço Nacional de Parques, no Alasca, país que ficava longe demais para o pai voltar para casa. Isso com certeza era melhor que a verdade. O Alasca parecia um lugar bem legal e agradável; já aquilo ali — aquilo ali não passava de uma fuga da realidade. Keelie observou uma mulher passar levando guirlandas de flores para serem usadas como enfeites de cabelo. Pelo visto, tratava-se de uma espécie de uniforme ali. Algumas usavam os corpetes mais apertados do que outras: apertados de um jeito brega.

Sentindo respingos-d'água, Keelie tocou os cabelos de corte desfiado, que haviam ficado sedosos e brilhantes após a sessão matinal de gel e chapinha. Agora iam encrespar e espetar para todos os lados. Passara uma hora dedicada a eles à toa.

O falcão gruiu em uma árvore atrás dela. Keelie sentiu-se como ele, amarrada e vendada, recebendo ordens, mas talvez a ave estivesse amedrontada. Quem sabe o falcão não quisesse a segurança do braço do falcoeiro? Ninguém lhe perguntara antes de capturá-lo e domesticá-lo. Ninguém perguntara a Keelie antes de virar sua vida de cabeça para baixo.

Carregando a mochila, ela sentiu um leve resquício de algo com uma fragrância de vegetação deliciosa. Nada que se assemelhasse ao assustador cheiro de árvore. Um aroma mais parecido com o da campina pela manhã; ou, ao menos, era o que Keelie imaginava. Suas alergias haviam-na mantido longe de bosques e parques. Ela foi seguindo o perfume até chegar a uma barraca com um letreiro de madeira que dizia "Ervas". À porta, havia um cartaz menor: "Remédios para músculos doloridos e comidas malfeitas." Era algum tipo de brincadeira?

Nas prateleiras, na parte interna, havia cestas, frascos e diversos tipos de sabonete e de loção. Uma seção inteira havia sido classificada como "remédios fitoterápicos". Isso chamou a atenção de Keelie. Ela adorava tudo relacionado à medicina. A mãe certamente a teria tirado à força dali, pois brigara com a filha quando ela falara em se tornar voluntária no hospital e a mandara se concentrar nos estudos — que deveriam enfocar, obviamente, a área de direito.

Keelie sentiu-se culpada por ter entrado naquela barraca, apesar de a mãe já não estar mais ali e não poder mandá-la sair. Será que estava traindo a vontade dela ao apenas dar uma olhadinha nos extratos herbais e nos unguentos e cheirar alguns? Os potes com amostras exalavam um aroma delicioso.

A atendente da loja usava um vestido lilás folgado, amarrado na frente com um cordão de couro prateado. Um avental branco estava preso à parte de cima com alfinetes e atado nas costas. As mangas esvoaçantes e compridas quase arrastavam no chão e haviam sido presas à altura do ombro com os cordões prateados.

Ali estava uma roupa que Keelie até se via usando — se ficasse ali, claro.

— Posso ajudá-la a encontrar algo?

A garota ergueu um pote intrigante.

— Para que serve isso?

— É um tipo de unguento para joelhos doloridos.

— Keelie Heartwood, cadê você? — A chamada vinda lá de fora sobressaltou a garota. Ela se esquecera da sra. Talbot. Fora como se a voz da mãe a houvesse chamado, lembrando que a filha não estava em seu mundo. A mulher das ervas pareceu ter se surpreendido também e deu a impressão de estar prestes a fazer algum comentário.

Keelie não lhe deu oportunidade. Saiu olhando para o local na colina em que ressoara a voz da advogada. Tropeçou na ponta elevada de um calçamento cinza e estabacou-se, batendo os joelhos com força.

A mochila caiu de seu ombro e atingiu a lateral da pedra, espalhando seus pertences colina abaixo. Keelie levantou-se de um salto e pôs-se depressa a recolher tudo, antes que alguém pegasse algo. Sua escova de cabelo, cheia de folhas grudadas; suas calcinhas extras, enlameadas; seu diário — que não sujara, felizmente. A cada item que ela pegava as lágrimas contra as quais vinha lutando desde cedo iam despontando. Não houve pestanejo que as impedisse. Ela limpou o rosto com o braço e tentou pegar seu nécessaire de plástico transparente.

No entanto, a mão de alguém alcançou a bolsa primeiro, e Keelie foi acompanhando-a, conforme a pessoa se endireitava. Botas de amarrar até os joelhos, meia-calça verde-esmeralda, uma sofisticada jaqueta preta e dourada justa, com um falcão bordado à altura do peito, e um manto preto e verde.

Que roupa! Coroando tudo, havia um rosto charmoso, como o de um surfista californiano, bronzeado e louro.

O rapaz sorriu e entregou-lhe o nécessaire. Keelie pegou-o, sem conseguir dizer uma palavra, sentindo-se a um só tempo superempolgada e bastante constrangida.

— Aqui está sua mochila, Keelie Heartwood. — A mulher da barraca de ervas a pegara. O que não havia despencado colina abaixo estava parcialmente para fora, em ângulos malucos.

— Obrigada. — A garota guardou as calcinhas antes que o rapaz as visse e, em seguida, meteu lá dentro o que conseguira recolher.

— Você pegou tudo? — A voz dele era baixa e suave.

— Peguei. Quer dizer, não sei.

— Olhe aqui o espelho dela.

Ela se virou. Um homenzarrão estava com seu espelho de bolso — um pequenino que lembrava uma concha de plástico azul — encaixado entre dois dedos imundos. Cada centímetro do sujeito estava coberto de lodo, e, atrás dele, havia três outros homens sujos de lama.

Um deles estendeu a mão com o espelhinho. Quando Keelie fez menção de pegá-lo, o sujeito riu e jogou-o para um dos companheiros. Ela sabia que era apenas uma brincadeira, mas só conseguia pensar no Natal do ano anterior, quando o encontrara no fundo da meia natalina que a mãe lhe preparara. Batons e espelhos. Era a tradição.

Lágrimas começaram a rolar por seu rosto, e ela não as enxugou. Por que não chovia? Por que não chovia para que todos aqueles idiotas, com suas brincadeirinhas sem graça e infantis, entrassem nas barracas e a deixassem em paz? Ninguém teria notado seu pranto se estivesse chovendo, e Keelie tinha a sensação de que choraria a noite e o dia inteiros.

— Pare, Blurp — ordenou o príncipe ao lado da menina. — Devolva o espelho para a dama ou vou golpeá-lo com minha espada.

Blurp, o enlameado, deu uma sonora gargalhada e, então, olhou de soslaio para Keelie. Sua expressão deixou claro que algo lhe passou pela mente. Arrependimento, talvez, embora ele estivesse por demais coberto de lama para que a garota conseguisse saber ao certo.

— Tome, rapaz — falou o grandalhão, jogando o espelho para o garoto.

O príncipe limpou-o com o belo manto de cetim e devolveu-o a Keelie, com uma acentuada reverência.

A menina meneou a cabeça, mas seu nariz começaria a escorrer se dissesse algo; aliás, ela nem conseguiu sorrir.

Uma garota de saia-balão cor-de-rosa e dourada foi se aproximando, contornando os trechos com mais lama, segurando uma harpa amarelo-cobre. Olhou de forma zombeteira para os homens cheios de lodo e, em seguida, franziu o cenho ao fitar Keelie e o príncipe. Longos cachos dourados impecáveis caíam por suas costas, como os de uma princesa de conto de fadas.

— Lorde Sean do Bosque, a rainha o aguarda — informou a recém-chegada, examinando Keelie de alto a baixo.

Lorde Sean? Quem diria!

— Obrigado, Lady Elia. — Ele se virou para Keelie, dando a impressão de estar constrangido. — Tenho que ir. Espero que tenha encontrado tudo.

— Acho que sim, obrigada. — Sua voz pareceu meio embargada, mas, ao menos, conseguira falar.

— Ah, pobre criança! — exclamou Lady Elia, fazendo beiço.

Criança? De onde aquela menina tirara a ideia de chamá-la de criança? Ao que tudo indicava, tinha a mesma idade que ela. Keelie semicerrou os olhos, desconfiada. A graciosa princesa fez a carinha amuada de quem quer ser admirada. Keelie conhecia bem o tipo. Os cabelos longos e cacheados e os olhos verdes provavelmente chamavam bastante atenção.

— Você sofreu um acidente? — quis saber Cachinhos Dourados.
— Não seria melhor chamarmos o pessoal da segurança? — Ela puxou a saia para trás, como se Keelie fosse sujá-la de lama. A filha de Heartwood já a odiava.

— Não é necessário — respondeu Lorde Sean do Bosque. — Ela está dizendo que está bem. E eu concordo. Não é, Keelie? Posso chamá-la assim, não posso?

Será que tinha mesmo acabado de ouvir aquilo? Keelie anuiu, calada, receando fitá-lo caso ele não tivesse tido a intenção de dizer o que ela achava que dissera.

— Keelie Heartwood! Venha já para cá. Encontrei seu pai. — A voz estridente da sra. Talbot fez-se ouvir em meio à multidão. — Você vai ter tempo de brincar com seus novos amigos depois.

Brincar? Envergonhada, Keelie ficou paralisada. A menina vestida de cor-de-rosa e dourado cruzou os braços e olhou fixamente para ela, estreitando os olhos.

Keelie tinha certeza de que a advogada usara o termo "amigos" de forma precipitada.

Houve um burburinho a seu redor. Ela achou ter ouvido alguém sussurrar "Heartwood".

Não esperou para ouvir o que diziam. *Idiota!*, pensou. *Era uma idiota por ter ido até lá, uma idiota por ter paquerado o príncipe. Lorde Sean. Até parece!*

Keelie deu a volta e subiu depressa a colina, tentando deixar para trás a humilhação que sentia. Embora escorregasse na lama, conseguiu se mover rápido o bastante para chegar ao topo sem olhar para trás. Seu pai estava ali, em algum lugar, o que já era por demais inquietante.

2

A sra. Talbot a esperava lá em cima; com uma expressão de incredulidade, ficou observando Keelie se aproximar. Uma mulher morena, pequenina e sorridente estava ao lado dela; parecia a esposa do bonequinho de gengibre do conto infantil.

Keelie olhou para a própria calça capri e percebeu que estava suja de lama. Constrangida, parou diante da advogada.

— Sou a sra. Butters, da casa de chá do outro lado da clareira — informou a mulherzinha morena. — Quando a vi cair, pensei: "Sra. Butters, temos que fazer algo para ajudá-la a se limpar." — Estendeu, então, uma toalhinha de rosto úmida e um pano de prato.

A garota estava prestes a pegar o que a mulher lhe entregara quando a sra. Talbot ergueu a mão, o cenho mais franzido do que nunca.

— Você me atrasou dois minutos, Keelie. Tenha a santa paciência! — Virou-se para a mulher e deu um sorriso nervoso. — Sra. Butters, ela já volta. Precisa se encontrar com o pai primeiro. Vamos lá. Estamos quase acabando.

Quase acabando, disse ela, como se a garota fosse uma tarefa a ser terminada logo. Keelie ignorou os olhares e os sorrisos dos transeuntes. Devia estar parecendo uma garotinha, suja, levando bronca, correndo atrás da mãe zangada.

A sra. Butters seguiu-as pela estrada, sabe-se lá se murmurando algo para si mesma ou falando com elas. A sra. Talbot foi andando na frente, ignorando o que a mulher dizia.

Keelie ouviu a ovação de uma multidão. O som chegou por entre as árvores e, quando elas chegaram ao topo do caminho, a garota pôde ver os estandartes coloridos e chamativos da justa lá embaixo. As aclamações vinham da tribuna coberta.

Dois cavaleiros de armadura galopavam na direção um do outro, montados em cavalos enormes, cada um empunhando uma longa lança. Parecia de verdade. Keelie andou mais devagar e, em seguida, foi correndo ao trecho do caminho em que não havia árvores. Dali podia ver melhor o torneio. Um dos cavaleiros e seu cavalo usavam vestimentas com listras pretas e brancas; já seu adversário vestia uma roupa verde.

Keelie continuou andando devagar, certa de que eles não se atingiriam de verdade. Fazendo ressoar um forte som metálico, as lanças dos justadores atingiram os escudos de cores vivas que seguravam. O golpe foi tão forte para o cavaleiro de preto e branco que o empurrou para trás, fazendo-o inclinar-se tanto que quase se deitou na traseira do cavalo. Mas ele se recuperou e se endireitou na sela de formato esquisito.

Eles realmente haviam feito aquilo, haviam atingido um ao outro. Estupefata, Keelie notou que a plateia se levantara, ovacionando e gritando, tal como num jogo de futebol.

Quando o cavaleiro de verde deu a volta, ela notou que em seu escudo havia o desenho de um leão. Ele estendeu a mão protegida com armadura. Um escudeiro no chão jogou-lhe uma lança.

— Keelie Heartwood! — A voz da sra. Talbot sobressaiu em meio à ovação.

A garota parou de fitar a justa. Era a melhor atração que vira até aquele momento.

Dirigiu-se depressa a uma clareira contornada por diversas construções; não que ansiasse acabar logo com aquilo, porém, sempre que a advogada a chamava, todos se viravam para olhar.

O poste de madeira no final do caminho continha quatro placas. A mais alta dizia "Pérgula das Rosas, Chás", daí "Cantinho de Galadriel",

"Ferraria da Aldeia: Espadas, Armaduras, Ferraduras" e, por fim, uma que chamou a atenção de Keelie. Dizia apenas "Heartwood". Ela deu uma olhada no mapa. Com efeito, lá estava. O fim de tudo.

Seu coração batia acelerado. Keelie entrou na clareira. À sua frente, a sra. Talbot aguardava, de braços cruzados, em uma construção de pedra e madeira de dois andares, com telhado de palha, igual à que se via nos contos de fada. O local pareceu-lhe familiar e, na mesma hora, ela descobriu por quê.

Seu pai lhe mandara uma réplica daquela construção no Natal, quando ela fizera cinco anos. O brinquedo incluía uma casa medieval com móveis e animais. Na verdade, ele lhe enviara uma cópia de sua loja.

A advogada foi até a sombra oferecida pelo térreo da construção, que era aberto, e um homem alto magro apareceu na penumbra. Keelie não conseguiu ver seu rosto, mas agarrou com força a mochila, apertando-a contra o peito, como se a bolsa fosse uma daquelas cobertas favoritas usadas pelas criancinhas. Tinha que ser ele.

Zeke Heartwood. Seu pai.

Keelie percorreu a clareira depressa e pisou na lajota fresca da construção. Viu-se cercada de móveis de madeira e do cheiro de serragem. Apesar da presença desses artefatos, em vez das importunas sensações que esse material costumava lhe trazer, sentiu-se rodeada de amigos. Ainda havia clientes perambulando por ali, e a garota abriu caminho entre eles, pelas passagens estreitas entre os móveis em exposição, procurando o homem que vira antes.

Uma mesa perto dela reluzia como mel quente. Era linda. As mãos de Keelie começaram a tremer, e sua respiração se tornou irregular. Algo mais relacionado, na certa, à madeira que à proximidade do pai. Ela com certeza não iria chorar.

Daria um basta àquela sensação. Mesmo se vomitasse ou tivesse uma reação alérgica, acabaria com aquele tremelique. Deixou que a mão trêmula percorresse o tampo da mesa. Apesar de a superfície ser sedosa, as pontas dos dedos formigaram com o contato, como se estivessem sendo arranhadas. A visão de uma árvore com uma copa de folhas serradas lhe veio à mente. *Amieiro*, pensou. Keelie franziu o cenho e esfregou as pontas dos dedos, querendo se livrar da sensação. Seu estranho dom realmente persistia naquele lugar. Achou que talvez fosse fruto de sua imaginação, mas não era. Não havia deparado com muita madeira no avião nem no táxi e sempre evitara árvores vivas. Impossível fazer isso ali.

Aberração. Desde o jardim de infância, as zombarias ecoavam em sua mente. Keelie aprendera a manter em segredo sua estranha maldição. Não era nem um pouco útil identificar móveis. Algumas pessoas evocavam espíritos; ela, árvores.

Só fora proveitoso uma vez, quando a garota identificara corretamente, numa aula, toda a madeira de lei da escola, sem consultar o guia prático. Seu professor de biologia fizera um comentário a respeito de sua percepção peculiar. Embora as amigas tivessem ficado impressionadas, achando que ela havia estudado, o sr. Brooks observara-a de perto. Percebera que Keelie descobria o nome depois de tocar na casca de cada árvore. Pena que ela arruinara o momento ao passar mal e vomitar. Mal conseguira se esconder atrás de um arbusto e já liberara o almoço.

Keelie meteu as mãos no bolso para protegê-las e dar um basta à tremedeira. Assim que tocou no quartzo rosa, o zumbido e o formigamento passaram. Será que fora por causa da pedra? Tirou a mão dali.

Uma caixa ao redor chamou sua atenção, com seus veios pronunciados, que lembravam as veias de uma pele pálida. Ela teve vontade de tocá-la. Fechou as mãos com força e, em seguida, meteu-as de novo no bolso, agarrando o quartzo rosa. A sensibilidade em relação à madeira passou de novo, permitindo que Keelie apreciasse a beleza do artefato. Ela ficou boquiaberta ao ver uma série de bancos e cadeiras. Vinhas retorcidas haviam sido usadas para manter as peças unidas, fazendo-as se parecerem com os móveis da corte de um reino encantado na floresta. Cristais reluzentes cintilavam nos nós dos ramos e nas ranhuras criadas pelas vinhas conectoras. Keelie nunca mais largaria aquela pedra.

Algo peludo encostou em seu tornozelo. Assustada, ela gritou e tentou dar um passo atrás, mas tropeçou. Como estava com as mãos no bolso, não conseguiu recuperar o equilíbrio e caiu, batendo com força os joelhos. *De novo, não!*, pensou, desanimada. Seu celular bateu numa pedra e desmontou, partindo-se em dois pedaços lamacentos. O quartzo rosa saiu voando.

Após algum tempo, a dor passou, permitindo que Keelie respirasse de novo, embora o zumbido houvesse voltado. Um gato laranja imenso estava sentado ali perto, fitando-a com olhos cor de folha. Era um olhar significativo, que dava a entender que o bichano reconhecera Keelie e sabia o motivo de sua vinda. Mas a menina achou também que transmitia certo ressentimento em virtude de sua presença.

— Acredite, eu não quero ficar aqui — sussurrou ela, esfregando os joelhos machucados. Duas quedas numa só manhã. Não costumava ser tão desajeitada. O gato piscou e desviou o olhar, com o típico desinteresse felino.

Keelie sentou-se e esticou as pernas. Seus joelhos latejavam sob a calça arranhada. Uma gotícula de sangue escorria numa das pernas. Ai. Ela teve medo de olhar. Começou a sentir uma onda de enjoo. Não por ter visto sangue, pois conseguia lidar com isso, mas por causa da madeira ao redor, que a incomodava. Procurou às cegas o quartzo rosa e suspirou aliviada quando o tocou.

— Você está bem?

Ela ergueu os olhos. A sra. Talbot estava ao seu lado, de pé.

— Vou sobreviver — respondeu Keelie, sentindo ter voltado a ser um pouco mais a garota californiana que era. — Mas com certeza vou ficar cheia de hematomas. — Pedaços de lama seca cobriam o chão no local onde ela caíra. — Pelo menos um pouco desse lodo desgrudou.

— Não estaria toda enlameada se tivesse ficado comigo — ressaltou a advogada.

A mão de dedos longilíneos de alguém pegara uma das partes do celular sujo de lama de Keelie. Ela estendeu a mão para pegá-lo, mas o aparelho desapareceu, e dedos gelados agarraram sua mão enlameada e imunda. Ela ergueu os olhos, pasma.

O homem esguio que ela vira na penumbra estava no ponto exato em que a sra. Talbot estivera minutos antes. Keelie perdeu o fôlego ao olhar para a imagem familiar, porém estranha, tão parecida com ela. Ele tinha os mesmos olhos verdes esquisitos, a mesma ossatura, o mesmo cabelo. Ali estava a fonte de sua aparência física. Não a mãe, com os cabelos pretos e lisos e os olhos castanhos, de formato amendoado. A menina sentiu um nó na garganta.

Keelie queria que o calor que vira naqueles olhos fosse para ela. Estaria traindo a mãe se deixasse que o pai tomasse conta dela? Ansiara por aquele momento desde pequena. A mãe sabia disso. Keelie pigarreou e, em seguida, falou:

— Pai.

— Keelie.

Ela sentiu os dedos dele tremerem em contato com os seus. Os olhos do pai estavam arregalados, observando-a como se ele quisesse guardar na memória cada traço seu. A mão dele apertou a dela.

De súbito, Keelie lembrou-se do pai carregando-a bem alto, segurando-a com firmeza. Quantos anos será que tinha, então, para que pudesse se apoiar no antebraço dele? Os dois haviam caminhado pela floresta cheia de árvores gigantescas, e ele lhe ensinara os nomes delas, que ficavam em meio à vegetação exuberante, com suas copas nos tons brilhantes do outono. O pai apontara para um amieiro e dissera que uma dríade vivia nele. Por que ela se lembrara disso de repente?

O rosto da mãe passou pela cabeça de Keelie, que visualizou de novo a pequena ruga que se formava entre os olhos dela quando desaprovava algo. Sentiu-se fraca e boba por ceder daquele jeito à necessidade de ter um pai. Ter pena de si mesma não era motivo para chamar Zeke Heartwood de "pai", uma palavra que, a seu ver, estava tão cheia de amor quanto "mãe". Era um título que precisava ser conquistado.

Como podia querer amar alguém que a abandonara quando pequena? Laurie teria rido dela se estivesse ali. Certamente a aconselharia a deixar de ser tão carente.

Keelie enrubesceu. Não queria que o pai a visse chorar. Tirou depressa a mão da dele e se levantou. Pôs a mochila no ombro e estendeu a mão para receber o celular.

Ele perscrutou seu rosto com os olhos cor de bosque — do mesmo tom dos dela, incomuns, a ponto de estranhos perguntarem se ela usava lente de contato. No fundo, secretamente, Keelie sempre se orgulhara de tê-los herdado do pai. Era uma parte dele que seria eternamente sua.

Às vezes, a mãe acariciava seus cabelos e dizia: "Keelie, seus olhos são lindos." E mantinha um olhar distante. Seus olhos castanhos podiam ser tão obscuros e frios quanto fragmentos de rocha. Mas, em geral, ela não era melancólica.

O pai entregou o celular e a bateria à filha. Ela juntou os dois e colocou o aparelho de volta na mochila, sem se dar o trabalho de limpá-lo.

— Cadê a sra. Talbot?

Ele deu a impressão de ter ficado desapontado. O que esperava, uma tremenda festa?

— Ela já foi embora — informou o pai, ainda ajoelhado na lajota.

Keelie empalideceu. Seus lábios enrijeceram e gelaram. Embora não gostasse da sra. Talbot, ela era sua última conexão com a vida que compartilhara com a mãe e, agora, estava largada ali, naquele show de aberrações medievais.

— Mas ela nem se despediu — salientou em voz alta, odiando o tom triste de sua voz.

O pai levantou-se, formando uma figura imponente ao lado da filha.

— A sra. Talbot disse que tinha que pegar o avião de volta para a Califórnia. Não se preocupe, Keelie. Vai dar tudo certo. Não vou abandonar você.

— Outra vez, você quer dizer? — Ela lutou contra as lágrimas. O semblante magoado do pai fez com que se sentisse melhor. Keelie estava triste havia duas semanas. Tome isso, Zeke Heartwood. É o que acontece quando você obriga uma pessoa a sair de casa, tirando-a de suas raízes.

Uma mulher pigarreou.

— Com licença, quanto custa essa cômoda? — perguntou ela, olhando para Zeke, aguardando a resposta.

Os cabelos pintados de louro mostravam um centímetro de raiz escura. Ela trajava um colete de couro de amarrar, sem nenhuma blusa por baixo, e uma saia longa do mesmo material. Umas canecas, uma espada e uma bolsinha de couro estavam penduradas em um cinto preto, enfeitado com pontas de prata. A mulher usava pulseiras grossas, igualmente de pele, ao estilo de Xena, a princesa guerreira, também cheias de detalhes pontudos e prateados.

Nenhuma das mulheres a caráter que Keelie vira até aquele momento se vestira de um jeito tão ousado.

O pai, que deu a impressão de analisar a reação da garota, virou-se para a cliente.

— Já venho responder à sua pergunta. Preciso atender minha filha primeiro.

Apesar de ter tomado a decisão de ser menos carente, Keelie sentiu um nó na garganta quando ele a chamou de filha.

— Vamos para o nosso apartamento — disse Zeke. *Nosso apartamento.*

Um dos sujeitos do show de lama, que brincara com Keelie antes, entrou na marcenaria. Trazia uma sacola de papel, na qual se via um montículo de tecido amarelo no alto. O homem pareceu ter ficado constrangido quando viu a garota.

— Oi, Zeke — cumprimentou o sujeito, olhando casualmente para a mulher de roupa de couro. — Achei que sua filha gostaria disso aqui emprestado. A gente achou que os visitantes podiam confundi-la com uma das participantes do show de lama, já que a roupa dela está toda enlameada, daí resolveu dar um jeito nisso. — Deu um largo sorriso e entregou a sacola para o pai dela.

Zeke abriu-a e tirou um monte de tecido. Então o agitou, e o material se abriu, revelando uma túnica, que parecia limpa, mas manchada a ponto de ter adquirido um tom encardido de lodo, e uma saia amarela, imensa e ampla. Ele virou a peça para o outro lado, a fim de examiná-la.

Horrorizada, Keelie viu que a saia tinha marcas de mãos grandes e vermelhas estampadas na parte de trás. O último item que o pai tirou da sacola não fora mais reconfortante — um corpete roxo com laços cor-de-rosa desbotados. Na parte da frente e na de trás, havia imensos remendos quadrados, costurados com pontos grandes em zigue-zague.

— Isso não pode ser para mim — murmurou ela.

— Você vai precisar de uma roupa para o dia a dia — salientou o pai. — Quer se enturmar, não quer?

— Me enturmar onde, no circo? — Ela chegou até a enrubescer ante a perspectiva de andar com aquele troço abominável.

O sujeito do show de lama riu, mas Zeke olhou contrariado para Keelie, como se tivesse percebido de repente que filhas não eram santinhas. *Você merece*, pensou Keelie.

— Elas estão limpas — disse o pai. — Só vai ter que usá-las até conseguirmos outras roupas para você. Obrigado, Tarl.

— Você não vai obrigar a pobrezinha a usar essa roupa de palhaço com cores cheguei, vai? — A motoqueira renascentista, de cabelo oxigenado, parecia indignada.

O homem do show de lama deu de ombros.

— Para mim, tanto faz — disse ele. — Eu só estava tentando ajudar.

Ah, está bem, pensou Keelie. Tentando ajudá-la a ser condenada ao ostracismo, isso, sim. Ela usaria as mesmas roupas normais para sempre, se fosse o caso. Mas começou a sentir uma comichão por causa da lama seca grudada em sua pele. Daria tudo para tomar um banho quente.

— Querido, todo mundo vai rir da cara dessa menina se você obrigá-la a usar esses farrapos. Ela precisa de roupas decentes. — A loura olhou para Keelie e balançou a cabeça. "Homens", parecia dizer.

Keelie sorriu para ela, grata pela ajuda, embora o conceito da mulher de traje decente certamente devesse ser ilegal em algum lugar. Engraçado aquele pesadelo da moda em pessoa defendê-la. O olhar da garota foi do homem do show de lama ao pai e, em seguida, à motoqueira gostosona. Keelie nunca se enturmaria com aquela gente. E não tinha a menor intenção de viver usando fantasias num mundo de faz de conta.

A motoqueira medieval começou a se afastar para examinar outros móveis. Zeke deu a impressão de ter ficado aliviado. Tarl ficou olhando para a mulher.

— Olha, eu estou acampado lá no Condado — informou ele para ela. — Minha barraca é a *viking*, que tem um dragão de madeira na frente. Por que não passa lá para tomar uma cervejinha depois?

A motoqueira olhou-o de alto a baixo.

— Claro. Vou sim. Depois que anoitecer, está bom?

Keelie sentiu náuseas. A ideia daquelas duas relíquias ancestrais juntas era repugnante.

Zeke não pareceu notar nada estranho.

— Obrigado pelas roupas, Tarl — disse ele. — Agradeço sua ajuda. — Em seguida, trocou um olhar cúmplice com o tapado sujo de lama.

O que significaria? Talvez uma alusão ao fardo que a filha representava? Algum tipo de "só nós, os homens"? Ou quem sabe se referisse à motoqueira renascentista? Caramba!

Keelie observou as clientes que perambulavam pela loja e que, de vez em quando, lançavam olhares sequiosos ao seu pai. É, ela com certeza cortaria as asas dele.

Tarl, do show de lama, sorriu para Keelie, que não retribuiu o sorriso. Ela se virou e fingiu olhar para as mãos. Então notou a sujeira acumulada sob suas unhas pintadas à francesinha. Eca!

— Até mais tarde, Zeke. Tchau, Keelie.

A garota fingiu não tê-lo ouvido. Sabia que estava sendo uma pentelha, mas não dava a mínima. Que o velho Zeke descobrisse no que tinha se metido. Talvez a mandasse de volta, como um cachorrinho ganhado de presente no Natal, que acabara crescendo demais depois. Ela se imaginou chegando ao Aeroporto Internacional de Los Angeles com um bilhete preso na blusa: SINTO MUITO. EU NÃO SABIA QUE AS MENINAS PODIAM SER TÃO DESAGRADÁVEIS.

Keelie passou as mãos numa cadeira de madeira. Sentiu o móvel vibrar de energia assim que o tocou. Tirou a mão de supetão e ficou olhando fixamente para o artefato. Sua reação alérgica piorara ali. A mãe dissera que sua alergia vinha do lado do pai, da família de Zeke. No entanto, aquele não era o momento de perguntar. A garota notou que já o aborrecera.

— Vou lhe mostrar onde vai morar — disse o pai, com aparência cansada. Não, certamente não era o momento de perguntar. — Venha, pode se trocar lá em cima — acrescentou ele, entregando-lhe a sacola de papel com as roupas horrorosas enfiadas dentro.

Com relutância, Keelie pegou-a. Nao que pretendesse mudar, seja de roupa, seja se tornando filha dele. Seria sempre apenas a filha querida da mãe. Eternamente Keelie Hamilton. Por enquanto estava atrelada ao Heartwood, mas, para ela, aquele não passava de um sobrenome. Era a filha de Katherine Hamilton.

— O que é o Condado?

— Um lugar aonde você não deve ir. — Zeke cumprimentou uma mulher que passava. — É o acampamento dos trabalhadores do festival que não têm uma área para dormir nas próprias lojas.

— Por que não posso ir até lá?

— Porque eu disse que não.

Keelie riu. Ele parou e fitou-a.

— O que foi? Acha que pode me dizer o que posso e não posso fazer? Até parece, velho!

— Sei que aqui não é igual a Los Angeles. Acontece que você não faz a menor ideia de quanto é diferente. Até isso acontecer, é melhor ficar perto de casa.

— Minha casa fica em Hemlock Drive, 125, Los Angeles, Califórnia. Eu adoraria permanecer ali, Zeke.

Os ombros dele se encolheram, mas ele se virou e continuou a andar.

À medida que ela seguia o pai em meio ao labirinto de móveis, foi marcando mentalmente itens de sua lista de objetivos na vida: terminar o ensino médio, ir para a universidade, estudar direito. Ia se tornar advogada, como a mãe sempre quis. Talvez até passasse a ser sócia de alguém numa firma um dia. Katherine Hamilton também sonhara com isso, e a filha daria uma festa quando isso acontecesse.

— A sra. Talbot falou alguma coisa sobre a minha bagagem? — perguntou ela. — A companhia aérea incompetente perdeu tudo.

Os pertences mais valiosos de Keelie estavam dentro daquelas malas. Os objetos tangíveis que a conectavam à mãe: o macacão lilás que usara no primeiro dia do jardim de infância, o coelhinho de pelúcia desbotado e os álbuns com as fotografias da mãe. Nem podia olhar para eles agora, mas queria-os de volta.

O pai deu de ombros.

— A sra. Talbot me deu sua pasta. Na verdade, não tivemos tempo de conversar. Mas ela disse que tudo de que eu precisava estava ali: carteira de vacinação, certidão de nascimento, histórico escolar.

Lágrimas repentinas surgiram nos olhos de Keelie. Ela os arregalou algumas vezes para afugentá-las e não ter de enxugá-las. Tudo que o pai precisava saber a respeito dela estava num arquivo? Ele não tinha a menor noção de nada sobre a filha. Perdera quase toda a vida dela. Agora, a advogada da mãe reduzira sua existência a três papéis. Keelie virou a cabeça. Não choraria. Nunca deixaria o pai vê-la chorar.

Um trovão ressoou, e a chuva começou a pingar no solo enlameado. A multidão dava continuidade à ovação na justa, empolgada ou tola demais para fugir da tempestade. Keelie se perguntou se seu cavaleiro louro ganhara.

Raios percorreram as nuvens escuras, e a luminosidade cegou a garota por um instante. Keelie teve a sensação de que pegava fogo. Achou que sua cabeça partiria.

— Socorro — gritou. — No prado... fogo.

Vagamente, ela viu o pai, boquiaberto, fitando-a.

— Hein? Fogo onde?

Keelie agarrou a cabeça, tentando conter a dor.

— Tem uma árvore pegando fogo. No prado. Está pedindo socorro.

Zeke saiu correndo, deixando-a ali, sozinha e sem analgésico. O que estava acontecendo? Será que ela começara a receber correio de voz de árvores agora? Onde ficava aquela desgraça de prado?

Keelie continuou sentada na lajota, sem confiar nas cadeiras de madeira perto de si, pensou que poderiam enviar alguma mensagem por seu traseiro. Como não sabia aonde ir, esperaria que o pai voltasse. Já vira em que posição estava na lista de prioridades dele: em último lugar.

Assim que pudesse, ligaria para Laurie e daria início ao seu plano. Tinha que voltar para a Califórnia.

3

— Como é que devo chamar você? Zeke? Lorde Heartwood? — Keelie estava sentada no sofá verde superestofado, coberta com um edredom cor de folha, segurando uma caneca de chá quente. Seus cabelos desalinhados e úmidos roçavam seu rosto enquanto ela examinava o apartamento sobre a loja.

O pai levara duas horas para voltar; seria bem feito para ele se Keelie morresse de pneumonia. Ao menos ela estaria com a mãe.

— Pode me chamar de papai.

— Isso vai dar um *nó* na minha cabeça.

— *Knot* é o gato. Eu sou seu pai.

— Bom, você não age como um. Por que sair correndo daquele jeito? Foi só uma árvore idiota.

Ele parou de sorrir.

— Como você sabia que a árvore estava pegando fogo? Viu o raio atingi-la?

Keelie sentiu-se aliviada ao se dar conta de que o próprio pai lhe sugerira a resposta.

— A-hã. E vi a fumaça.

Zeke pareceu não acreditar nela.

— Fui correndo até lá porque incêndio é algo muito sério aqui. Nós moramos numa floresta. Se o fogo tivesse se espalhado, poderíamos correr perigo.

— Ah. É a primeira coisa que alguém diz que faz sentido neste lugar pirado.

Da janela ao seu lado, Keelie podia ver a justa ao pé da colina. Os cavaleiros haviam partido, e a pista estava vazia, exceto por alguns faxineiros recolhendo o lixo.

Ela perguntou-se de novo se seu cavaleiro louro havia ganhado e imaginou-o inclinando-se para receber um beijo da garota com os cabelos impecáveis, iguais aos de Cachinhos Dourados. Franziu o cenho. Que imagem mais baixo-astral! Tinha que visualizá-lo beijando a si mesma.

O que estava pensando? Não ficaria lá por tempo suficiente para segurar a mão dele, muito menos para beijá-lo.

— Então, o que vai ser? Papai? — Ele ainda buscava uma designação.

— Isso vai dar um nó na minha cabeça. — Ela já falara isso, mas fora um erro. Deixara-se levar pelo momento. "Papai" parecia tão íntimo, tão próximo. Tudo o que não eram.

— Que tal "pai", então? — Ele pegou a própria caneca, adornada com desenhos de folhas.

— Formal, mas aceitável — respondeu ela. — Prefere Zeke ou Lorde Fulano de Tal quando eu falar de você para os outros?

Ele lhe deu um largo sorriso.

— Lorde Fulano de Tal? Agora, quem está sendo formal?

A filha retribuiu o sorriso. Apesar do recente comportamento indelicado, Keelie costumava ser bem legal. E sentiu-se feliz por travar com Zeke a primeira conversa normal. Não queria afastá-lo totalmente de sua vida. Onde passaria as férias?

Ela perguntou-se que tipo de show de aberração o dia de Ação de Graças seria ali. Certamente incluiria aquela bola peluda diabólica.

Depois que o pai voltara, Keelie caíra numa poça de lama quando se preparava para subir a escada da loja. Sua calça capri ficara encharcada, toda manchada de lodo amarronzado, tudo porque aquele gato idiota da loja esbarrara nela e a fizera se estabacar de novo. De propósito, a garota tinha certeza disso.

Ainda sentada na poça gelada, com a calcinha grudada na pele, ela vira o gato passar por seu pai rumo aos degraus; Zeke lançara um olhar desaprovador para Knot antes de o bichano saltar lá de cima, com agilidade, para ficar ao lado de Keelie.

Zeke inclinou-se para acariciar as orelhas do felino. Ele ergueu o queixo e ronronou, de olhos fechados.

— O que este gato está fazendo aqui? Não sabia que você tinha um.

Ele deixou escapar um suspiro, como se já estivesse cansado de lidar com ela.

— Você precisa tomar cuidado com Knot. Ele é danado.

Keelie fitou Zeke, sem acreditar que ele criava um bichano. Tinha tempo para um felino, mas não para a filha?

— Sabia que a mamãe era alérgica a gatos?

— Era o que ela dizia. — O pai não deu a impressão de estar convencido disso. Quer dizer então que, agora, a mãe de Keelie também era mentirosa? — Knot é diferente da maioria dos gatos, tanto que era o único que Katherine conseguia acariciar. — O pai sorriu ante alguma lembrança longínqua. — Nós éramos uma família feliz, por incrível que pareça.

Keelie ficou arrepiada. Uma família feliz. Ela perscrutou o rosto do pai e detectou dor em seu olhar. Talvez tivessem sido felizes no passado, só que ele pusera tudo a perder quando fora embora. Qualquer chance que eles tivessem de formar uma família de novo, apenas os dois, já estava comprometida por esse fato. Treze anos de nada não dava a ele o direito de ser chamado de pai. Ela o chamaria de Zeke.

O gato abriu os olhos e fitou-a, quase como se a desafiasse. Será que os felinos podiam ser tão inteligentes assim? A vontade de Keelie era dar um belo chute no traseiro daquele animal, lançando-o janela abaixo.

Aquele bichano era uma relíquia de sua infância, da época em que o pai e a mãe estavam juntos. Keelie retribuiu o olhar do felino danado. Não aparentava ser tão velho assim. Quanto tempo os gatos viviam?

— Knot deve ser bem velhinho.

— Muito. Mas ele descende de uma linhagem de felinos de vida longa. Pode viver mais que a gente. — O pai sorriu.

— A hipotermia mata milhões de pessoas todos os anos, Zeke. Eu posso ser a próxima vítima.

— Tem uma banheira enorme no banheiro — informou o pai, apontando para o único ambiente fechado do apartamento. — Você pode lavar suas roupas na pia. Coloquei a sacola com a fantasia que Tarl trouxe perto da sua cama. Não precisará usá-la por muito tempo, só até receber sua bagagem da companhia aérea e tirar suas medidas para ganhar boas indumentárias.

Ela fez uma careta ao se lembrar da fantasia horrorosa do show de lama.

— Obrigada, acho. Ao menos estão secas. O que é indumentária?

— É como chamamos os trajes que usamos aqui. Como este é um Festival da Renascença, você vai usar fantasias desse período, ao menos durante o dia, quando os mundanos estiverem na área.

— Mundanos? Mais parece uma doença.

Zeke riu.

— Às vezes, podem até ser, sabe? Mas a palavra se refere ao que chamamos de visitantes.

— Ah. — Havia um mundo de sentimentos nesse monossílabo.

O pai olhou para a filha, calado.

— Claro que também os chamamos de ganha-pão e sempre somos gentis com eles. Muito corteses, na verdade.

— Não vou me esquecer disso. — Será que ele achava que a filha era alguma criancinha? Usaria a fantasia de palhaço até que o conjunto de blusa e casaco de lã e a capri fossem lavados e secassem. Em breve o pai ficaria sabendo que ela não ia se vestir como os malucos daquele hospício.

Nesse ínterim, Keelie telefonaria para a companhia aérea e usaria sua linguagem de advogada para exigir que encontrassem sua bagagem e a devolvessem. A mãe se orgulharia da iniciativa, do tom decidido e da antevisão da filha exercendo a mesma profissão que ela.

Keelie também usaria a mesma linguagem para continuar a usar as roupas "mundanas". Não faria, de jeito nenhum, o papel de um dos Munchkins de *O mágico de Oz*.

O pai desceu pelas escadas, e ela se levantou para examinar a nova casa. *Temporária*, lembrou a si mesma. A sala de estar principal era um ambiente espaçoso e ventilado. Móbiles musicais haviam sido pendurados nas quatro vigas imponentes de madeira, que iam de um lado a outro do teto. Nas paredes brancas, viam-se tapeçarias cheias de flores e unicórnios. Duas áreas haviam sido isoladas com cortinas, formando quartos. Uma delas estava com o cortinado preso num cordão de seda com borla. Ali havia sido colocada uma cama de madeira alta com um colchão coberto de almofadas coloridas. Ao lado, Keelie viu, no chão, uma sacola de papel rústica, com a estampa de mão vermelha claramente visível no tecido amarelo, que aparecia em cima.

Perambulou por ali, sem tocar em nada, os olhos passeando de um detalhe a outro, tentando absorver tudo de uma vez. Fora como entrar numa casa de conto de fadas.

Keelie foi sentindo cada vez mais entrosamento e liberdade, embora aquele lugar fosse o verdadeiro oposto da casa dela na Califórnia. A mãe preferia os móveis de cerejeira de tom escuro, que pertencera a Jo, a avó de Keelie. As peças imensas sempre pareceram opressivas e nada propícias para a garota. A menina costumava manter-se longe delas, preferindo o visual retrô de seu quarto, com cromo e fibra de vidro.

Dos móbiles ressoava uma música não só constante como também reconfortante. Keelie sorriu. A mãe teria achado aquele lugar ventilado demais.

A garota notou um conjunto de porta-retratos numa mesa de canto. Foi até lá e pegou um deles, com corações talhados no alto. Ela mesma, aos seis anos, sorrindo, orgulhosa da boca banguela.

Todas as fotografias eram dela. O pai tinha cada uma das fotos da escola tiradas desde o jardim de infância, até mesmo a do ano anterior.

Ela virou-se assim que a porta se abriu atrás dela.

— Keelie, vou participar de uma reunião perto dos portões principais e deve durar até tarde; daí podemos conversar — disse o pai.

— Se você sentir fome, pegue algo na geladeira. Não se afaste muito daqui. Escurece rápido.

Descalça, a filha deu a volta.

— Mas você vai voltar para o trabalho? Eu acabei de chegar. — Keelie queria ficar sozinha, mas não parecia justo Zeke abandoná-la. Claro que ele era bom nesse campo. Havia praticado à beça.

— Eu também gostaria de ficar com você, mas tenho essa reunião de vendedores do festival.

— Sinto muito a mamãe ter escolhido um momento tão inconveniente para morrer — gritou a filha. Em seguida, não se moveu, chocada. Geralmente não era uma louca descontrolada. O que estava acontecendo com ela?

O pai ficou pasmo.

— Não, Keelie, não foi isso o que eu quis dizer.

O rosto da garota ardia por causa do esforço para conter as lágrimas mais recentes.

— Vá embora, está bem? Preciso ficar sozinha. — Ela deixou escapar um soluço e engoliu saliva com força, na tentativa de não soluçar mais.

— Depois que você se vestir, por que não vai dar uma volta? — sugeriu Zeke. — Há muito que ver, embora as barracas já tenham fechado. Só não vá até o Condado. — Ele suspirou. — Mas também pode ficar aqui se preferir. A sra. Talbot tinha me dito que você só chegaria na semana que vem, por isso eu não estava preparado; mas, já que veio agora, vamos dar um jeito. É minha responsabilidade cuidar de você, e, para isso, tenho que zelar pelo aspecto financeiro, pelos meus negócios. Foi o que eu quis dizer, Keelie. Você não é um fardo nem uma inconveniência.

O pai andou até a filha e deu-lhe um beijo no rosto. Ela aceitou o carinho, sem olhá-lo. Realmente precisava ficar sozinha e comer algo — sua barriga roncava. Estava com fome e confusa.

Depois que Zeke foi embora, a garota encontrou o banheiro atrás de uma porta entabuada. Uma banheira imensa, com pés em forma de garra e equipada com chuveirinho portátil, ocupava quase todo o ambiente, junto com uma reluzente pia de porcelana, cuja cuba apresentava estampas de folhas verdes interligadas. Keelie encontrou toalhas limpas numa cesta e sabonete com aroma de alfazema na banheira. Tudo bem do jeito a que estava acostumada. Aquilo fez com que se lembrasse dos banheiros da Fonte Termal Chico, onde esteve para passar férias com a mãe.

Ela levou um tempo enorme se lavando, mas, por fim, conseguiu livrar-se da lama. Sentiu-se outra pessoa, sobretudo depois de colocar as roupas horrorosas que o sujeito do show de lama lhe emprestara. Tal como suspeitara, parecia uma verdadeira idiota. Pensou na garota linda de saia-balão e cachos dourados impecáveis, aquela que estaria beijando Sean, o cavaleiro louro. Observou os laços cor-de-rosa desbotados do corpete roxo. Olhou de esguelha por sobre o ombro. As estampas de mãos grandes e vermelhas sobressaíam à altura do traseiro na saia amarela. A blusa estava encardida, mas lavada. Pelo menos já se livrara das crostas de lama grudadas na pele. Deveria ter colocado uma roupa extra na mala.

Keelie tentou desembaraçar alguns nós do cabelo, penteando-o com os dedos. Seu spray desembaraçador ficara na mala, junto com o xampu, o condicionador, a chapa e o gel. Anéis e cachos espetaram por toda a sua cabeça em virtude da umidade. Ela passou uma mecha do cabelo castanho pelos dedos. Com exceção da mulher da coruja, ninguém naquele festival tinha cabelos curtos, o que, na verdade, não fazia diferença. De qualquer maneira, Keelie não queria se enturmar.

Ela tocou o próprio rosto, no ponto em que o pai a beijara. Fora um momento estranho. A garota nem tentara se afastar. O dia inteiro havia sido fora do comum. Em algumas ocasiões, ela tivera vontade de fugir, de voltar para a civilização e, em outras, de ser a garotinha nos braços do pai. Tudo provavelmente por causa do estresse provocado pela morte da mãe e pela mudança.

Talvez devesse se manter ocupada, encontrar uma atividade que não lhe deixasse muito tempo para pensar. Sempre que se pusesse a refletir, ela se lembraria da mãe e de quanto sua vida mudara, e recomeçaria a chorar.

Keelie contemplou a paisagem pela janela de vidro quadriculado que dava para a justa. Parara de chover, e os cavaleiros treinavam na pista em meio às sombras. Como o festival estava encerrado, ela resolveu dar uma checada nas atividades após o expediente, embora, na verdade, só quisesse ver se Sean estava lá sem a Princesa-Elia-dos-Cabelos-Impecáveis.

Olhou para os pés. Estava descalça, mas, se pisasse nos canteiros de grama, seus pés se manteriam limpos ou ao menos sem lama. Afinal de contas, a justa ficava praticamente ali do lado. Keelie voltou correndo para o banheiro, em cujo chão deixara as roupas sujas. Sua capri estava um desastre, mas ela só lavaria roupa mais tarde. Buscou no bolso da calça o quartzo rosa e colocou-o no sutiã. Felizmente, como a parte de cima da roupa era bem folgada, provavelmente ninguém notaria a estranha protuberância.

Uma rápida busca na diminuta cozinha mostrou que não havia muito que comer, mas ela achou uma lata cheia de biscoito de aveia. Perfeito. Pôs um na boca, pegou mais dois e, em seguida, saiu batendo a porta. Desceu a escada com os pés descalços formigando.

Descer a colina saltando de um canteiro de grama verde a outro fora bem mais difícil do que imaginara. Quando chegou a uma parte em que o canteiro seguinte ficava a mais de um metro, a menina lamentou ter desistido do balé. Pulou e caiu bem no meio da poça de lama.

Uma placa perto da tribuna, antes cheia de turistas — os mundanos no jargão local —, indicava a justa. Ao redor de Keelie, cavaleiros se desafiavam em suas montarias, arreios tiniam e o som metálico de armaduras ressoava. Ela se perguntou em que parte ficava o Condado. Deixara o mapa, que ficara encharcado como o restante de seus pertences, em casa. De qualquer forma, a área de acampamento dos funcionários provavelmente não constava nele.

Dois cavaleiros de armadura e sem os capacetes passaram galopando, tão sujos de lama quanto ela estivera mais cedo. Não deram a impressão de se importar. Um acenou para Keelie ao cruzar com ela.

Quando a garota fez menção de retribuir o aceno, eles já haviam ido embora.

Restava apenas um par de canteiros de grama à sua frente, entre Keelie e a cerca rústica de madeira, nos limites da pista. Um cavalo enorme estava atrelado a um dos postes. Ele virou a cabeça grande e fitou-a; em seguida, relinchou, como se a saudasse.

Foi quase como se quisesse conhecê-la. Keelie nunca havia ficado tão perto de um animal tão imponente, mas não sentiu medo. Calculou a distância até o próximo canteiro e saltou, só que errou de novo, salpicando água para todos os lados.

O cavalo balançou a cabeça, como se em sinal de aprovação, e ela riu. A garota parou, pasma, assim que se deu conta de que era a primeira vez em dias que o fazia.

Com água à altura do tornozelo, continuou a soltar risadinhas. Quando o animal a tocou com o focinho, ela o acariciou.

— Legal conhecer você também — saudou Keelie. Em seguida, ofereceu-lhe o biscoito de aveia. O animal comeu-o de forma ruidosa. Cavalos gostam de biscoitos! Quem diria!

— Eu devia ter adivinhado que você era da turma dos lamacentos — disse alguém.

Quando Keelie se virou, viu a srta. Cachinhos Dourados Impecáveis de braços dados com Sean. Beleza. Os dois tinham visto as marcas de mão na parte posterior da saia dela.

Mas Keelie resolveu encarar a situação. Estendeu a mão direita.

— Oi de novo. Não deu para a gente se apresentar direito. Sou Keelie Heartwood. Vou morar no alto da colina com meu pai. — Ela se sentiu estranhamente bem ao dizer isso.

Lorde Sean fez uma reverência, sorrindo.

— Sou Lorde Sean do Bosque, e esta é Lady Elia.

Cachinhos Dourados olhou com desdém para a mão estendida de Keelie.

— As mulheres fazem esta reverência, Katy. — Ela abaixou com graciosidade, segurando as laterais da saia cor-de-rosa. — Assim.

— Ah. Assim? — Keelie abriu em leque sua saia amarela horrorosa e abaixou ligeiramente, estendendo o pé esquerdo e batendo-o de propósito na lama à sua frente. Lodo pegajoso e escuro espargiu por todos os lados.

— Puxa, sua desastrada! — gritou Lady Elia, esticando a saia e procurando respingos. Os olhos cheios de ódio da menina dirigiram-se, então, para Keelie e observaram a roupa brega e descombinada. — Você fez isso de propósito. E vai lamentar!

— Já lamento. E meu nome é Keelie.

Elia saiu indignada, empinando o nariz.

— Vamos, Lorde Sean. Vai chover já, já.

O rapaz ficou olhando para Keelie, lutando para evitar que o sorriso se transformasse numa risada.

— Lady Elia detesta se molhar.

— Já ouvi falarem isso de bruxas. Elas não derretem com a chuva?

Um dos cavaleiros que estava ali perto soltou uma gargalhada. Sean deu de ombros e foi atrás de Elia.

Trovejou de novo. Keelie tirou o quartzo rosa de seu esconderijo no sutiã e ficou segurando-o, caso recebesse outro correio de voz de uma árvore. Havia escurecido de novo, e o vento agitava os galhos no alto. O grupo que estava por ali começou a se dispersar, e um cavaleiro foi tirar o cavalo da área.

Quando grandes gotas de chuva começaram a atingir o solo, Keelie ficou só. Não restou nenhum sinal do mundo real. O céu escuro ocultava quaisquer aviões, e os únicos sons eram do aguaceiro e dos gritos distantes de trabalhadores do festival tentando fechar seus estabelecimentos. Não havia nenhum sinal da mãe de Keelie, nem da sra. Talbot, nem de sua antiga vida.

O que restava era aquele lugar verdejante, estranho e úmido, tão cheio de gente que não a queria ali e tão diferente da Califórnia que ela precisava de um guia de viagem para entendê-lo.

A tempestade fez com que os cabelos de Keelie grudassem em sua cabeça. A fantasia dela começara a pesar, mas as pernas continuavam quentes e secas sob as camadas de roupa.

Aos poucos, ela foi subindo a colina, afastando-se da justa abando-nada, sem se importar com a possibilidade de usar trilhas em que cursos-d'água podiam se formar de repente. Os pés descalços salpicavam água e lama de forma despreocupada.

Keelie precisava aceitar o fato de que estava presa. Presa no Inferno Medieval... mas não ficaria ali por muito tempo.

4

Embora Keelie estivesse totalmente encharcada, continuava andando depressa rumo ao abrigo oferecido pela loja do pai. Outros passavam em disparada pela chuva. Ao pegar o caminho em direção à casa do pai, ela viu o rosto familiar da jovem gótica que dera indicações para a sra. Talbot mais cedo; pelo visto, rumava também para a loja de Zeke. Keelie entrou correndo na área, naquele momento escura, dos móveis, aliviada por sair da chuva. A moça chegou instantes depois.

— Você conseguiu achar seu pai? — A gótica tirou o capuz da cabeça.

— Zeke? Achei, sim. Sou Keelie. — Estendeu a mão, e as duas se cumprimentaram. A da jovem estava fria e molhada.

— Raven. Minha mãe é dona do herbanário ao pé da colina.

— Raven. Legal o seu nome.

A moça deu de ombros.

— É um estorvo nas aulas de administração. Ninguém leva a sério alguém como eu, com um nome que significa Corvo.

— Onde você estuda?

— Estudo na Universidade de Nova York, em Manhattan. E você?

— Vou começar o penúltimo ano do ensino médio. Sou de Los Angeles. Pretendo estudar direito na Universidade da Califórnia.

— Legal. Está com saudade da cidade grande?

— Bastante. Como você aguenta toda essa esquisitice medieval?

— Cresci neste meio. Até gosto. Sinto que é a minha casa. Mas adoro Manhattan.

Manhattan. A mãe de Keelie fora até lá diversas vezes a negócios e prometera levar a filha junto um dia.

— Você sabe onde fica o Condado? — quis saber Keelie.

— Estava indo até lá agora. Para uma festa. Quer ir?

Enfim, a situação melhorava. Uma nova amiga, simplesmente uma estudante universitária de administração, que sabia onde havia festa.

— Claro, seria ótimo.

Raven se dirigiu à parte dos fundos da loja.

— Aonde você vai? — Para Keelie, a nova amiga não devia estar perambulando pela loja de seu pai daquele jeito. A não ser que... não, Zeke não namoraria alguém assim tão jovem. Ao menos, era o que a filha esperava.

— Seu pai guarda casacos nesta parte. Já conheceu Scott?

— Quem é ele?

— O assistente de Zeke. Vai... gostar dele. — Ela deu um casaco preto para Keelie e, em seguida, ajudou-a a amarrar o capuz no pescoço.

— Ele vai estar na festa? — Keelie pôs o capuz, sentindo-se como uma monja. Havia uma bota velha encostada à porta da marcenaria. Ela meteu os pés descalços nela e ficou feliz por estarem secas.

— Tomara que não. Scott deduraria você para o seu pai. Mas é tão viciado em trabalho que deve estar dormindo num canto aconchegante. — Raven riu e pôs o próprio capuz. Elas saíram na chuva torrencial.

— Por que ele contaria para o meu pai... hã... para Zeke?

— É um tremendo puxa-saco. E com certeza seu pai não vai querer você metida com o pessoal do Condado. Às vezes a situação foge do controle por lá.

— Como assim? — Ela pensou em Sean, emaranhado nos lençóis com algumas mulheres. Mas não com Cachinhos Dourados. Não quis nem considerar essa possibilidade.

— Bebedeira, prostituição, briga. O de sempre.

— Conheci um cara legal mais cedo. Lorde Sean do Bosque. Sabe quem é?

Raven parou e lhe lançou um olhar de Darth Vader.

— Sei, sim.

— E...?

— E... nada. É um babaca. E você não vai ver o Presunçoso Lorde Sean ou os da laia dele no Condado. Eles têm o próprio acampamento.

— E onde fica isso?

— Na floresta. Melhor não ir até lá. Eles não gostam de companhia. Acha que são grosseiros em público? Experimente ir até lá para ver!

A trilha que seguiram passava por uma floresta escura. Keelie segurou com força o casaco de Raven e, com a outra mão, agarrou o quartzo rosa. As botas desamarradas ficaram bem folgadas à altura dos tornozelos.

— Raven, não consigo ver nada.

— Não se preocupe, já passei por aqui milhares de vezes desde que era pequena. Fique na trilha. Se por acaso se meter na floresta, não vai saber onde está até de manhã cedo.

Keelie estremeceu.

— Está vendo aquela clareira à esquerda?

— Não, só escuridão e chuva.

— Bom, tem um prado enorme ali. Primeiro atravessamos a ponte. Está ouvindo o riacho?

— Não, só a chuva.

— Escute, sua bobona.

Keelie ouviu um ruído em meio ao som do aguaceiro.

— Está bem, acho que estou ouvindo o riacho.

— Então, sempre que começar a ouvir esse barulho, a ponte vai estar bem na frente. Depois de atravessá-la, dê cinco passos. O prado fica no lado esquerdo. Passe pelo rochedo. São cinquenta passos até a área do acampamento. Mas, a essa altura, você já vai ver as luzes de lá.

As duas percorreram a ponte, as botas de Keelie ressoando nas tábuas; um som ecoou sob elas.

— Heartwood. — A voz aguda e fraca pareceu ter vindo debaixo delas.

Keelie puxou o casaco de Raven:

— Você ouviu isso?

— Não.

— Alguém disse o meu nome.

— Você se assusta com a maior facilidade. Aposto que deve ser divertido ver um filme de terror do seu lado.

— Minha mãe dizia que eu era nova demais para vê-los. Quer dizer então que a gente está indo para uma festa no Condado? — Raven caminhou mais depressa, o que levou Keelie a se apressar.

Um clarão amarelado reluzia em meio ao breu adiante. A chuva diminuíra um pouco, e Keelie escutou um burburinho ao longe.

— Estamos quase lá. Pode soltar o meu casaco agora. Juro que achei que você ia me enforcar na ponte.

— Ouvi alguém dizer "Heartwood".

— Talvez alguém transando debaixo da ponte.

E dizendo o nome dela? Não parecia muito provável. A menos que tivesse sido seu pai com alguma mulher.

No acampamento, viram uma variedade de barracas compradas em lojas, de todos os tamanhos, campistas recém-chegados, trailers grandes e incríveis barracas personalizadas. Elas passaram por uma alta e longa, com a parte interna bem iluminada. Havia um dragão de madeira estilizado no alto de um poste frontal de madeira.

Deve ser a barraca do Tarl, pensou Keelie e, em seguida, apertou o passo na frente do local ao ouvir o gemido de uma mulher vindo de dentro. Enquanto passava adiante, entreviu uma silhueta na lateral da tenda, mostrando um sujeito com corpo em forma de pera, obviamente pelado. Keelie, que esperara comer algo na festa, perdeu o apetite na hora.

— A festa vai ser na última barraca desta fileira. Todas as tendas estão montadas em círculo, e tem várias enfileiradas, formando ruas no interior dele.

Elas pararam na frente de uma barraca de tamanho médio. Luzes e risos as saudaram quando empurraram a aba da frente e entraram. Uma nuvem de fumaça azulada e adocicada espalhou-se.

Keelie já havia sentido o cheiro de maconha antes, em festas, mas nunca tanto em um só lugar. O interior estava iluminado por velas em pilares, e o piso coberto por tapetes orientais e almofadões nos quais as pessoas se acomodavam.

— Oi, Raven. Quem é essa menina aí?

— É Keelie, uma amiguinha.

Keelie acenava conforme ia sendo saudada por todos ao redor, odiando Raven por tê-la chamado de amiguinha. Tirou o casaco e colocou-o em cima da pilha de roupas molhadas na entrada.

Um pirata sorridente, com os olhos pintados como os de Johnny Depp, bateu de leve no tapete perto dele.

— Doce Keelie, fique aqui comigo um pouquinho.

Ela tirou as botas, como Raven fizera.

— Vá sentar ali perto da Aviva — disse a amiga a Keelie, apontando para uma moça de cabelos escuros com fantasia de dançarina do ventre.

O sósia de Johnny Depp deu um largo sorriso e umas batidinhas na almofada a seu lado. Lisonjeada, Keelie começou a se sentar, mas se levantou de um salto quando a mão dele apoiou seu traseiro. Ela o fuzilou com os olhos.

— Sinto muito, doçura. Só segui as instruções estampadas no seu bumbum.

— Ha, ha. Não. — Keelie sentou-se ereta e ajeitou a saia de forma que as estampas de mãos não aparecessem. Precisava de outra roupa urgente.

Escutou a conversa, sentada, bastante ciente do sujeito a seu lado. Ele se aproximou mais.

— Está tremendo, mocinha. Chegue mais perto do capitão Randy, eu esquento você.

Quantos anos ele tinha? Keelie não quis sair correndo feito uma garotinha medrosa. Se estivesse à beira da piscina na festa de uma amiga em casa, saberia exatamente o que fazer.

Raven estava à sua frente, apoiada no peito musculoso de um tocador de tambor com corte de cabelo selvagem, que largara o instrumento musical aos pés. Ela parecia à vontade.

Keelie tentou se recostar um pouco. O pirata posicionou o braço perto dela, permitindo que a menina se acomodasse em seu ombro. Ela se sentiu bem e apreciou o calor do contato.

O sujeito pegou a garrafa que circulava entre os presentes.

— Hidromel — sussurrou ele ao ouvido de Keelie, a respiração lhe fazendo cócegas. — Doce como mel. Prove.

A garota olhou com desconfiança para a garrafa sem rótulo. Não que eles fossem passar algum produto anticongelante, mas aquele troço não parecia seguro. Ela esfregou o gargalo da garrafa com o casaco e, em seguida, tomou um golinho. Era bom. O capitão Randy riu quando Keelie tomou um gole caprichado.

— Esquenta a barriga, não esquenta? — perguntou ele.

— Com certeza — respondeu Keelie.

O capitão Randy pegou a garrafa e pôs-se a tomar a bebida, sem se dar o trabalho de limpá-la antes. Pelo visto, não o incomodava a possibilidade de compartilhar germes. Ele piscou para ela ao beber, e o coração da garota disparou.

Keelie torceu para que o sujeito não sentisse o tremor que se espalhara por seu ombro e sua nuca. Ela não sabia se estava com medo, empolgada ou ambos.

A garota sentiu a respiração dele em sua nuca e estremeceu. O capitão Randy envolveu-a pela cintura, tranquilizando-a.

— Ei, Raven, dança para a gente.

O pedido em voz alta foi reforçado pelo de outras pessoas. O tocador pegou sem pressa o tambor e iniciou uma batida rítmica. A amiga de Keelie levantou-se e começou a se mover de acordo com o ritmo, numa dança do ventre, agitando o quadril de um lado para o outro, arqueando as costas enquanto movia os braços de forma serpenteante. A batida acelerou, tomando um ritmo mais rápido e malicioso. Raven rebolou, os músculos do abdome destacando-se quando ela movia a parte superior do corpo.

Keelie ficou olhando fixamente, hipnotizada, com a sensação de ter se separado do corpo. A fumaça que se espalhava pelo ambiente já não a incomodava mais, e ela se sentia bem.

A dança de Raven era bem diferente daquela que fazia a gorducha do restaurante marroquino. Os movimentos da amiga mostravam-se firmes e sensuais.

Todos os presentes estavam inclinados naquele momento, os olhares ávidos grudados no corpo de Raven. A dançarina sorria de forma enigmática para todos. Keelie sentiu a mão do pirata em sua cintura puxá-la para mais perto. Permitiu que o fizesse.

Ela nunca tinha ido a uma festa tão legal como aquela.

A mão do pirata começou a acariciar a lateral do corpo de Keelie, os dedos movendo-se por suas costelas e penetrando no corpete, no ritmo do tambor. Ela começou a respirar mais rápido. Se olhasse para o capitão Randy, talvez ele o tomasse como permissão para seguir adiante. Assim, concentrou-se na amiga. A bela Raven, a sensação da festa.

A dançarina começou a rodopiar, apoiando-se num dos pés descalços, e olhou para Keelie no momento em que o pirata tocou a parte inferior do seio dela. A garota parou de respirar. O que ele faria a seguir? E o que ela deveria fazer? Naquele lugar, todo mundo podia perder o controle, não podia?

Os olhos de Raven escureceram, e ela fez um gesto brusco com a mão. No mesmo instante, o rapaz parou de tocar o tambor.

— Ah, Raven! — protestaram as pessoas.

— Minha amiga precisa ir dormir, gente. Eu danço de novo numa noite menos chuvosa. Vamos, Keelie.

— Eu não tenho hora para voltar. Aqui está tão legal. — Ela se virou para o capitão Randy, buscando apoio.

— Deixe a garota ficar, Raven. Eu mesmo levo a donzela para casa quando ela quiser. Por que você quer acabar com a noite dela?

— Tenho dois motivos — respondeu a amiga, apoiando as mãos na cintura. — Primeiro, ela tem quinze anos.

O sorriso do pirata diminuiu um pouco, mas depois ele olhou com prazer para Keelie:

— Uma garota precoce.

— Segundo, ela é filha de Zekeliel Heartwood.

O sujeito soltou a cintura de Keelie. Ela se virou, intrigada, e viu o pirata afastando-se em meio aos almofadões.

— O quê? — Ele olhou para a garota e se inclinou para lhe dar um beijo no rosto. — Boa-noite, doçura. A gente se encontra por aí.

Keelie saiu da barraca nas nuvens, adorando o festival, sobretudo o Condado, mas irritada com Raven. Quem ela achava que era, sua irmã?

Lá fora, a amiga lhe entregou o casaco. Parara de chover e dava para discernir o brilho tênue da lua no céu encoberto.

— Você se divertiu?

— Nossa, Raven, eu não imaginava que você podia dançar daquele jeito. Foi muito legal!

— É, todo mundo gosta. Eu ensino para você se quiser.

— Quando? E posso ter uma dessas roupas pequenas e decotadas com sinos?

— Claro. Elas são vendidas aqui na Cabana do Rebolado, a loja da Aviva. — Raven subia a colina de forma enérgica. — Então você e o capitão Randy estavam se dando bem...

— Esse é o nome dele?

— Não exatamente. Só aqui no festival. O verdadeiro é Donald Satterfield. Fora de temporada, ele trabalha como caixa de supermercado em Denver. Mora no porão da mãe e fica jogando no computador o dia inteiro.

— Não. — Ela pensou em seu pirata charmoso. Na mão dele em seu seio. — Por que é legal que um pirata passe a mão em você, mas não um caixa de supermercado?

— Os piratas optam por atuar fora da lei. Só um tremendo preguiçoso se torna perdedor.

— Mas ele tem um emprego. — Podia não ser sexy ser caixa de supermercado, mas era um trabalho.

— O capitão Randy tem 28 anos, Keelie.

— Não parece ter tudo isso. Então você parou de dançar porque viu que ele estava me acariciando?

— Ótima visão.

Quando elas passaram pela ponte, Keelie não escutou seu nome daquela vez. Só conseguia pensar na sensação da mão do pirata em seu seio. Mal podia esperar para contar a Laurie.

Ainda subindo a colina em direção à casa do pai, a garota notou que o apartamento em cima da loja continuava escuro. Zeke não havia chegado ainda. Ótimo, porque ela cheirava a hidromel e a baseado. Por sorte, a caminhada a fizera pensar com mais clareza.

— A gente se vê amanhã, Keelie.

Raven foi embora, pegando a trilha rumo ao herbanário.

No segundo andar, um longo miado de protesto rompeu o silêncio assim que a garota acendeu a luz. Da poltrona do pai, o gato Knot lhe lançou um olhar acusatório.

— Ainda bem que você não pode falar. — Ela se dirigiu ao banheiro para eliminar os indícios de seu comportamento imprudente.

Keelie esticou os dedos dos pés sob o cobertor quente e aconchegante. Ao acariciar a lã macia e se cobrir mais, pensou no corpo caloroso do pirata pressionando o dela.

Pirata?

Ela acordou de supetão e sentou repentinamente, lembrando-se da festa na noite anterior. Só que não sentiu o cheiro de baseado, mas sim de biscoitos assando. Mas a mãe não fazia isso. Sempre comprava uns recheados, em forma de duende, no supermercado. Keelie sentiu um nó na garganta. Ah, mãe!

Lembrou-se de que ela nunca mais lhe compraria biscoitos. De que não a abraçaria mais. De que estava morta. Sentiu-se culpada por ter se divertido na noite anterior. Aquele lugar era um conto de fadas do inferno, com exceção do Condado — este, sim, podia ser considerado divertido.

Sua mãe teria ficado horrorizada, ainda mais se soubesse que Keelie deixara o pirata apalpá-la. Erguendo a blusa até o diafragma, ela passou os dedos pela costela, no ponto em que o sujeito a tocara. E se deparasse com ele no festival?

Keelie não se importava com o que o capitão Randy fazia no mundo real; no entanto, não tinha certeza de que queria que o ocorrido na noite passada se repetisse. Claro que a conversa sedutora dele podia ter sido apenas parte do papel que ele desempenhava. Será que ela gostara do personagem, e não da pessoa? O que era real ali? Não queria dar uma de idiota pensando que havia algo de especial no que acontecera na noite passada. Ela seria legal, como Raven.

A garota se jogou para trás, deitando, e observou as colunas da cama. As quatro imitavam vinhas retorcidas e se interligavam no alto, formando um nó, do qual saíam cortinas ondulantes, de tecido branco e transparente, que iam até o piso em ambas as laterais da cama. Linda. Se sua mãe estivesse viva, se Keelie estivesse apenas visitando o pai, ia se sentir feliz da vida. Ainda mais se ele a tivesse convidado para ir até lá; ela sairia com Raven, e as duas seriam amigas. Keelie pretendia visitar o pai depois que se instalasse em Los Angeles. Morar com Elizabeth não seria o mesmo que estar com a mãe, mas seria um ambiente familiar. Poderia conversar com ela, que fora a melhor amiga de Katherine e, além disso, era a mãe de sua melhor amiga, Laurie. As duas garotas se tornariam irmãs. Keelie precisava conversar com Laurie para dar continuidade ao plano. Antes mesmo do final da semana já estaria de volta a Los Angeles.

Virando-se para o lado, ela abraçou com força o enorme travesseiro de penas diante do peito e cobriu-se até o queixo. Havia chorado muito no dia anterior. Era só o que faltava mesmo: na hora em que sentia vontade de desabafar, as lágrimas não vinham.

Fechou os olhos e esforçou-se para voltar ao momento em que acordara, quando achou que estava em casa, dormindo na própria cama, e que a mãe estava no andar de baixo, assando biscoitos de aveia.

Um ruído irritante de lambidas interrompeu seu devaneio. Quando abriu os olhos e se virou, viu Knot comendo algo de uma tigela de cerâmica colocada numa bandeja de madeira em sua cama. Havia um copo de suco de laranja ao lado da tigela, com um cartão verde em que alguém escrevera algo com letra bonita. Ela estendeu a mão para pegá-lo, arriscando-se a levar uma patada do gato, e leu: "Para você, Keelie."

O gato ergueu a cabeça da tigela, com restos de mingau de aveia pendurados no bigode lembrando melecas grotescas. Seus olhos verdes transmitiam um presunçoso brilho de satisfação.

A barriga de Keelie roncou quando ela viu outro vestígio de mingau, mas ver o gato todo melado fez com que perdesse o apetite. Não queria mais saber do café da manhã do pai.

Nossa! Alguém preparara o café da manhã para ela. Fora a primeira vez. A mãe sempre estimulara sua autossuficiência e independência.

Quando Keelie fez menção de pegar o suco de laranja, Knot bufou e golpeou-a com a pata. Keelie imitou o chiado, agarrou depressa o copo e deu vários goles, direto. Em seguida, colocou o copo com força na bandeja, levando-o a esbarrar na tigela e tinir. O bichano lançou um olhar hostil para ela, com os estranhos olhos verdes.

Pelo visto, o pai amava Knot, e não a filha. Keelie sentiu a raiva fervilhar dentro de si, fluindo como lava quente. O felino virou-se e continuou a comer seu mingau.

A menina pegou o travesseiro na cama e jogou-o no gato. Errou o alvo e acabou atingindo a ponta da bandeja, que caiu no chão. A tigela com o mingau quebrou, junto com o copo de suco praticamente vazio. Cacos de vidro e restos de comida numa poça de suco de laranja sujavam o assoalho polido.

O bichano idiota pulou da cama para o piso, virou-se e lançou um olhar furioso para Keelie. Balançou o rabo, como quem diz: "Ha, ha, você errou!" Em seguida, saiu andando, passando pela gororoba e pelos cacos, sem um restinho de aveia no pelo.

Ruídos de passadas ressoaram na escada e, então, a porta se abriu de supetão. O pai abriu a cortina, aparentemente assustado.

— Você está bem? — Knot deixou escapar um miado lamentoso quando Zeke se aproximou rápido da cama. — Keelie, você está bem? O que foi que houve?

Ela queria gritar: "Não, não estou bem. Quero voltar para casa." Mas não o fez.

Olhou fixamente para o gato.

— Foi ele.

Knot miou de novo, encolhido, como se fosse ele a vítima.

— Knot, seu danado — disse o pai, com suavidade. Em seguida, viu a bagunça no piso. — Fique aí. Não saia da cama. Pode cortar os pés.

O pai voltou com um rolo de papel-toalha com estampa de unicórnios e uma lixeira de madeira.

Parecia não ter nada que não se originasse de uma árvore. Zeke jogou os cacos maiores do vidro e da tigela no lixo. Depois, deu para a filha seus tênis outrora brancos, que agora tinham ficado encardidos de lama.

Quando ela os pegou, deveria ter agradecido, mas não o fez. Continuava brava. Então, evitou olhar para ele, que a fitava.

— Por que deu esse nome para o gato? — perguntou Keelie.

O pai sorriu.

— Por causa do nó que nos une?

Keelie não retribuiu o sorriso; em vez disso, lançou o costumeiro olhar de adolescente com raiva. A mãe o chamava de fuzilante, porque, se a filha estivesse numa praça de touros sendo atacada por um deles, só aquele olhar faria o animal fugir com o rabo entre as pernas.

Zeke ficou sério.

— Sua avó me olha assim sempre que fica brava comigo.

— Olhava, Zeke. Minha avó Josephine teve um derrame e morreu dois anos atrás.

— Eu soube. Lamento muito você ter perdido sua avó Josephine, mas eu me referi à *minha* mãe. Chama-se Keliatiel. O seu nome é uma homenagem a essa avó. Conversei ontem com ela, que está louca para se encontrar com você.

Keelie fitou o pai. Uma avó que a mãe nunca mencionara. A ideia de ter outra ainda viva a deixou pasma. Por quê?

O pai estalou os dedos.

— Boas notícias também. A companhia aérea mandou um entregador ontem à noite com uma das suas malas. — Ele afagou o ombro da filha ao se levantar. Os dedos dele eram longos como os dela, mas fortes e bronzeados. — Melhor eu ir pegar uma pá para recolher o resto dos cacos.

Zeke saiu do quarto. Knot sentou-se, ergueu a pata esquerda, de costas para Keelie, e pôs-se a lamber o pelo com a língua rósea.

— Eca. — Ela calçou os tênis e foi até o bichano. Empurrou-o de leve com o pé. — Vai fazer isso noutro lugar, seu gato idiota. — A garota perguntou-se o que a avó até então desconhecida achava de Knot. Será que adorava gatos? Será que ia amar Keelie como a avó Jo a amara?

O bichano olhou-a de um jeito ameaçador e, em seguida, bufou. Deu uma patada em seu tênis e, então, com o rabo erguido, saiu do quarto.

Mas que gato assustador. Keelie não se surpreenderia se ele tivesse um emprego paralelo, que o levava a voar na vassoura de alguma bruxa no Halloween. Fosse como fosse, já conseguira o que queria. Ele tinha saído de seu quarto.

O ruído de homens gritando veio lá de fora. Com uma das mãos ela abriu as cortinas brancas e contemplou a justa. Já havia uns cavaleiros de armadura, montados a cavalo, treinando.

— Aqui está, Keelie — disse Zeke, colocando uma mala em cima da cama. A decepção fez Keelie sentir uma pontada na barriga. Ou talvez fosse fome.

A mala recuperada era a pequena, de tapeçaria verde, na qual ela guardara sua roupa íntima. Ela esperava que fosse uma de suas malas grandes. Observou a calça lamacenta e o traje do show de lama, que ela colocara no encosto de uma cadeira de madeira. Continuava sem nada decente para usar. A partir daquele momento, nunca mais deixaria de pôr uma muda de roupa extra na bagagem de mão. Aprendera a lição.

Keelie foi até a cama, deixou-se cair nela e pôs a mão na alça da mala. Não choraria. Não gritaria. Não reagiria. Queria ficar com a mente e o corpo entorpecidos.

Zeke aproximou-se e sentou-se ao lado da filha na cama. Sorria de um jeito esperançoso, porém cheio de ressalvas. Como se a mala fosse uma oferta de paz fracassada.

— Pelo visto, não era a que você queria.

Keelie tinha de admitir que o pai captava tudo com rapidez.

— Só tem sutiã e calcinha, achei que seria a que está com minhas roupas. — As normais, que a conectavam com a vida na Califórnia Que a conectavam com sua mãe.

— Com certeza, até o fim do dia as malas com as roupas e o restante dos seus pertences chegarão — disse o pai. Parecia convencido disso.

Ela se encheu de esperança.

— Você acha mesmo?

— Acho. Enquanto isso, vista algo e vá até a casa de chá. A sra. Butters está assando muffins e pãezinhos agora e, quando você chegar lá, eles terão acabado de sair do forno.

— Parece uma boa ideia. — Keelie lembrou-se da sra. Butters, do dia anterior. — Ela é a esposa gorducha do bonequinho de gengibre?

Zeke mostrou-se intrigado.

— Que bonequinho de gengibre?

— O do conto infantil, pai. Lembra? Aqueles que você nunca leu para mim?

— Não gosto muito de contos de fada. — Ele deu um tapinha no joelho dela e se levantou.

Keelie observou-o se afastar, notando como era alto. Tentou imaginar a mãe executiva e bem-sucedida com o pai hippie, de visual roqueiro, juntos, tempos atrás. Muita coisa estranha acontecia no mundo, fatos inexplicáveis, e, para ela, aquele era um deles. *Os opostos se atraem*, pensou. Ou isso, ou hidromel e maconha faziam parte do dia a dia naquela época também.

Ela abriu o zíper da mala e sorriu. O conteúdo cheirava a alfazema e frutas cítricas, igualzinho a seu quarto em Los Angeles. A garota pegou uma calcinha de algodão e um sutiã esportivo do mesmo material. Roupa íntima limpa. Quem diria que pareceriam um luxo?

No banheiro, Keelie fez uma careta ao ver seus cabelos. Sem condicionador e sem aparelho para dar um jeito neles, estava destinada a ter cachos *tonhonhons* combinando com o vestido medonho. Ela passou a mão úmida neles e os escovou para evitar que espetassem.

Lavou o rosto com água gelada e escovou os dentes com a pasta e o dedo. Como fizera as malas às pressas, esquecera a escova em seu suporte em casa. A idiota da sra. Talbot. Keelie precisava de uma escova de dentes e de outros itens. Tinha que encontrar a velha farmácia das cercanias; talvez Raven pudesse ajudá-la. Não pediria a Zeke.

Claro que isso talvez o constrangesse mais que a amiga. Ela se imaginou solicitando ao pai absorventes internos na frente de todas as fãs dele.

Keelie viu a pele esfregada e avermelhada refletida no espelho e se recordou da tez de pêssego, das bochechas rosadas e dos cabelos dourados impecáveis de Elia.

— Beleza. Se o meu cabelo encrespar hoje, vou parecer um dente-de-leão marrom. — Conforme observava, seus fios começaram a enrolar, formando mechas encaracoladas.

Keelie desistiu e pôs o sutiã e a calcinha. No entanto, suas roupas continuavam lamacentas. A fantasia do show de lama, que colocara no chão, estava úmida, mas razoavelmente limpa. Ela não gostava da ideia de usá-la de novo, mas, se podia ficar sem condicionador, podia muito bem usar aquela fantasia ridícula outra vez. *Em Roma, faça como os romanos*, dizia a mãe. No Festival da Renascença, faça como os renascentistas. A garota deixou escapar um suspiro. O resto de sua vida seria assim? Fazendo uma concessão após a outra? Talvez Zeke lhe desse uma saia nova. Não que ela fosse ficar lá, mas aquelas estampas de mãos vermelhas eram humilhantes demais.

Então ela sentiu um cheiro esquisito. De onde vinha aquele fedor? Parecia xixi de gato. A porta do quarto estava parcialmente aberta. Com o coração batendo forte, Keelie olhou para a cama e deparou com os estranhos olhos verdes de Knot. O rabo do gato balançava de um lado para o outro enquanto ele se abaixava de um jeito estranho na mala.

Ela foi até ele e deu um golpe em sua direção.

— Saia das minhas coisas, senão você vai deixar tudo cheio de pelo de gato.

Knot saltou da mala para a cama e, em seguida, dirigiu-se para a porta. Keelie cobriu o nariz e a boca. O fedor piorara. Ela olhou ao redor, buscando a origem do mau cheiro, esperando que não fosse o que pensava. Mas não teve essa sorte.

O gato usara sua mala como caixa de areia.

— Knot, pode se considerar um gato morto!

5

— **V**ou matar você, gato! — sussurrou Keelie por entre os dentes. Estava do lado de fora da construção, no último degrau sem lama, procurando Knot. O sórdido felino não estava em nenhum lugar à vista. *Muito esperto*, pensou Keelie. *Danado, mas inteligente.* Provavelmente ele sabia que, se ela se aproximasse bastante para estrangulá-lo, era exatamente o que faria.

Pelo menos parara de chover. O céu estava azul e límpido. A garota respirou fundo e, em seguida, franziu o nariz ao sentir cheiro de carne assando. Na certa eram aquelas coxas de peru repulsivas que ela vira as pessoas devorarem como se fossem bárbaros. Keelie não faria isso. Não aceitava a desculpa de que comer com a mão era algo medieval. Copos de plástico descartáveis não vinham daquela época e, no entanto, vira um monte de gente usando-os para beber ruidosamente.

Naquele momento, Keelie precisava era de uma boa xícara de café e de uns pãezinhos de minuto. Onde ficava aquela casa de chá?

Ela puxou o cordão de sua bolsinha de couro, que encontrara na área cortinada do banheiro. Dentro estavam seu dinheiro, seu mapa dobrado da área do festival e seu quartzo rosa, que acabava com a comichão provocada pela madeira, funcionando melhor que litros de loção de calamina.

Keelie abriu o mapa. A loja do pai ficava no canto esquerdo, na parte mais longínqua do festival; havia a justa de um lado da colina e, do outro, um lago. Estava na hora de tomar o café da manhã, já que o bicho-papão-comedor-de-mingau tinha estragado o seu.

A garota entreouviu a voz do pai numa conversa, seguida de um sussurro entusiasmado. *Outra mulher*, pensou a filha. Ela devia ter adivinhado. Seu velho era a versão do Festival de Matthew McConaughey. Todas as mulheres mais velhas o adoravam.

Keelie pisou no solo ainda úmido e foi até a extremidade da loja. O pai conversava com um rapaz alto que usava uma túnica grande demais. Então não era uma mulher. Ótimo.

Ela precisava ter uma conversinha com Zeke a sós, para tratar de sua volta para a Califórnia. Ele deixou cair um saquinho de couro e se inclinou para pegá-lo. Uma mulher que passava, com um jeans justo e uma blusa de frente única, não desgrudou os olhos do traseiro dele, que usava calça de couro e túnica curta com cinto.

Que horror. Keelie andou até a transeunte.

— Ele não está à venda — disse. Então apontou para o outro lado da loja. — Os móveis estão lá.

A mulher arregalou os olhos e ficou boquiaberta. A garota viu o pai franzir o cenho. Opa. Grosseira com uma cliente — perderia dez pontos.

Keelie deu a volta e foi embora, deixando que a mulher visse bem as estampas de mãos. Se aquela cliente queria olhar para traseiros, teria agora uma vista panorâmica.

Ela contornou a curva e parou perto da cerca, que separava o caminho da parte mais inclinada da colina em que Heartwood se encontrava. As atividades na pista do torneio chamaram sua atenção. Um homem andava a meio-galope num cavalo enorme. Usava uma túnica e uma calça metida em botas de cano alto e solto. Com os longos cabelos castanhos esvoaçando atrás de si, mais parecia a imagem de um livro de contos.

Keelie esquadrinhou a pista, buscando Sean.

Ei, espere aí! No que é que ela estava pensando? Eles eram de dois mundos diferentes e, assim que Zeke escutasse o plano da filha e a deixasse morar com Elizabeth e Laurie em Los Angeles, aquele rapaz não passaria de uma lembrança agradável.

Na pista, um bicho de pelo cor de folha outonal passou na frente do cavalo imenso. O coração de Keelie disparou. Fora aquele gato mijão e idiota que quase tinha sido esmagado pelos cascos enormes. O cavaleiro estava olhando para o outro lado.

— Knot, saia daí! — gritou ela. Só porque agora sua roupa íntima fedia como uma caixa de areia, não significava que queria ver o felino estraçalhado.

Ou o gato não a escutou, ou a ignorou de propósito, pois caçava um rato-do-campo. Ela agarrou a cerca de madeira enquanto o felino perseguia o roedor, fazendo de novo uma trajetória que o colocaria sob os cascos do tamanho de um prato grande.

Pare, sussurrou Keelie para o cavalo. *Pare*. A cerca que ela segurava pareceu esquentar. *Pinho*, ocorreu a um diminuto recôndito de sua mente, pois o restante se concentrava por completo naquele bolo de pelos condenado. De súbito, a garota sentiu a presença de cada árvore ao seu lado, todas diferentes, como pessoas numa multidão. Ela ergueu as mãos e afastou-as da cerca.

Uma brisa circundou Keelie e, em seguida, passou por ela, uma brisa que agitou seus cabelos, embora as folhas das árvores ali perto não se movessem. A garota observou, atônita, quando o cavalo parou de trotar, as pernas subitamente esticadas, o corpo inclinando-se para trás, numa brecada repentina. O cavaleiro também ficou pasmo, pois caiu sobre a cabeça do cavalo e se estatelou na areia suja da pista. Knot andou com tranquilidade até ele, cheirou o homem caído e, em seguida, bufou e deu-lhe uma patada, arranhando o traseiro do sujeito, que gritou e agarrou a coxa.

Ela fizera aquilo? Impossível. Não passava de uma estranha coincidência.

Knot se virou e olhou para a colina. Parecia estar fitando Keelie. Dali, ela só podia imaginar o tom verde assustador de seus olhos. Mostrou a língua para ele. Se estivesse lá embaixo, ele a teria arranhado também. Gato mal-agradecido. Não sabia nem por que se preocupara com ele depois de tudo o que fizera com ela.

— Fui até o seu quarto — comentou o pai, atrás da filha. Ele deve ter perdido o drama que se desenrolara na justa. Arqueou as sobrancelhas. — Vi o que aconteceu com a sua mala. — Balançou a cabeça. O que posso dizer? Vamos ter que acrescentar roupa íntima à lista cada vez maior de artigos de que você precisa.

— É. Aquele gato está frito.

— Nem dei dinheiro para você comprar o café da manhã. Deve estar com fome. — Zeke pegou um saquinho de couro e tirou uma nota de dez dólares. Esticou-a e colocou-a na palma da mão da filha.

Keelie observou-a.

— Só isso? Na Califórnia, não dá nem para comprar um *latte*.

O sorriso do pai foi desaparecendo até ele ficar sério.

— Não estamos na Califórnia.

A filha aceitou o dinheiro.

— Pode me dar um pouco mais para a máquina de lavar? Tem uma área com lavadoras automáticas aqui, não tem?

— Tem, perto dos portões da frente, atrás da administração. Eu vou pegar mais dinheiro na caixa registradora.

— Vou levar a grana agora, mas só vou lavar roupa mais tarde. Sabia que seu gato danado quase foi morto agora? — Ela lhe contou o que ocorrera na pista, deixando de fora a parte da brisa inusitada e do cavalo que pareceu obedecer-lhe.

Zeke balançou a cabeça.

— Knot só faz o que bem entende e, às vezes, nem dá para adivinhar o que vai aprontar. Venha aqui na loja um minutinho para eu pegar uns trocados.

O rapaz desengonçado, com a túnica imensa, permaneceu de costas para ela conforme os dois foram se aproximando do balcão.

— Scott, esta é a minha filha, Keelie.

O jovem não se virou.

— Scott?

Ele então deu a volta, dando a impressão de estar irritado.

— Keelie, este é Scott, meu aprendiz. Eu ensino marcenaria para ele, que me ajuda muito. Mora num quarto nos fundos.

A filha tampouco sorriu para o rapaz. Zeke não só tinha tempo para um gato idiota como também para ensinar marcenaria para aquele imbecilizado. Ela seguiu o pai quando ele foi para trás do balcão. Este, por si só, era incrível. Mais alto que a cintura dela, tinha na borda frontal um monte de animais imaginários talhados, que pareciam participar de uma corrida ao redor da peça. A parte de baixo fora esculpida de maneira que simulasse raízes, como se a loja fizesse parte da Terra.

Com a mão esticada à espera do dinheiro, Keelie ficou observando a loja. As colunas que apoiavam o segundo andar também tinham raízes talhadas na parte inferior. Estranho. Devia ser um tema de Heartwood. As raízes da filha estavam em outra parte, não estavam?

Zeke lhe entregou algumas notas, depois abriu um rolo de moedas de vinte e cinco centavos, pegou metade delas e colocou-as na mão de Keelie.

— Ei, vamos precisar dessas hoje, para ter trocado — protestou Scott, de cara feia.

— O gato fez xixi na minha mala. Eu preciso lavar roupa. — Ela também o olhou com expressão carrancuda.

Scott riu.

— É por isso que você está vestida desse jeito? Pensei que Tarl tinha jogado fora essa roupa depois que a Daisy reclamou no ano passado.

— Scott, por que não mostra a Keelie um lugar barato onde ela possa comer? Aposto que pode ensinar a ela como fazer esses dez dólares durarem a semana toda.

Keelie ficou pasma. Ah, beleza, ficaria passeando com aquele megaidiotizado, e as pessoas pensariam que formavam um casal. O capitão Randy, por exemplo. E, se Scott a visse junto com o pirata, certamente deduraria para seu pai.

— Não posso ir, Zeke. Tenho que terminar o móvel do sr. Humphrey. Ele vem buscá-lo na sexta. — O rapaz pareceu ter ficado feliz da vida com a desculpa.

O pai de Keelie deu um tapinha nas costas de Scott.

— Não se preocupe. Eu vou cuidar de tudo. Como o festival acabou de abrir, é um bom momento para Keelie conhecer tudo antes que a multidão dificulte a passagem. — Ignorando o olhar ultrajado da filha, ele fez um gesto para o rapaz, estimulando-o a ficar ao lado dela. — Nos domingos, a maior movimentação só começa mesmo depois da uma da tarde. Pode ficar fora até lá.

Scott e Keelie começaram a descer a colina, cada um no lado oposto do caminho.

Ele olhou de soslaio para ela e deu uma risada irônica.

— O que foi? — Keelie não via nada de engraçado.

— Então, agora que você está com essa roupa, vai participar do show de lama?

A saia. Keelie odiou aquela fantasia horrorosa do show mais do que nunca. Podia ser considerada um símbolo, mas o errado. Seu uniforme da Escola Baywood fora o emblema que informara ao mundo que ela era alguém. Só os melhores e mais bem-relacionados entravam ali. Os tons azul e preto da roupa deixavam claro não apenas que se tratava de uma garota inteligente como também da filha de alguém importante. Agora, ali estava ela, uma garota marginalizada, com uma fantasia patética.

— Você está rindo de mim? — Ela parou no meio do caminho, com as mãos na cintura. Os olhos de Scott se arregalaram, e ele tentou parar, mas as gargalhadas escapavam da boca dele, o miserável.

— Não quer que eu aja assim? — O rapaz enxugou os olhos. — Você está usando essa roupa abominável. De palhaço. — Ele soluçou.

— Olhe só para você. Está aqui há muito mais tempo do que eu e usa um troço que pertence a um gigante. Ao menos você tem escolha.

Keelie não tinha nenhuma. Onde morar, o que vestir, com quem caminhar naquela trilha idiota. Aquelas gargalhadas, de repente, pareceram demais para sua cabeça.

Ela deu a volta e correu. Descendo a colina a toda velocidade, virou à direita e passou depressa por uma barca colorida, ancorada no lago, cheia de pessoas com fantasias extravagantes. Cruzou com comerciantes abrindo suas lojas e artistas abrindo seus estúdios.

Ouviu Scott segui-la por um tempo, mas, depois, já não o escutou mais. Não que ela tivesse se virado para olhar. O rapaz nunca a pegaria checando se ainda estava atrás. De qualquer forma, Keelie queria ficar sozinha, bem longe. De Scott. Do pai. De todo aquele bizarro país das maravilhas.

A sensação da brisa no rosto agradou Keelie, cujos músculos alongaram e latejaram conforme a menina aumentou as passadas. Ela adorava correr; prova disso eram as fitas que ganhara após as corridas em trilhas e que estavam na mala extraviada. As pessoas a observavam enquanto passava, mas ninguém tentava pará-la. Keelie não corria havia semanas. A sensação foi ótima.

Após um longo tempo, fez o contorno e voltou à clareira de Heartwood. Do outro lado do caminho, viu o pai e Scott descarregarem madeira serrada. Agora eles podiam se concentrar no que lhes interessava. Ninguém estava preocupado com ela. Keelie ficou se perguntando o que o rapaz teria dito a seu pai para explicar a volta prematura. Podia apostar que não fora a verdade.

Sua barriga roncou. Um muffin e um *latte* grande cairiam bem. Ela pegou o mapa da área do festival na bolsinha de couro pendurada na cintura e o examinou. Teve vontade de cortar caminho pela floresta, mas se lembrou do aviso de que deveria usar as trilhas.

Começou a percorrer a Travessa do Espírito da Água, apertando o passo ao atravessar a ponte pela qual andara na noite anterior. Não ouviu vozes naquele momento. O prado estava cercado de árvores, como Raven descrevera. Ela afugentou as vozes delas da mente e correu.

A casa de chá era uma construção de tabique decrépita e inclinada. Parecia só estar de pé por causa da hera verde-escura, que se espalhara de um jeito viçoso tanto para o alto quanto para as laterais. Não havia nem uma roseira sequer à vista.

Keelie foi até o deque, que era imenso, coberto por um caramanchão cheio de — o que mais poderia ser? — hera. Talvez essa planta tivesse devorado as rosas.

Lá dentro, a sra. Butters tirava uma assadeira do forno. A mulher bonequinha de gengibre sorriu com amabilidade para Keelie, que não retribuiu o sorriso. A garota não queria se acostumar com ninguém sendo legal nem simpático com ela. Era melhor assim. Keelie Heartwood se mandaria dali na primeira oportunidade que tivesse.

— Bom-dia, Keelie. O que posso lhe servir? — A bonequinha de gengibre sorriu, os olhos pretos como passas reluzindo no rosto moreno. A garota resistiu à tentação de se inclinar e cheirá-la.

— Dois muffins, por favor. — Carboidratos demais, só que depois daquela manhã, podia considerá-los um agrado merecido.

— De que tipo?

— Tem de mirtilo?

— Claro. Mas são para os mundanos. Para nós tenho muffin de fruta de unicórnio e sementes de cristal. Claro que talvez sejam mais do seu gosto. — Ela mostrou um com uma cobertura dourada, cheio de pedacinhos de frutas vermelhas. — Frutinhas mágicas cintilantes. Seu pai adora esses muffins.

— Frutinhas mágicas cintilantes — repetiu Keelie, esperando não estar ficando surda.

Os olhos da mulher brilharam.

— Isso mesmo, frutinhas mágicas cintilantes. Não os faço com muita frequência, pois essas frutas são raras por estas bandas. Acontece que um dos cavaleiros encontrou um pé cheio delas no prado outro dia e trouxe uma cesta para mim.

Frutinhas pareciam mais normais que sementes de cristal. Pelo que ela sabia, esse muffin de semente de cristal poderia ter pedacinhos de quartzo. Keelie se lembrou do banguelo do dia anterior. Não restava dúvida. O sujeito podia ter sido vítima de um bolinho com sementes de cristal.

— Está bem. De frutinhas mágicas cintilantes. Mas, como é tão grande, só vou querer um. E um *chai*.

— Infelizmente, não tenho esse, mas um de ervas, que combina muito bem com os muffins. — A sra. Butters pegou uma bandeja de uma pilha e pôs o bolinho ali, sobre um guardanapinho de papel rendado.

Nada de *chai*, o chá com leite e especiarias, ali. Claro que não. Keelie lembrou-se das idas à cafeteria com Laurie e a galera depois da escola. *Chai* e café eram suas bebidas favoritas. Aquele lugar era totalmente primitivo.

— Que tal um café, então, bem torrado? — quis saber Keelie.

— Você não está nova demais para tomar café? Acho que Zeke não aprovaria. — A voz feminina atrás dela parecia censurá-la.

Keelie virou-se depressa para ver quem falara com ela. Fora a mãe de Raven, a mulher das ervas, que trajava uma roupa roxa e branca, com mangas bufantes cheias de bordados de plantas. Suas pulseiras tiniam e balançavam com seus movimentos.

A garota ficou rubra ao olhar para a própria vestimenta descombinada do show de lama. E a mulher exalava um perfume maravilhoso, lembrando algo de uma terra exótica. A mãe de Keelie nunca usara um. Achava pouco profissional.

A lembrança de Katherine trouxe a garota de volta à realidade. Quem era aquela senhora para questionar se ela devia ou não tomar café? Para falar de seu pai, Zeke, e fingir saber quais regras ele estipulava? A mãe de Keelie sempre a deixara tomar café. E não era da conta daquela mulher se ela tomava. Sua atitude maternal irritou a garota.

Talvez estivesse tentando impressionar meu pai, pensou Keelie. Se era esse o caso, fazia um teste para um papel inexistente.

— Acho que sou eu que tenho que decidir — salientou a garota. — Já sou bem grandinha para escolher minhas bebidas e comidas.

— Sei que seu pai segue a linha mais natural possível, como sua avó — insistiu a mulher das ervas com tranquilidade. — Além disso, hoje vai ser um dia quente demais para tomar café.

Embora Keelie não quisesse que aquela mulher enxerida a dedurasse, não desistiu por completo. Virou-se para a sra. Butters.

— Tem Coca-Cola?

— Não — respondeu a senhora. — Mas a barraca da coxa de peru vai abrir daqui a uma hora, e eles vendem refrigerantes lá.

A garota suspirou. Que tipo de lanchonete não os vendia? Aquilo era levar o tema medieval a sério demais.

— Está bem, vou tomar o chá de ervas.

As duas mulheres sorriram uma para a outra. Keelie desviou os olhos. Não queria fazer amizade com ninguém que a tratasse feito criança, mas o sorriso amável da mulher das ervas levou-a a ansiar pelo de sua mãe. Era o tipo de sorriso que dizia: "Não, não pode contar com isso" de uma forma carinhosa, mas firme. E ainda: "Amo você o bastante para dizer não." Tratava-se desse tipo de sorriso.

Keelie pôde sentir o nó na garganta se formando, o que ocorria toda vez que o rosto risonho da mãe lhe vinha à mente, pois ela se conscientizava de que nunca mais o veria de novo, exceto em fotografias. A mãe nunca mais lhe diria não. A filha se lembrou com clareza da última briga que tiveram. Queria fazer um piercing no umbigo, como as amigas Laurie e Ashlee. Keelie acariciou a barriga. Podia fazer isso agora, se quisesse. Quem a impediria, a mulher das ervas? O pai?

Ela aceitou distraída a bandeja com o imenso muffin de cobertura dourada e a xícara de chá quente. A mulher das ervas entregou para a sra. Butters uma xícara verde igualzinha à que o pai usara mais cedo, naquela manhã.

Keelie levou a bandeja até a mesa mais distante do deque. Pegou o muffin e tocou nos pedaços de frutinhas mágicas cintilantes. Na certa, um nome bonitinho para oxicoco.

A mulher das ervas sentou-se na cadeira diante de Keelie. A garota lançou-lhe um olhar furioso e começou a partir o muffin. Mordeu o bolinho, esfomeada, mas decidida a não devorá-lo na frente daquela senhora.

— Não fomos apresentadas antes. Sou Janice. Acho que conhece minha filha.

— Onde Raven está hoje?

— Atendendo lá na loja para que eu possa cuidar de algumas coisas. — Ela tomou um gole de chá. — Eu soube quem você era no instante em que pisou no herbanário. É a cara do seu pai. Ontem você sorriu um pouco.

— Sua loja tem um cheiro delicioso — comentou Keelie.

— Obrigada. Será bem-vinda sempre que quiser ir até lá. Ouvi dizer que suas malas não chegaram junto com seu voo ontem. Não é horrível quando isso acontece?

Keelie colocou o muffin na bandeja.

— Com certeza, mas o que eu posso fazer? Vou ter que ficar com esta roupa ridícula, da mesma forma que vou ter que ficar neste festival idiota.

Janice cruzou os braços.

— Uma droga, né? Ser tirada da escola e separada das pessoas que conhecia e amava para, de repente, vir para cá. Eu perdi minha mãe quando tinha dezesseis anos. Ela morreu de câncer. Acho que foi por isso que me dediquei às ervas. Queria curar o mundo; só que nunca me esqueci dos dias terríveis no hospital. Nada de escola de medicina tradicional para mim.

A intenção de Keelie de ser grosseira passou um pouco.

— É... bom... só quero as minhas roupas. — E a mãe de volta também. A garota percebeu que estava brava. Brava com a mãe, que morrera; com o pai, que só aparecera na sua vida depois que Katherine partira; com o mundo, que seguia adiante quando a pessoa mais importante da face da Terra já não estava mais lá para dizer não à filha.

— Zeke ficou tão animado quando soube que você vinha. Ficou falando para todo mundo. Mas achamos que era só no mês que vem. Este festival está quase terminando, e seu pai achou que você chegaria perto do final.

Janice não desistia. Será que não tinha se dado conta de que Keelie não estava a fim de conversar? Mas, já que a mulher não ia embora, a garota pensou em arrancar informações dela.

— Então quer dizer que o festival está quase acabando? E o que acontece depois?

— Alguns dos funcionários são desta região e trabalham aqui para ganhar um dinheiro extra. Já outros, como é o caso do seu pai, por exemplo, fazem parte do circuito. Há Festivais da Renascença por todo o país em diversas épocas do ano. Vários artesãos e artistas vão participar de outro após este.

Surpresa, Keelie se perguntou aonde iriam. E a escola? Ela já recebera as notas finais, mas e o ano que vem? Talvez o pai a levasse para a Califórnia. Quem dera!

— Aonde você vai?

— Para o grande festival no norte do Estado de Nova York. Chama-se Festival de Wildewood. Dura três meses, daí chega o inverno; então, algumas pessoas vão para o sul, outras para casa, até a primavera.

Keelie foi comendo o muffin. Estava delicioso. As frutinhas mágicas cintilantes tinham um sabor de morango com baunilha e se espalhavam na boca com gosto reconfortante. Ela tomou um gole de chá. Caramba, estava muito gostoso também!

— Keelie, vá com calma com seu pai — disse Janice. Então hesitou e, em seguida, acrescentou: — Ele ficou arrasado com a morte de sua mãe.

O gostômetro de Keelie baixou para total antipatia. Como ousava? A garota se levantou.

— Melhor eu voltar para a loja. Zeke vai querer saber onde eu estou. — Ah, claro, com certeza, da mesma forma que sentira sua falta nos últimos catorze anos.

Janice apontou para a bandeja.

— Mas você não vai terminar?

— Perdi o apetite. — Agora chegara a hora de Keelie ter uma conversa com o pai. Além disso, precisava voltar, caso alguma mala sua aparecesse, a tempo de impedir que aquele gato danado aprontasse algo com seus pertences. — Até mais — despediu-se, educadamente, embrulhando o restante do muffin, por via das dúvidas.

Janice sorriu com tristeza, como se tivesse percebido que dissera algo errado.

Keelie saiu da casa de chá e pegou o caminho principal, banhado pelos raios de sol. As árvores ali não eram velhas e gigantescas, mas altas e delgadas; suas folhas pareciam verdes e suaves em contraste com o céu azul. Ela nunca estivera tão perto de tantas árvores antes, mas, exceto aquela manhã, não tivera quaisquer sensações esquisitas. Afastou o pensamento. Fora uma coincidência.

A garota chegou à conclusão de que gostava de árvores. Ergueu a face na direção do sol, apreciando seu calor nas maçãs do rosto. Lembrou-se de ter lido algo sobre uma floresta encantada num livro de conto de fadas, um que tivera por pouco tempo. A mãe odiava esse tipo de historinhas, e agora Keelie entendia por quê. Katherine sempre dissera que Zeke vivia num mundo encantado, o que a filha constatava naquele momento. Aquele lugar era irreal.

Keelie fora criada para se basear na realidade. Seus pés estavam firmemente arraigados, como raízes de uma árvore. Era Keelie Heartwood, uma adolescente independente, que tomava as próprias decisões. Quase todas. Ela tocou na saia, à altura do umbigo. Ia fazer um piercing nele assim que pudesse. Por que esperar? A mãe não podia impedi-la agora.

E, naquele mesmo instante, diria a Zeke que voltaria para a Califórnia a fim de morar com a amiga Laurie. Não podia acreditar que ele a queria ali, que fizera um rebuliço por causa da sua vinda. Na certa ficaria feliz ao ouvir isso da filha. Ela sabia que tolhia o estilo de vida dele. Ainda estaria na Califórnia se, no testamento, a mãe não o tivesse nomeado tutor em vez de Elizabeth. De outro modo, ninguém saberia.

Caso Zeke se negasse a enviá-la, Keelie podia pedir sua emancipação. Tinha feito pesquisas com Laurie a respeito disso. Mal podia esperar para falar com a amiga. Seu celular estava todo sujo de lama, mas talvez depois de uma boa limpeza voltasse a funcionar. Caso contrário, usaria o telefone de Zeke e depois lhe pagaria a ligação.

A lama fazia ruído a cada passada que Keelie dava. Pelo menos não estava chovendo forte, como ontem, e ela usava uma roupa íntima limpa. A situação quase melhorara. Ela passou pelo herbanário e sentiu o aroma silvestre vindo de lá. Hesitou. Queria entrar e dar uma olhada. Estava louca para tocar em algumas daquelas ervas expostas em vasos. Queria esmagá-las entre os dedos e sentir sua fragrância.

— Quer entrar e dar uma olhada? — A mulher gorducha, de cabelos eriçados da barraca ao lado, achava-se à porta, segurando mais uma daquelas canecas parecidas com a de Zeke.

— Não, obrigada. Só estou sentindo o ar fresco. Lá em Los Angeles é bem diferente.

— Foi o que ouvi dizer. — A gorducha sorriu. — Sou Ellen, a ceramista. — Ergueu a caneca. — Eu que faço estas.

— Ah. Todo mundo tem uma. Achei que possuir uma significava algo.

— Quer dizer, uma espécie de símbolo? — Ela riu. — O único significado é que convenci as pessoas a comprá-las.

Keelie riu. Gostou dela.

Janice vinha chegando, equilibrando com cuidado uma caneca fumegante. A saia longa esvoaçava com suavidade ao redor.

— Oi de novo, Keelie. Vejo que já conheceu Ellen. — A mulher das ervas sorriu. — Deixe a garota escolher uma caneca. Será um presente meu. Um pedido de desculpas. Não deveria ter falado com você daquele jeito.

Keelie ficou surpresa. O ponteiro do gostômetro subiu com firmeza. Um pedido de desculpa? Estava sendo tratada como adulta.

— Obrigada.

— Ótimo! Entre, menina, e escolha uma. — Ellen desapareceu na lojinha com toldo.

Assim que Keelie entrou, espirrou. Cheirava a barro, um aroma de sala de arte de que ela sempre gostara. Prateleiras de vidro ladeavam as janelas da diminuta loja, cheias de vasos, canecas e estatuetas engraçadas, de dragões.

— Tenho uma que acho que vai adorar — disse a ceramista. Em seguida, pegou uma caneca verde na estante. Não era a maior, mas tinha o desenho de uma folha na lateral. Ela o entregou a Keelie. — Olhe dentro.

A garota pegou a caneca. Teve a sensação de que pertencia a ela. Inclinou-a para olhar a parte interna e sorriu. No fundo da xícara, havia um rosto de nariz adunco em alto relevo. A criatura de nariz adunco piscava para ela.

— Que legal! Eu vou ver esse homenzinho sempre que terminar o meu café, ou seja lá qual for a bebida de ervas que me deixarem tomar.

— É essa a ideia — salientou Ellen, ignorando a observação sarcástica sobre o chá. — Só lave sempre à mão. Não que vá encontrar alguma máquina de lavar louça por estas bandas.

Keelie riu.

— Imagino! — Ergueu a caneca à altura dos olhos e observou a folha mais de perto. — Uma folha de carvalho. Amei. É perfeita.

— Fico feliz em saber disso. — Ellen se virou de repente, distraída. — Ah, meu forno está quase na temperatura certa. Com licença, Keelie, tenho que trabalhar agora.

— Claro. — Ela acabou não se oferecendo para ajudar. Até que seria divertido pôr as mãos na massa e criar objetos. Keelie tocou no minidragão que segurava um cristal. Tinha mais era que se divertir um pouco no curto período em que estivesse ali. Havia um monte de lojas enigmáticas naquele lugar. E fazer compras era fazer compras.

Janice a esperava do lado de fora do herbanário. Havia uma mulher dentro da loja, e um casal de short caminhava em sua direção. Hora dos turistas.

Mundanos, lembrou Keelie. Janice estava bonita com o vestido roxo. Talvez, se a garota ficasse mais ali, podia pedir que a mãe de Raven a ajudasse a conseguir uma fantasia melhor. Ela mesma se repreendeu. Ei, Keelie? Caia na real! Ficar ali na Bizarrolândia?

— Você escolheu uma bonita? — quis saber Janice, sorrindo ao ver a caneca verde na mão da jovem.

— Escolhi, obrigada. — A garota ergueu a caneca para que a outra pudesse vê-la.

— Uma folha de carvalho — comentou a mulher das ervas, notando a figura dentro. — Por que escolheu essa?

Keelie deu de ombros.

— Adoro folhas e árvores. — Aquilo era novidade. As árvores sempre lhe pareceram repulsivas.

— Você é mesmo filha do seu pai — salientou Janice. Em seguida, ficou séria. — E sinto muito mesmo ter dito o que disse, Keelie. Não era da minha conta.

A garota encolheu os ombros de novo. Ficou sem saber o que dizer.

— Você está planejando voltar para Los Angeles? — perguntou a mulher das ervas.

— Assim que puder. Uma amiga da minha mãe está disposta a ser minha tutora, se Zeke concordar, e tenho certeza de que é o que ele vai fazer. Assim que ela ligar para ver como estou hoje, vamos levar o plano adiante. Todo mundo tem sido muito legal comigo... — Recordou-se de Knot e Elia, a aspirante a princesa de nariz empinado. — Quer dizer, quase todo mundo. Mas este lugar não é para mim.

Janice franziu o cenho.

— Tem certeza de que deu uma oportunidade ao festival e ao seu pai, Keelie? Se ficar, pode descobrir aspectos a seu respeito que nunca imaginaria possíveis.

A garota sentiu um calafrio percorrer o corpo. Não podia dizer a Janice que estava se esquecendo do tom de voz de Katherine, que, se morasse com Laurie e Elizabeth em Los Angeles, conseguiria manter a mãe junto de si por mais tempo.

— Ah, bom, acontece que eu gostava da minha vida em Los Angeles. Se Zeke quiser me conhecer, então pode ir morar comigo lá.

Uma expressão estranha perpassou o rosto de Janice.

— Ele queria ir ver você, mas tem que viver entre as árvores.

Aquela mulher devia ter fumado algumas das ervas dela, pensou Keelie.

— Ah, está bem. A gente se vê por aí.

Apesar de sua vontade de conhecer melhor a loja, ia se manter afastada. Janice estava passando dos limites, e a mãe de Keelie tinha razão: nunca quis que a filha explorasse plantas, árvores e propriedades fitoterápicas porque receava que isso interferisse em sua educação. A garota sorriu, lembrando-se de que a mãe nunca aprovara seu trabalho voluntário no hospital com a avó Jo, mas que as duas iam até lá de qualquer jeito. Ele poderia brincar com ervas depois do colégio e da faculdade de direito.

Keelie se afastou depressa do herbanário, como se até sua vontade de entrar ali contaminasse os sonhos que a mãe tivera para ela. Mais adiante, na colina, a loja de espadas estava aberta, e ela ficou olhando as diversas variedades, todas de verdade, penduradas do lado de fora, atadas à barra de exposição. Sean estivera com uma delas. Não era perigoso todos andarem armados?

Outra loja, também naquela trilha, chamou sua atenção, e Keelie foi depressa até ela. A Horda de Dragões tinha uma placa pendurada com correntes em que se lia "Pedras e Cristais".

Talvez ela encontrasse mais quartzos rosa.

A loja parecia mais antiga que algumas das outras construções. Colunas talhadas apoiavam o pequeno telhado acima da porta da frente: dois dragões retorcendo-se rumo às telhas de ardósia. Ela vira esse material em jardins antes, mas nunca num telhado. O interior era fresco e escuro como uma caverna. Em vasilhas de pedra esculpidas e cestas, havia bijuterias e pedras de todos os tipos.

Alguém de voz profunda perguntou a Keelie:

— Posso ajudá-la?

Ela procurou o dono da voz, mas não o encontrou. Então, um homem pequeno saiu detrás do balcão. Tinha um bigode enrolado nas pontas e vestia-se como um valentão de um filme antigo de Hollywood, um diminuto mosqueteiro.

Ele tirou o chapéu com pena extravagante e fez uma reverência exagerada. A pena continuou a balançar por muito tempo depois de ele ter terminado.

— Tenho o prazer hoje de conhecer uma nova participante do show de lama?

— De jeito nenhum! — respondeu Keelie, com mau humor. Não aguentava mais ouvir aquela história daquele show. — Sou Keelie Heartwood.

— Ah! — exclamou o homenzinho, retorcendo as pontas do bigode. — Já devia ter adivinhado. Acho que preciso de mais café. — Ele se dirigiu aos fundos da loja. — Uma infusão diabólica. Quer um pouco?

Keelie ficou surpresa. Ele lhe oferecia café sem dizer que o pai desaprovaria. Algo inédito para ela ali naquela Colônia de Perdedores.

— Quero, sim, obrigada. Tomo com um pouco de creme se tiver.

— Claro que tenho. Açúcar? Não? Ah, bom, você com certeza já é doce o bastante.

Ela enrubesceu, como se ele fosse um cavaleiro fascinante. O que faltava em altura ao homenzinho ele compensava em dose tripla com o charme.

O sujeito pegou sua nova caneca verde e a encheu com uma delicada garrafa térmica de prata, com o interior em vidro azul-cobalto. Em seguida, acrescentou o creme com uma garrafinha similar, entregou-lhe a caneca e fez um gesto em direção a dois bancos com assento de couro.

Ela se sentou e, então, sorveu a bebida. O café estava forte e perfumado.

O homenzinho gesticulou com a mão.

— Já eu gosto do café bem doce, mas sem creme. A propósito, meu nome é David Morgan. Meus amigos me chamam de Davey. Sir Davey, aqui.

— Como vai, Sir Davey? — disse Keelie, solenemente. Ele a tratava como uma adulta, com respeito, e ela achava que devia retribuir a gentileza.

— Vou bem, Lady Keelie. — Ele estava sentado no banco à frente dela. Um gole, uma revirada de olhos e Sir Davey a examinou. — Ah, minha querida. Não se importa se eu a chamar de minha querida, não é mesmo? Sou mais velho do que pareço. Praticamente ancião.

— Não me importo — respondeu a garota, sorrindo. Os músculos de seu rosto rangeram de tão desacostumados que estavam com o riso.

— Ótimo. Vi o que aconteceu na justa esta manhã. Gato levado, aquele Knot. Uma cena e tanto com o cavalo de batalha de Sir Oscar. Ele teve muita sorte.

— Aquele gato maluco quase foi esmagado — acrescentou Keelie, passando o quartzo rosa por entre os dedos da mão esquerda.

— Sim, com certeza. Mas não espero que ele lhe agradeça por tê-lo salvado.

Ela abaixou de supetão a caneca.

— Hein? Eu?

Sir Davey acariciou o bigode.

— Vi o que vi, minha querida. Então me conte, há quanto tempo vem praticando magia terrena?

6

Keelie sentiu-se transtornada por dentro. Agarrou com força o quartzo rosa. O que ele vira? Ela não fizera nada especial.

— Um procedimento mágico? Como o que David Copperfield faz? Acho que o senhor se enganou. E eu também, pelo visto.

Ele pareceu surpreso.

— Em que sentido?

— Bom, achei que o senhor fosse normal. Mas vejo que é igual aos outros naturebas daqui.

— Naturebas?

— Isso, naturebas pirados, que curtem o estilo de vida alternativo. Obrigada pelo café, mas tenho que ir.

Sir Davey ergueu a mão, mas Keelie vira o sorriso. Quer dizer que também achava que era engraçada? Bom, ha-ha-ha para ele. Ela ia se mandar dali.

Ele não tentou impedir quando Keelie começou a se dirigir para a saída da loja. Quando ela estava prestes a pisar no lado de fora, o homenzinho gritou:

— Cuidado!

Sir Davey agarrou seu braço antes que ela o fizesse. A garota tentou se desvencilhar, mas ele a segurou com mais força

Keelie cerrou o punho e posicionou o braço atrás. Se aquele cara baixinho não a soltasse, ia lhe dar um murro naquele imenso nariz adunco.

O estrondo retumbante de cascos de cavalos ressoou vindo da curva no caminho. Ela deu um passo atrás, saindo da trilha e ficando sob o portal. O aperto do anão relaxou, e ela então puxou a mão com força.

Cavaleiros de armadura passaram galopando em corcéis maravilhosos, o ruído dos cascos de suas montarias entremeado pelo som metálico de aço batendo contra aço, conforme suas armaduras chocalhavam. Algumas dessas vestimentas reluziam feito prata, outras se mostravam opacas ou arranhadas, como panelas areadas com frequência. Um cavaleiro de preto e dourado carregava um estandarte verde ornado com um leão prateado. Keelie prendeu a respiração, impressionada com o incrível poder daqueles cavalos e cavaleiros.

Por alguns instantes, ela se dispôs a deixar a realidade e fingir que estava em Camelot, aguardando seu Cavaleiro da Távola Redonda voltar de sua busca.

Observou o último homem cavalgar atrás dos outros. Assim que ele passou à porta da loja, seu cavalo salpicou lama em Keelie e no anão. Ela tentou tirar as gotículas geladas de lodo dos braços e suspirou. Pelo visto estava destinada a ficar cheia de lodo durante todo o tempo que passasse ali.

Sir Davey tirou o chapéu e fitou-o com tristeza. Ficara cheio de fragmentos de lama e terra. Felizmente, a pena não fora atingida.

— Malditos desordeiros presunçosos, pondo as pessoas em perigo ao galopar por aí desse jeito.

Um dos cavaleiros deu a volta e regressou, diminuindo a velocidade do cavalo. Então parou bem na frente de Keelie. Quando ele tirou o capacete, ela sentiu um aperto no coração. Sean. Ela não reconhecera sua armadura, com a capa preta e verde.

O rapaz inclinou a cabeça para a direita, sorrindo para a garota. Seu cabelo escorregou da orelha, e Keelie notou que era pontuda, como a dos elfos de *O senhor aos anéis*. Será que usava uma prótese como parte do show?

A garota sentiu a ponta angulosa de sua orelha direita. Sempre a mantivera escondida, mas, ali, parecia ser um defeito congênito bem-vindo.

— Gosto do seu cabelo cacheado, Keelie. — Os olhos verdes dele mostravam-se tão escuros quanto sempre-vivas.

Keelie ficou parada feito uma boba, incapaz de pronunciar uma só palavra. Será que ele notara?

Sir Davey saiu da loja empunhando um florete na direção de Sean.

— Vá embora, escudeiro. Ela não serve para gente da sua laia.

A garota sentiu um calor percorrer seu corpo até a nuca. Queria que o chão se abrisse e a engolisse.

— Sir Davey, por favor. — Keelie olhou de relance para Sean. Ele semicerrou os olhos ao fitar o pequeno mosqueteiro.

— E a senhorita designou o senhor como protetor dela? — quis saber Sean.

— Não, mas Zekeliel Heartwood, o pai, não ia querer ver a filha com gente do seu tipo.

Ela teve vontade de golpear a cabeça de Sir Davey para que ele calasse a boca. Aproximou-se do cavalo de Sean.

— Na verdade, não conheço esse senhor muito bem. A gente acabou de se encontrar. Ele não fala em meu nome.

O sorriso estonteante do rapaz ressaltou as covinhas do lado esquerdo de seu rosto. Keelie desejou que ele estendesse a mão para colocá-la no cavalo e, em seguida, saísse galopando com ela. Seria tão romântico! Em vez disso, Sean colocou o capacete na cabeça e ergueu a viseira.

— Talvez haja mais de mim e de gente como eu em Keelie do que Zeke Heartwood queira admitir, Sir Jadwyn — salientou Sean.

Keelie olhou para o anão e para o rapaz.

— Com licença, mas, caso vocês dois tenham se esquecido, estou bem aqui, parada. E achei que o seu nome fosse Davey.

O homenzinho deu de ombros.

— Eu disse que me chamavam de Davey. Jadwyn é outro nome.

Ela olhou para Sean.

— Como assim "talvez haja mais de você e de sua gente em mim"? De jeito nenhum, Sean. Eu gosto de cavalos, mas isso não significa que vou começar a participar das justas.

Um homem montado num belo cavalo branco parou ao lado do rapaz.

— Lorde Sean, a rainha requer sua presença na pista.

O jovem sorriu para Keelie e piscou o olho.

— Espero que tenha um ótimo dia, Keelie Heartwood. — Ele fez o cavalo dar a volta e seguiu os outros cavaleiros.

Embora o rapaz não tivesse respondido à sua pergunta e, obviamente, não houvesse sido simpático com o carrancudo Sir Jadwyn, o coração de Keelie bateu acelerado porque ele dissera que ela era como o povo dele, apesar de sua roupa lamacenta e do cabelo curto e encaracolado. Até piscara para ela.

— Lady Keelie, fique longe dele. Pode parecer jovem, mas é mais velho em mais aspectos do que você imagina. Melhor voltar para o seu pai.

Sir Davey simplesmente não tinha cara de Jadwyn.

Keelie o ouvira, porém fingira não tê-lo ouvido. Aquele lugar estava cheio de gente que achava que ela precisava de cuidados maternos. A única pessoa que se encaixava naquela tarefa já não estava mais ali.

A garota não desgrudou os olhos da imagem cada vez mais longínqua de Sean. Será que era realmente como Keelie? Parecia ter dezessete anos. Mas Sir Davey afirmara que o rapaz tinha mais do que aparentava. Teria vinte? Nesse caso, só três anos mais velho. Não tão maduro quanto o capitão Randy. Keelie imaginou a reação das amigas na Escola Baywood quando se juntassem diante do armário dela para ouvir tudo sobre seu namorado, o ator e dublê de vinte anos.

Ela voltou ao balcão, pegou a caneca e tomou outro gole, apreciando a bebida.

— Obrigada de novo pelo café delicioso.

Sir Davey arqueou a sobrancelha cinza, ainda tirando os restos de lama do chapéu.

— Vá direto para a loja do seu pai, sem ficar conversando nem se misturando com estranhos.

— Então não posso falar com ninguém, posso? Todo mundo é estranho por aqui. — Com um aceno ligeiro e bem-humorado, Keelie saiu da loja levando a caneca.

— Vamos tratar daquele outro assunto em outra ocasião — gritou o homenzinho.

Aquele outro assunto? Magia terrena. Ela se lembrou de que Janice lhe dissera que, se ficasse, descobriria aspectos a respeito de si mesma que teria achado impossíveis antes.

Não se pudesse evitar. Pensou sem parar na palavra "direito", até todo o pensamento relacionado à magia sair de sua cabeça. Ainda bem que evitara aqueles muffins de semente de cristal.

Apesar de estar a caminho da loja do pai, Keelie ainda podia conhecer um pouco mais a área. Ficou imaginando se havia um lugar ali em que pudesse fazer o piercing no umbigo. Será que Raven tinha um?

Ela viu ao longe a barraca de bijuterias onde comprara o quartzo e foi depressa até lá. Não conseguira ver nada direito, com a sra. Talbot apressando-a como um cachorro galês enlouquecido com uma ovelha teimosa.

Embora não houvesse piercings para o umbigo, num expositor de veludo cintilou um pequeno colar de prata. Na corrente havia um pingente de fada. Keelie tocou-o, impressionada com as asinhas.

Uma mulher trajando uma roupa bem-elaborada de Renascença, com corpete alto e apertado, e mangas enormes e que se arrastavam no chão exatamente como seu nariz imenso, foi até a garota e disse, em meio às rugas de shar-pei:

— Por favor, não toque na mercadoria, a menos que tenha intenção de comprá-la, garotinha.

Keelie observou-a de perto. Sob o vestido enorme havia seios imensos. Era Tania, atuando como a Rainha Má em vez de Contrabandista de Melões. A garota deixou o colar escorregar em sua mão e cair no expositor.

Garotinha? Humilhada, ela teve vontade de sair correndo, mas decidiu que se retiraria caminhando, de cabeça erguida.

Quando deu a volta, quase esbarrou em Elia, a Princesa Melhor-do-Que-Você, que empinou o nariz petulante ao fitar Keelie. Ela carregava uma harpa naquele dia e segurou o instrumento com força, como se o contato com a menina de Los Angeles fosse contaminá-lo.

Os lábios perfeitos e rosados de Elia se curvaram ironicamente.

— O que aconteceu com o seu cabelo? Você cortou?

Tania riu.

Keelie não se deu o trabalho de explicar que só parecia mais curto por estar enrolado. Teria sido perda de tempo. Cachinhos Dourados não tinha sentimentos humanos. A garota de Los Angeles deu um passo ao lado e seguiu em frente.

Elia a seguiu.

— Ei, eu estou falando com você, garota californiana. Quem cortou o seu cabelo? Quero saber para avisar minhas amigas para não irem lá! — exclamou, rindo.

Continue andando, pensou Keelie. Não se meta com ela. Não há cérebro sob aqueles cabelos dourados.

Mas Keelie fervilhou de raiva. Segurou com força a caneca. Queria dar um soco no nariz da Miss Perfeição.

Ficou surpresa ao continuar ouvindo os passos da menina atrás dela. Não lhe daria a satisfação de olhar. Elia passou os dedos pelos cordões da harpa, e uma música suave encheu o ambiente. Começou a cantar em ritmo animado:

Era uma vez uma menina de corte de cabelo rente
Que mais parecia ovelha, não filha de gente
Quem podia culpá-la pelo ar deprimente?

Um grupo de espectadores, incluindo o homem de perna de pau que Keelie vira ao chegar no dia anterior, aglomerou-se para ver aquela apresentação. Elia dedilhou as cordas de novo e sorriu para as pessoas como se fosse um anjinho inocente. Então, continuou a cantar:

Suas roupas estavam sujas, cobertas de lama,
Digna de riso para muitos, que visão era a dama.

— Não estou nem aí para isso, Lady Panaca — sussurrou Keelie.

Fechando os olhos, tentou evocar o poder momentâneo que sentira antes. Imaginou as cordas da harpa se partindo. Sentiu as árvores ao seu redor, como se se agrupassem para protegê-la. Aquilo era bem diferente das sensações claustrofóbicas que a assolaram no passado. Podia perceber a afabilidade delas, como se dissessem "vamos protegê-la".

Uma brisa acariciou o rosto de Keelie, reconfortante, como os móbiles musicais do apartamento do seu pai, e ela abriu os olhos, surpresa.

O vento delicado soprou pela filha de Zeke, deixando um aroma de pinheiro e folhagem, que se aferrou a ela como incenso. Os pinheiros altos, que cresciam atrás da barraca de bijuterias, começaram a balançar. Um vestido dourado da Renascença, pendurado ali perto, começou a oscilar ao vento como uma bailarina saltitante. Diversos silvos surgiram na área, e Elia pôs-se a gritar.

Keelie a olhou com um misto de pavor e satisfação. As cordas da harpa de Cachinhos Dourados arrebentaram ao vento, como os fios sedosos de uma teia de aranha.

A extremidade pontuda da orelha de Elia apareceu quando ela inclinou a cabeça sobre a harpa. Igual à de Sean. Uma moda do festival ou eram todos parentes?

Elia olhou para Keelie, os olhos verdes brilhando de ódio. Algo mais escuro perpassou por trás de sua cor intensa e se espalhou, circundando suas íris de preto.

Uau. A garota de Los Angeles afastou-se da menina de olhos assustadores.

— Você fez isso. Eu não sei como, mas, de alguma forma, fez isso — gritou Cachinhos Dourados, agitando a harpa nos braços.

Mais e mais pessoas se juntaram em torno da menina, que estava aos prantos. Tania uniu-se à multidão e olhou zangada para Keelie.

— O que você fez com ela?

— Eu não fiz nada. Estava parada aqui. Não toquei na harpa dela.

— Não tocara, mas desejara o ocorrido. Seria aquilo a magia terrena de que Sir Davey falara? O gato e, agora, a harpa? Ia muito além do que ela fizera na Califórnia.

Elia contemplou os presentes com olhos marejados.

— Não poderei tocar hoje, porque não só as cordas da minha harpa partiram como também meu coração.

Mas que dramática!

Keelie começou a se afastar, mas a mão de alguém apertou seu ombro. A joalheira de fantasia elegante manteve-a no lugar.

— Não se mova — ordenou Tania. Em seguida, olhou para os mundanos ali reunidos, puxou Keelie até a parte de trás de sua barraca e sacudiu seus ombros. — Já causou problemas suficientes, garota. Vocês, gente do show de lama, precisam se manter no próprio canto. Se eu a vir por aqui de novo, vou chamar a segurança.

— Eu não fiz nada — insistiu Keelie, livrando-se das garras da mulher. Então olhou furiosa para Tania, que também a fuzilou com os olhos e pegou-a de novo.

— Vai. Vai embora da minha loja — vociferou a joalheira. A mulher se virou para fitar Elia, ainda chorando no caminho. Então cuspiu no chão e esfregou a saliva com a ponta do sapato. Murmurou algo por entre os dentes.

Por sobre os ombros da mulher, Keelie viu Elia se virar devagar, como se farejasse algo no ar. Achou que Cachinhos Dourados a procurava, mas a menina fixou os olhos na joalheira.

Tania ficou boquiaberta.

Elia deu um passo na direção da vendedora de bijuterias.

— Acha que suas maldições insignificantes podem me fazer mal?

A mulher deu um passo atrás, pálida. Realmente pareceu ter ficado apavorada. Keelie ficou indignada. Aquele devia ter sido um show feito para os mundanos. Ela gostaria que a tivessem informado. Aquela era a lição a ser lembrada. Tudo ali era falso.

Sean apareceu caminhando, seguido por alguns dos cavaleiros que Keelie vira mais cedo. Elia correu até ele, as cordas da harpa esvoaçando atrás de seu instrumento musical arruinado. O rapaz a abraçou, mas ficou olhando para Keelie. Cachinhos Dourados apontou para a jovem californiana e, em seguida, começou a chorar.

Keelie afastou-se. Elia ergueu a cabeça, que apoiara no ombro de Sean, e sorriu com malícia para a inimiga. Como a outra suspeitava, as lágrimas eram fingidas.

A garota californiana ficou confusa. Será que havia algo real ali? Foi abrindo caminho pela multidão cada vez maior e, assim que se viu fora do aglomerado de pessoas, começou a correr, sem prestar atenção aonde ia. Daquele jeito acabaria entrando para a equipe de corrida de longa distância na Califórnia.

Quando começou a sentir pontadas na lateral do corpo, parou. Teve de respirar fundo diversas vezes para se acalmar. Chegara perto das torres de entrada. Uma família pagou a entrada e passou pelos portões. O pai caminhava com dois garotinhos e, atrás deles, a mãe empurrava uma menininha num carrinho. Pareciam tão normais.

Keelie teve vontade de gritar: "Deem a volta, não entrem. Este lugar não é para gente normal."

Observou enquanto os dois meninos, com capas de chuva e espadas de madeira, bradaram: "Hurra!" O vento fez os cabelos deles esvoaçarem para trás, e os garotos gritaram em meio à corrente de ar. O pai se virou para apressá-los.

— Vai começar a chover, crianças. Vamos sair da lama. — Acima deles, o céu escurecera de novo, e o ar trouxera o cheiro de ozônio. — Que verão mais esquisito, hein, meninos?

Keelie se virou, enquanto os garotinhos protestavam dizendo que a lama era divertida. Era doloroso observar uma família feliz. Será que um dia ela fora como a menininha no carrinho? Katherine e Zeke teriam sido felizes juntos? Seu pai, que não podia morar longe da floresta? Pai. Ele não era um para ela. Só podia ser considerado assim como denominação, pois estava quinze anos atrasado para ser seu "pai".

Ela deu uma olhada na entrada e ficou imóvel. Mal pôde acreditar no que viu. Será que era mesmo? Não, não podia ser. Mas era. Uma engenhoca anacrônica naquele festival feudal — um telefone público instalado numa cerca de madeira entre a saída e os banheiros.

Keelie meteu a mão no bolso e encontrou o troco que a senhora da casa de chá lhe dera. Tirou-o: uma moeda de cinco centavos, duas de vinte e cinco, quatro centavos e seis notas de um dólar.

Ela não vira as propagandas de ligações a cobrar na TV? Telefonaria para Elizabeth, que com certeza tomaria providências de imediato para que Keelie voltasse para casa assim que a garota lhe contasse as condições terríveis que vinha enfrentando ali.

Dois homens com coletes de couro, camisas de musselina branca e calças de tecido passaram depressa por Keelie, rumo à saída.

— Se ela sair voando daqui, nunca vamos conseguir pegá-la — comentou um dos homens. — Vai morrer lá fora.

— É verdade. Vamos ter que avisar a administração. Nunca vi um ser tão obstinado quanto ela.

Keelie ficou se perguntando de que se tratava aquilo, mas não era da sua conta. Estava a caminho de casa. Tirou o fone do gancho. Parou ao ouvir uma harpa ali perto. Será que Elia a seguira? Olhou ao redor, mas não havia nenhuma bruxa de cabelos dourados naquela área. Assim que o som cessou, ela ouviu o sinal de linha e discou um dos números para fazer chamadas a cobrar de que se lembrava. Uma telefonista atendeu.

— Para quem gostaria de fazer uma chamada a cobrar?

— Laurie Abernathy, em Los Angeles, na Califórnia. Aqui é Keelie Heartwood.

Ela deu o número da amiga à telefonista. Começou a trovejar no alto, enquanto o telefone tocava. O coração da garota batia acelerado no peito e, no outro lado da linha, uma voz familiar disse:

— Alô?

A telefonista perguntou:

— A senhorita aceita uma chamada a cobrar de Keelie Heartwood?

— Aceito!

A voz de Laurie equivaleu a um raio de sol quente depois de um dia chuvoso. Equivaleu a casa, a escola, a ouvir CDs novos perto da piscina. Keelie teve vontade de se transformar em fragmentos microscópicos de si mesma e viajar pelo fio do telefone e pela rede de fibra óptica até a amiga.

Uma sombra escura adejou sobre ela. Keelie olhou para o céu para ver o que era — e gritou quando garras afiadas rumaram para seus olhos.

7

— **K**eelie? Keelie, é você?

Ela ouviu a voz de Laurie, bem baixinho, em cima. Ela se jogara e rolara no chão, com os braços na cabeça. Um grasnido alto ressoou sobre Keelie, que se encolheu conforme algo roçou suas costas.

De olhos fechados, imaginou as garras estendidas como poderosas ceifadeiras, prontas para estraçalhar seu rosto. Ela dobrou ainda mais as pernas e protegeu a face com os braços. Um falcão. Imenso.

Os músculos de Keelie congelaram ante o grasnido assustador e o bater das asas. O fone e o fio balançavam em algum lugar acima de sua cabeça, e a voz de Laurie foi substituída pela voz monótona de uma mulher.

— Se deseja fazer uma ligação, queira desligar e tentar novamente.

Keelie fechou os olhos com força e cobriu a cabeça. Todos aqueles anos de treinos contra terremotos na escola finalmente foram úteis. Aguçou o ouvido em busca dos movimentos da ave; em vez deles, ouviu apenas os bipes irritantes do telefone. Então virou a cabeça e espiou por entre os dedos. Nuvens escuras, em torvelinho, mas nenhum outro movimento. Keelie moveu o braço com cautela. Não havia falcão pairando sobre ela, esperando para destroçá-la.

A garota se ajoelhou e perscrutou as árvores ao redor. Nada de falcão. Sentiu um enorme alívio. A ave tinha ido embora.

Keelie se levantou. Algo roçou a parte de trás de sua cabeça com um leve golpe. Ela entrou em pânico. Ficou totalmente imóvel e, em seguida, sua respiração acelerou quando o falcão pousou com suavidade numa cerca ali perto. As garras da ave penetraram na madeira enquanto Keelie tentava se equilibrar, as asas longas estendidas, porém ligeiramente dobradas.

Com a boca seca, a garota contemplou os olhos dourados do falcão enquanto ele a examinava. A ave virou a cabeça, e o temor de Keelie diminuiu, sendo substituído por compaixão. Um dos olhos do falcão mostrava-se leitoso. Cego.

Durante toda a sua vida, Keelie nunca ficara tão perto de um animal majestoso e lindo como aquele. A cegueira do falcão não diminuía seu poder; a proximidade levou a garota a sentir algo dentro de si — como se um botão tivesse sido ligado em sua alma.

Uma brisa suave fez as penas da ave esvoaçarem. O bipe irritante vindo do telefone público desviou a atenção de Keelie, que parou de se concentrar no falcão, dando-se conta de que a ligação para Laurie caíra, assim como a conexão com sua casa.

Ela estendeu a mão, pegou o fone e se aproximou do telefone para pressionar as teclas e ligar para a amiga. Sorriu para o falcão. A ave a observou, sem se mover, até a garota apertar os botões de metal. Então grasniu de novo, como se lhe perguntasse: "O que é que está fazendo? Por que quer ir embora?"

Keelie largou o telefone público, caminhou até a cerca de madeira e tocou nela. Era cedro, e em sua mente viu fileiras de árvores plantadas. Uma fazenda com arvoredo.

O falcão soltou outro grasnido. Keelie se virou e viu os dois homens que tinham passado apressados havia apenas alguns minutos. Eles cruzaram os portões com torre e, em seguida, pararam quando ouviram a ave grasnar de novo. O olhar de Keelie foi dela para os homens.

— Esta ave é de vocês?

Um dos homens gritou:

— Não se mova, garota.

O outro estendeu o braço em que usava uma luva de couro grossa e rígida.

— Vem, Ariel, vem aqui comigo — bradou.

O primeiro sujeito fez gestos cautelosos para Keelie.

— Não se mova, ela é perigosa.

Ah, agora você me avisa.

O falcão desviou o rosto dos homens para observar a garota outra vez. Devia ter sido ele a fugir durante o show de aves de rapina quando Keelie chegara no dia anterior.

No alto, as árvores sussurravam umas para as outras. A garota sentiu seu toque na brisa que acariciava seu rosto. Leve como uma pluma.

Plumas. Keelie intuiu que o falcão não iria com aqueles homens, mas talvez fosse com ela.

Ariel virou o olho dourado na direção de Keelie e, quando os olhares delas se encontraram, ambas se conectaram. Uma compreensão fluiu entre as duas almas feridas, cheias de dor. Naquele momento, a garota se deu conta de que tinha uma amiga no Festival da Renascença de Montanha Alta.

Keelie aproximou-se do falcão.

— Você vem comigo?

A ave balançou a cabeça, como se dissesse que sim. Ariel foi caminhando pela cerca, movendo as garras até se aproximar de Keelie.

— Melhor se mover bem devagar — avisou o homem de luva. Em seguida, tirou a luva e jogou-a virada para cima na direção da garota. Ela caiu aos pés da menina. Ariel inclinou-se para trás, como se pronta para saltar na luva, mas se acalmou. — Ponha a luva e depois estenda o braço. Cuidado, as garras dela são tão afiadas quanto navalhas.

Keelie pôs a luva, movendo-se com cuidado para não assustar o falcão. Ficou feliz por contar com aquela proteção contra as garras afiadas.

Ariel meneou a cabeça para cima e para baixo, examinando a garota e, em seguida, lançou-se rumo a ela e pousou em seu antebraço. Era enorme, mas não tão pesada quanto Keelie imaginara. A garota manteve a cabeça afastada, receando o bico perigoso perto de seu rosto. Ariel baixou a cabeça e inclinou-se para a frente. Keelie imitou seu movimento e a ave encostou a testa na da garota.

— Minha nossa!

— Olhe só para isso!

Ignorando as exclamações dos homens, Ariel e Keelie se tocaram, pena com pele, até, por fim, a menina erguer a cabeça.

— Nós duas devíamos ter alçado voo para bem longe daqui quando tivemos a oportunidade — sussurrou ela, perto da cabeça suave do falcão.

Na gaiola das aves de rapina, Keelie ficou sabendo da história triste de Ariel por meio dos dois homens. Uns adolescentes tinham atirado nela com uma pistola de ar comprimido, e o chumbo danificara permanentemente seu olho esquerdo.

Sem conseguir mais enxergar bem o bastante para caçar, ela fora levada aos reabilitadores de aves de rapina. Como podia voar, vivia tentando escapar, mas sempre voltava quando ficava com fome. O problema era que sua visão debilitada a colocava em risco de se ferir ou de ser machucada.

Aquela era a primeira vez que ela voara até alguém, e os dois sujeitos pareciam ter ficado impressionados com Keelie conforme a ladearam no caminho até as gaiolas.

— Graças às estrelas e aos planetas, Ariel voltou para nós — comentou uma mulher alta e delgada, de cabelo bem curtinho e diferente. Keelie a reconheceu: era Cameron, a mulher que segurara a coruja-das-neves no dia anterior, e a única no festival com corte curto como o seu. — Você deve ser muito especial. Ela não deixa ninguém tocá-la além de mim e Tom. — Cameron fez um gesto em direção ao sujeito que emprestara a luva para Keelie.

A garota ficou feliz com o elogio. O vento da tempestade, que se aproximava, jogou uma mecha em sua testa, mas ela não ousou tirá-la.

Cameron virou-se para os homens.

— Vocês já foram apresentados a Keelie Heartwood?

Os dois a fitaram atentamente.

— Está vendo agora? — disse um deles.

O outro anuiu como se tivesse ficado sabendo de algo especial.

— Faz sentido.

A mulher franziu o cenho ao notar as árvores balançando ao vento no alto.

— A tempestade está chegando. Vamos colocar as outras aves nos abrigos.

Os homens foram cuidar disso, apressados. O ombro de Keelie estava doendo de segurar o falcão. Ela girou o pescoço, tentando fazer o sangue circular de novo.

— Como você sabia o meu nome?

— A gente se conheceu ontem, lembra? — Cameron dirigiu o olhar perspicaz a Keelie. — Os animais sempre gostaram de você? Você sabia que também tem o dom da cura?

— Eu nunca estive perto deles, exceto do gato da minha amiga. — Ela não respondeu a pergunta a respeito do dom. Imagine. A mãe sempre considerara que a medicina não era a carreira adequada para Keelie.

Cameron abriu a porta de uma grande gaiola de aço e chamou a garota.

Embora não quisesse fazê-lo, Keelie entrou lá com Ariel no braço e colocou o falcão perto de um galho grande na parte interna. Por incrível que parecesse, a ave deu um salto até o poleiro e se acomodou, como se sua fuga não tivesse sido nada fora do comum e agora estivesse na hora de uma soneca.

— Incrível — salientou Cameron. Ela sorriu mais quando observou Keelie soltar o falcão. Não havia nenhum desdém nem complacência em seu olhar. — Se você não for do tipo melindroso, pode vir aqui amanhã alimentar Ariel na hora do almoço dela.

— O que ela come? — A garota imaginou um saco de ração de falcão.

— Ratos.

A expressão da menina deve ter deixado transparecer sua decepção.

— Está a fim? — quis saber Cameron.

Keelie contemplou Ariel no poleiro. O olho leitoso do falcão estava voltado para ela. *A ave não era totalmente cega*, pensou. O olho branco assemelhava-se a uma lente que permitia a percepção da alma da ave, e Ariel compartilhava a dor de ter perdido sua liberdade.

Embora dar ratos para falcões fosse asqueroso, Keelie nem cogitou não fazê-lo. Cameron tirou a luva de sua mão.

— A que horas?

— À uma da tarde — marcou Cameron. Seus olhos se voltaram com agilidade para as aves e, em seguida, para Keelie. Ela mesma podia ser considerada um pássaro.

— Eu venho.

Keelie começou a se retirar, só que antes se virou para dar uma última olhada em Ariel. O falcão fechou os olhos.

— Até amanhã, Ariel.

A caminho da loja do pai, a garota percebeu que muita gente ia embora, fitando com apreensão as nuvens cada vez mais baixas.

Keelie, que já estava faminta de novo, parou para comprar um milho no espeto, cheio de manteiga. Quando pagou, entreouviu um mundano comentar que havia um aviso de tornado na região.

— Com licença, que horas são?

— Quatro. Essa sua roupa é de que, garota? — quis saber o homem, rindo de sua saia.

Ela olhou para baixo.

— Sou uma princesa encantada. O que mais?

Deixou o sujeito fitando-a boquiaberto e voltou rápido para a trilha. Aviso de tornado. Isso não acontecia na Califórnia. O que ela deveria fazer? Sua única experiência nesse âmbito vinha dos filmes *Twister* e *O mágico de Oz*.

Keelie observou um velho enrugado, com barba comprida, passar por ela, o robe roxo esvoaçando ao vento. Pensando bem, aquele lugar tinha muito a ver com Oz.

Ela ficara um longo tempo no Abrigo de Aves de Rapina, mais do que planejara. O pai ficaria preocupado, mas, fosse como fosse, fora ele mesmo que lhe dissera para explorar o Festival da Renascença; ela só seguira seu conselho. Na certa, ele nem sentira sua falta naquele dia. Ela podia apostar que se mantivera ocupado com os móveis e as fãs.

Interessante como o tempo passou rápido quando estava com Ariel. Tinha se esquecido por completo de Laurie também. Precisava ligar para a amiga de novo. *Amanhã*, pensou. Depois que alimentasse o falcão.

Keelie parou de súbito. Estivera tão distraída comendo o milho com manteiga de forma bagunçada que não prestara muita atenção no caminho.

Ali estava: a área do show de lama. Ela olhou para o corpete e, então, observou as estampas de mão na parte de trás da saia. Teve de sorrir, apesar de odiar aquela fantasia. O homem chamado Tarl, que lhe levara a roupa, estava parado ali perto, conversando com um sujeito pequenininho.

Ela se lembrou das silhuetas e dos gemidos vindos da barraca dele no Condado na noite anterior. Provavelmente não conseguiria conversar com ele com expressão séria. O indivíduo com quem ele conversava parecia muito com Sir Davey Morgan. Keelie observou melhor. Era o próprio. Ela esperava que ele não a constrangesse trazendo à tona aquela baboseira de magia terrena.

Um lado seu quis sair dali correndo, sem nem falar com os homens, e o outro, o compassivo, despertado por Ariel, quis ficar. Tarl tinha sido bem legal com ela, ajudando-a. Apesar de aquela roupa ser um farrapo abominável, fora um gesto amável da parte dele. Bem diferente do que Keelie podia dizer de certas pessoas. A imagem de Elia lhe veio à mente. Janice, a mulher das ervas, tinha sido gentil com ela também, mas Keelie chegara à conclusão de que a dona do herbanário só queria se dar bem com o seu pai. E ainda havia Raven. Uma moça legal, a irmã mais velha que nunca tivera.

Num impulso, decidiu ir até Tarl para agradecer a roupa e avisar que sua bagagem devia estar chegando logo. Tentaria não rir ao se lembrar da imagem de sua silhueta nua, em forma de pera.

Tarl a viu e acenou.

Ela retribuiu o gesto e caminhou até os dois homens. A imagem dos contornos do homem despido na barraca passou por sua cabeça de novo. Eca.

Pigarreando, a garota tentou encontrar as palavras certas e acabou dizendo:

— Obrigada pela roupa.

Tarl sorriu.

— De nada, Keelie. Ficou bem em você. Quero lhe apresentar Sir Davey Morgan. — Ele fez um gesto em direção ao mosqueteiro miniatura. — E esta é Keelie Heartwood.

Sir Davey fez uma reverência e, daquela vez, sua pena de avestruz passou pela lama.

— Já tive o prazer de conhecer Lady Keelie, Sir Tarl.

Lady Keelie. Ela gostou disso.

— Seu chapéu — exclamou a garota. A pluma estava agora fina e marrom, arruinada com os fragmentos de lama.

Sir Davey tirou o chapéu e a examinou de cenho franzido. Voltou a colocá-lo.

— Uma bela lama limpinha nunca fez mal a ninguém, fez, Tarl?

— Lama é minha vida, Sir Davey. — O homenzarrão olhou de esguelha para um grupo de participantes do show. — Vou até lá com os outros. Estamos ensaiando uma nova apresentação. Quer vir conosco?

— Acho que lidei com mais lama nas últimas vinte e quatro horas do que vou querer fazer pelo resto da vida — ressaltou a garota.

Sir Davey agitou a mão em cima dos restos de lama do chapéu. Pedacinhos de lodo saíram da pluma. Keelie ficou pasma. A ponta antes marrom e grudada da pena de avestruz mostrava-se agora branca, como se tivesse sido metida em neve fresca.

— Como o senhor fez isso? — perguntou ela. — Foi um truque?

— Conte-me, Keelie Heartwood, quando criança, você fazia torta de lama?

— Torta de lama? Eu? Não.

— Perdeu um aspecto importante da sua infância, moçoila.

— Por quê? É ruim não fazer tortas de lama?

Sir Davey acomodou-se na beira do palco e deu uns tapinhas no lugar ao seu lado. Keelie sentou-se.

O pequeno homem pegou um punhado de lama e apertou-o entre os dedos.

— Isto faz parte da Terra.

— Certo. — Ela podia dispensar as lições de ciências do Capitão Óbvio.

Sir Davey arqueou a sobrancelha grisalha para ela.

— Não acha que é importante?

Keelie deu de ombros.

— Pense nos artistas que trabalham com argila... As crianças, bom, todas elas são artistas e criam do fundo do coração. Já as viu brincando na lama, na caixa de areia? Não dizem "eca, que nojeira!".

Ela teve de sorrir diante da imitação do sotaque de uma garota californiana.

— Eu brinquei muito na praia quando era pequena. Só que nunca com lama.

— A-há, ela admite que brincou. — Sir Davey lhe deu um largo sorriso. — E com areia. Até mesmo os elementais estão surpresos com essa afirmação.

— Elementais?

— Eu explico depois. Primeiro, quero que sinta a lama, que a pegue.

A repulsa levou-a a estremecer.

— Já lidei o bastante com lama, obrigada.

— Não seja covarde.

— Covarde? — Ela estendeu a palma direita. Sir Davey colocou a bola de lama em sua mão.

— Você pode criar com o coração, sem que sua mente interfira no processo. — Sir Davey pôs a mão sob a dela e fechou os dedos da garota de maneira que envolvessem a argila, que se espalhou na hora.

— Eca. — Mas não era bem assim.

O barro deixou escapar um aroma terroso, totalmente diferente das massinhas perfumadas com as quais Keelie brincara quando criança.

Com seus dedos pequenos, Sir Davey formou outra bola. Com sua argila, a garota formou também uma bola e deixou-a cair no piso do palco. Meteu o indicador nela.

— Eu fiz xícaras rústicas para minha mãe na aula de arte quando mexemos com barro no ensino fundamental. A professora as queimava no forno. Mamãe pegou uma delas para usar como porta-caneta no escritório.

Ela fez outro furo no bolo de lama.

Sir Davey continuou a formar algo com o dele. Keelie não sabia exatamente o que era, mas aquilo lhe trouxe uma lembrança.

— Quando eu estava no terceiro ano, fiz um broche de inseto para minha mãe. E era um bicho feio. Pintei o troço de preto com bolinhas cor-de-rosa, e ainda assim ela o usou para ir à igreja no Domingo de Páscoa. Não combinava nem um pouco com o vestido de grife com estampa de flores amarelas, mas mamãe disse que aquele broche era uma obra de arte e que todas as outras mães ficariam com inveja dela naquele dia.

Sir Davey abriu a mão e mostrou uma réplica de lama do broche de inseto que Keelie fizera para Katherine. O coração da garota encheu-se de pesar. Ela já não podia duvidar da magia. A tristeza deixou a caixinha na qual Keelie a mantivera trancafiada com tanta firmeza quanto sua raiva. O broche de inseto do homenzinho destrancara a fechadura.

Keelie fechou os olhos, tentando impedir as lágrimas antes que ele as visse. Quando os abriu, o inseto desaparecera e, em seu lugar, surgira um pedaço rústico de lama.

— A terra sob nós nos conecta. Estamos todos sobre sua superfície, da qual dependemos para sobreviver — disse Sir Davey. — Às vezes, ela pode ser lamacenta e desordenada; às vezes, protetora e terapêutica. E é só uma pequena parte do seu mundo, Keelie. Não se esqueça disso nos próximos dias e meses.

A garota ouviu o pai chamando-a. No início, achou que fosse parte da lição do homenzinho, mas, então, deu-se conta de que ouvia de fato a voz dele. Zeke estava a poucos metros dali.

— Keelie, aí está você. Onde é que andou o dia inteiro? Procurei você por toda parte.

A filha afastou a melancolia e com parte de seus sentimentos de tristeza. Foi como guardar uma caixa secreta e trancada, cheia de tesouros. Ela não queria que o pai notasse sua nostalgia e, de algum modo, achava que ele poderia captá-la. Acrescentou uma barreira invisível de tijolos ao redor do que sentia.

— Zeke. Que bom ver você. — Sir Davey fez uma reverência em direção ao pai de Keelie, que o cumprimentou meneando a cabeça.

— Davey, então já conheceu Keelie.

— Foi uma honra. — Ele saltou do palco e fez uma mesura para a garota; embora a pena de seu chapéu tenha roçado na lama, permaneceu intacta, branca. — Gostei da nossa conversa. Venha me ver amanhã, e vou lhe mostrar como fiz.

Keelie sentiu um calafrio e percebeu, surpresa, que era por causa da expectativa. Sorriu para Sir Davey. Ele levou o dedo aos lábios. Nosso segredo.

— Venha. Vamos para casa — chamou Zeke.

— Para a sua casa — corrigiu a menina.

O pai soltou um suspiro.

— Vamos.

Eles estavam bem longe da loja, e o silêncio entre os dois fez a distância parecer ainda maior. Quando se aproximaram de lá, Keelie foi correndo à frente, subiu depressa a escada e abriu a porta. Perscrutou o quarto, em busca de suas malas, mas, para sua decepção, não havia nenhum sinal delas.

O pai, pelo visto, analisou seu rosto.

— Procurando o gato?

— Não, a minha bagagem. Achei que chegaria hoje.

Ele deixou escapar um suspiro ainda mais forte.

— A companhia aérea telefonou e avisou que ainda vai demorar mais alguns dias; parece que suas roupas e outros pertences foram parar em Istambul.

— Istambul? Por acaso não é um subúrbio de Fort Collins, é?

— Fica na Turquia.

Ela se jogou na cama.

— Não dá para acreditar! Aqueles idiotas não conseguem entregar uma simples mala! — Muito menos dez.

— Elas foram rastreadas de Los Angeles até o Havaí e, depois, encontradas em Hong Kong. Agora estão a caminho de Istambul.

— Achei que ficaria alguns dias sem as minhas roupas, mas, na verdade, podem ser semanas, né? Não posso mais ficar andando por aí usando essa fantasia ridícula. É humilhante demais.

— Concordo. Não fica bem em você — disse o pai. — Mas precisa de outros itens além de roupa. Vou levá-la para fazer compras amanhã.

Keelie o fitou e, em seguida, teve um acesso de riso.

— Você? Vai me levar para fazer compras?

Ele balançou a cabeça.

— Inacreditável, eu sei. Vamos tentar os shoppings de Fort Collins. E você pode ir até o Cantinho de Galadriel para comprar alguns trajes estilo renascença.

Shopping. A palavra que a fazia feliz.

— Não vai ser tão ruim assim, eu prometo — acrescentou Keelie, colocando os pés na cama. — Sério, há quanto tempo você participa deste festival de Fort Collins?

— Três meses por ano nos últimos sete — respondeu ele.

— Tudo isso? — Ela fez as contas. Desde que a filha tinha nove anos. — Já foi ao shopping?

— Nunca.

— Nunca? Com licença, mas em que século a gente está?

Ele riu.

— Não se preocupe, filha. Acho que não vai ser difícil encontrar o lugar.

— Você sabe dirigir?

— Keelie, eu sei interagir no universo mundano.

— O que alguns chamam de mundo real.

— Por falar em mundo real, os livros da sua nova escola devem chegar esta semana. Acho importante darmos início aos seus estudos o quanto antes.

Se o pai quis que ela parasse de pensar nas roupas ao trazer esse assunto à tona, conseguiu. Já estavam quase no verão.

Keelie pegou uma almofada verde com uma linda árvore bordada em tons dourados e abraçou-a diante do peito.

— Vamos ver se entendi direito: você quer que eu fique fazendo dever de casa durante as férias de verão? Aqui, e não numa escola com outras garotas da minha idade?

— Daqui a três semanas, nós vamos para o Festival da Renascença de Nova York. Ficaremos oito semanas lá, e você vai poder manter as lições em dia por correspondência. Quando finalmente voltarmos para casa, no Oregon, já estará atualizada em relação aos seus colegas de classe.

— Acha que eu vou para Nova York e para o Oregon com você. — Foi mais uma afirmação que uma pergunta. A resposta era óbvia.

— Acho, Keelie. Você é minha filha. Nós somos uma família. Precisamos ficar juntos.

A garota sentiu uma fúria dominá-la. Jogou no sofá a almofada, que ricocheteou e caiu no piso. Então, levantou-se e chutou-a.

— Eu e minha mãe éramos uma família. Você largou a gente, lembra? Meu lugar é na Califórnia. Lá, sim, é minha casa. Não o Oregon. Não com você.

Zeke pareceu ter ficado magoado. Bem feito.

— Keelie, lamento muito que esteja magoada. Sei que sente muita falta da sua mãe. Mas seu lugar é aqui, comigo.

— Por acaso já pensou no que eu perdi? Não só a mamãe como também as minhas amigas e até o meu quarto? — Ela estava brava consigo mesma naquele momento. Iria chorar? — Você tomou todas as decisões. Num minuto eu estava em casa, noutro aqui, neste... neste... — Gesticulou com as mãos, sem encontrar as palavras.

— É outro mundo, não é? — O pai olhou ao redor, no quarto. — Minha vida mudou também. Não estou acostumado a ter uma criança por perto. Nem uma mulher.

— Ah, sim, aposto que as suas fãs estão tendo que fazer análise em grupo de tão tristes que estão.

Ele arregalou os olhos.

— Fãs?

— Não me diga que não nota todas as mulheres se atirando em cima de você o tempo todo. E que história é essa de Keliel? E das orelhas tipo Spock que todo mundo usa aqui? Este lugar é mais que bizarro. — Ela deu outro chute na almofada. — Eu quero ir para casa. Para a Califórnia. Quero a vida que levava antes de volta.

— Ainda que sua mãe ainda estivesse viva, você viria para cá mais cedo ou mais tarde.

— Até parece! Quer dizer que de uma hora para outra eu ia querer um pai depois de anos sem um?

— Você precisaria vir até aqui para aprender a controlar seu dom.

— Pelo visto, falava sério.

Ela olhou para o pai. Zeke sabia? Ela passara o pão que o diabo amassara a vida inteira, achando que era algum tipo de mutante genética, e ele soubera?

— Mamãe sabia? — sussurrou Keelie, os lábios dormentes.

Zeke baixou os olhos, evitando fitá-la.

— Sabia, foi um dos motivos que a fez ir embora.

— Mamãe foi embora? Mas ela disse que tinha sido você.

— Seu mundo virara de ponta-cabeça de uma hora para outra. A mãe mentira para ela?

— Nós estávamos no Oregon. Então ela pegou você e voltou para a Califórnia. — O tom de voz dele foi se suavizando a cada palavra.

— Então por que você não pediu a minha guarda? Claro que agora não teria adiantado nada, porque já tenho quinze anos. Depois de doze, já se pode escolher, e eu com certeza não viria para cá.

Seu pai, de súbito, ficou imóvel, como se prendesse a respiração.

— Foi o que sua mãe lhe disse? Que abandonei você e que não a queria?

— Bom, não com tanta clareza assim. Mas a gente estava na Califórnia, e você se dedicava à sua vida de cigano. E nunca pediu minha guarda, muito menos para fazer visitas. — Todas as amigas de Keelie que tinham pais divorciados contavam com visitas regulares.

— Visitas? Guarda? — Ele deu a impressão de estar totalmente transtornado e também um pouco furioso. — Inacreditável, Keelie. Sua mãe e eu nunca nos divorciamos.

8

Magia terrena, dons, nunca divorciados. As palavras rodopiavam na cabeça de Keelie, deixando-a tonta. Ela se jogou na cama alta e abraçou um travesseiro.

As lágrimas ardiam em seus olhos, e Keelie fechou-os com força. Não choraria. Mas por que não? Quem veria? Então ela afundou a cabeça no travesseiro e deixou as lágrimas rolarem.

Keelie tinha vontade de atirar ou quebrar algo, ou até mesmo de rasgar alguma coisa até a raiva passar.

Colorado, Nova York, Oregon. Mas não a Califórnia.

Nunca.

Nunca.

Nunca.

Algo ronronou perto de sua cabeça. Ela abriu os olhos. Ali, lembrando uma pilha peluda de folhas de outono, estava Knot, enrolado no canto do travesseiro.

— O que está fazendo aqui?

Ele ronronou com mais força ainda.

— Vá embora.

O ronronar aumentou.

— Aquele cavalo teria feito você em pedacinhos se eu não tivesse gritado com ele.

O ronronado parou.

— Gato mal-agradecido.

E recomeçou.

— Detesto felinos.

Ele parecia mais um motor de automóvel.

— Odeio você em especial.

O gato abriu os estranhos olhos verdes e piscou, fitando-a.

A cada insulto, a fúria devastadora que sentia por dentro foi diminuindo um pouco.

— Você é feio.

Knot espreguiçou-se e bocejou.

— Deixa pelo em tudo quanto é lugar.

O gato sentou-se.

— Tinha mais era que apanhar por ter feito xixi na minha mala.

Ele lambeu o pelo do rabo com a língua rosada.

— Eca! Que nojo!

O felino saltou da cama e dirigiu-se, cambaleante, à porta. Então, sentou-se, a cabeça voltada de um jeito esperançoso para Keelie.

Ela saiu da cama, foi até Knot e encarou o bichano insolente, com as mãos na cintura.

— Não sou sua porteira não, viu?

Ele piscou.

— Está bem. — Keelie abriu a porta e o gato saiu, espremido. Ela chegara à conclusão de que, se não o tivesse deixado sair, ele teria feito xixi no quarto, que ficaria com um fedor insuportável. Por sinal, era bem possível que nem conseguisse tirar o cheiro horrível da urina dele de sua roupa íntima e de sua mala.

Keelie ouviu o pai conversar com alguém ao pé da escada. Podia entrever suas costas e entreouvir a resposta sussurrada da mulher. Encostou a porta, deixando uma fresta para poder ver e ouvir.

— Não sei como me aproximar dela — dizia Zeke.

A mulher aconselhou:

— Melhor dar tempo à sua filha, Zeke. Ela acaba de chegar a um mundo novo, totalmente diferente do que ela conhecia; para completar, ainda está sofrendo por causa da perda da mãe.

A voz assemelhava-se à da intrometida Janice. Keelie não precisava que ninguém a defendesse. Se vinha chocando o pai com sua atitude rebelde, então seu plano estava dando certo. Ele ia querer se livrar da filha o quanto antes, o que significava que ela poderia ir morar com Laurie em Los Angeles.

Keelie estava fazendo um favor ao pai.

Ela observou os ombros dele se encurvarem.

— Eu nunca deveria ter concordado em não me meter na educação dela anos atrás. Mas era o que Katy queria. Ela receava o que poderia acontecer com Keelie no futuro. Como se mantê-la longe de mim pudesse mudar os fatos.

A garota prendeu a respiração. Não fora ideia da mãe que Zeke não a visse. Como ele ousava jogar a culpa de sua ausência em Katherine!

— O que você vai fazer? Não restam dúvidas quanto ao que ela é — comentou a mulher. — Todo mundo está falando de sua filha aqui no festival. Ela precisa saber, Zeke, e aprender a se controlar. Já andou causando estragos. O gato, por exemplo. E a pobre Elia; não que a menina não merecesse. Mas, se os mundanos notarem, vai ser bastante complicado para todos nós.

Keelie quase saiu do esconderijo. Eles tinham enlouquecido?

O pai se sentara na escada e esticara as longas pernas. Então apoiara a cabeça nas mãos.

— Ela não quer saber mais a respeito dos dons que tem. Katy a fez pensar que tínhamos nos divorciado e que eu tinha abandonado as duas.

Então era verdade. Ela sentiu a cabeça pesar.

Knot deu um salto e foi para o colo de Zeke, que o afagou atrás da orelha, distraído. O gato fechou os olhos e abanou o rabo.

Keelie movimentou os lábios, formando a palavra "fedorento".

O bichano abriu os olhos, que reluziram como um estranho gás pantanoso esverdeado. Mais esquisito ainda foi o gato ter olhado direto para Keelie, como se a tivesse escutado. Ele começou a ronronar tão alto que ela o ouvia lá de cima.

Keelie fechou a porta com cuidado. Quer dizer que ela era o assunto do momento no Festival da Renascença? Bom, grande coisa. Ela estava indo embora de qualquer forma.

De jeito nenhum ficaria esperando que Zeke quisesse ter outra conversinha sobre sua nova vida. Esperou o pai sair da escada e voltar a trabalhar, daí calçou o sapato e pôs-se a descer a colina. Precisava ver Ariel. Tinha muito em comum com aquele falcão preso. Talvez conseguisse conversar com ele.

O céu estava bem mais escuro do que o normal naquela hora do dia, embora já tivessem cancelado o aviso de tornado. Keelie na certa perderia o jantar, se é que Zeke planejava preparar algo. O mais provável era que a mandasse ir comer de novo na casa de chá da sra. Butters. Que mulherzinha esquisita.

Keelie passou por comerciantes, que guardavam as mercadorias e fechavam as lojas. Alguns olharam de esguelha para ela e, em seguida, voltaram a se concentrar nas tarefas. A garota franziu o cenho. Estaria com mau hálito? Lá estava ela, vestida como uma deles, morando lá e, ainda assim, sendo tratada como uma pária. Não que quisesse se tornar a princesa do pedaço. Mas, ainda assim, que mal faria se eles a saudassem?

Ela diminuiu o passo quando chegou ao palco de apresentação das Aves de Rapina. Uma plaquinha perto de um pinheiro enorme informava: "Gaiolas." Atrás se encontrava a área em que ficavam as aves. Estava escura e silenciosa.

E se ela entrasse ali e acordasse os bichos? As corujas grandes, os abutres, os falcões? O grasnido atrairia uma multidão. Keelie parou e olhou ao redor. A loja de Sir Davey ficava ali perto, mas ela não estava a fim de outra lição sobre areia e lama. Ouviam-se os trovões no alto, embora parecessem distantes.

Talvez acordar as aves fosse má ideia. Ela precisava de aconchego e de pessoas à sua volta. Pensou no Condado. A garota se virou rumo ao caminho. Talvez tomasse mais que alguns goles da garrafa quando a passassem. Necessitava de algo que não só a esquentasse por dentro como também por fora.

Na noite anterior, a barraca estivera aconchegante e seca. Ela se perguntou em qual dormiria Sean. E se ele o fazia sozinho. Talvez Raven soubesse. Keelie iria até o Condado e perguntaria a ela. Deu a volta e começou a descer a colina, mantendo-se perto dos mercadores do outro lado de Heartwood, caso Zeke a visse.

Passou pelo Cantinho de Galadriel e dirigiu-se rápido para baixo, rumo à ponte. Lembrou-se das instruções de Raven. "Atravesse a ponte e depois o prado", sussurrara. Não saia do caminho.

Quando Keelie viu os contornos da ponte, observou luzes à esquerda. Isso mesmo. Ela se recordou dos amantes transando debaixo da ponte na noite passada. Com tantas construções e barracas por ali, seria de pensar que escolheriam um lugar mais quentinho e seco. Ogros não viviam debaixo da ponte. Ou viviam?

Ela pensou nas lesmas, nos sapos e nas aranhas que com certeza moravam ali. Mais assustadores que qualquer ogro, na opinião dela.

Keelie tocou na cerca de madeira. A mão zuniu e formigou. E ela soube. Sequoia da Califórnia.

— Está longe de casa, hein? — sussurrou ela. De súbito, tirou a mão. E inalou. Tinha que dar um basta àquilo. Precisava ficar com os outros jovens que frequentavam o Condado. Com otimismo, encontraria Sean. Ela se imaginou apoiando as mãos no peito do rapaz enquanto ele a abraçava. Visualizou o calor do corpo dele passando ao seu.

— Keliel.

Seu nome espalhou-se no ar como um perfume parcialmente lembrado. Um espectro dele, carregado pela brisa leve e arrastado como se o falante estivesse cantando, mas se houvesse esquecido da melodia.

Ela olhou ao redor com nervosismo. Keliel. A voz a chamara claramente por seu nome formal. Não Keelie, o apelido dado pela mãe. Quem além do seu pai e da sra. Talbot o conheciam?

A brisa com gotículas de chuva fez seu cabelo esvoaçar.

— Keliel — repetiu a voz, num lamento. A garota teve a impressão de que o som vinha de debaixo das tábuas sob seus pés. — Keliel, nade comigo.

Que diabos? Ela olhou para baixo. Que tremenda fria. Ela se lembrou do momento em que caminhara ali na noite anterior, com Raven, conversando sobre filmes de terror. Filmes horripilantes em que moças que caminhavam sozinhas no escuro sempre acabavam partidas em pedacinhos.

As garotas nesses filmes eram tapadas demais para viver. Keelie não se considerava imbecilizada; então, o que é que fazia ali à noite? Não ia ficar para descobrir quem ou o que conhecia seu nome. Seu nome verdadeiro.

De repente, ela se deu conta de que reinava a quietude. Não se viam nem mesmo insetos. Luz. Keelie olhou para trás, para a subida rumo a Heartwood. Nada de luz. Somente a lua iluminava o caminho. Nuvens moviam-se depressa no céu arroxeado.

Ela olhou ao redor e, em seguida, parou. Havia um ponto iluminado. Situava-se no outro lado da clareira. A garota disse a si mesma que não estava com medo ao começar a correr. O cascalho sob seus pés ressoava enquanto ela se dirigia à luz. Devia ser o Condado.

Já saíra da trilha naquele momento, tentando ignorar a comichão na pele ao passar por uma árvore após a outra. Tantas. Pinheiro, pinheiro, carvalho, pilriteiro. Havia algo neste arbusto. Mas Keelie não ficou lá para descobrir o que era.

Correu mais rápido, ansiando chegar ao trecho iluminado. Tomou o sentido norte, com a lua ao lado direito. O prado por onde corria exalava uma fragrância agradável em virtude do capim. No fim dele, havia uma floresta. E a luz vinha de lá. De súbito, uma nuvem de insetos saiu da gramínea. Vaga-lumes. Centenas e centenas deles.

As nuvens de tempestade encobriram a lua e, de repente, escureceu. Um verdadeiro breu. Sem estrelas. Keelie não tinha como se orientar. Os vaga-lumes brilharam mais, parecendo se iluminar com a escuridão. Adejavam formando uma cerca viva.

Ela parou, temerosa. Os insetos não costumavam reluzir mais. E aqueles não cintilavam, acendendo e apagando como os normais. Simplesmente brilhavam. Como lâmpadas. Keelie começou a retroceder. Não queria passar por eles. Sua barriga doía, como se tivesse sido apertada por um longo tempo. Ela estremeceu. Tinha que encontrar o caminho de volta para casa. Queria sua mãe.

Talvez devesse pedir instruções à voz na ponte sobre que rumo tomar. Está bem, talvez fosse melhor não. Mas era estranho. Não tinha medo do escuro. E com certeza não temia insetos nem luzinhas.

Keelie se obrigou a dar um passo adiante. Vaga-lumes eram apenas insetinhos. Bichinhos voadores costumavam ser assustadores, mas aqueles ali podiam ser considerados inofensivos, como as joaninhas. Raven teria seguido em frente — com certeza teria passado direto pela escuridão assustadora, e o que quer que estivesse na floresta sentiria medo dela.

A garota deu um passo em direção ao bosque, em seguida, outro. As luzinhas se aproximaram, mas, depois, sumiram de vista, pois ela estava nos limites de um vilarejo, de um de verdade, nada lamacento como o festival.

Por que o lugar onde morava o pai não tinha aquele aspecto tão bom? Ela pisou no tapete de folhas em forma de agulha da floresta e sentiu um alívio imediato, como se tivesse se livrado de uma dor desconhecida.

Uma torre de pedra erguia-se rumo às copas das árvores, adornada com folhas do mesmo material e libélulas esculpidas e enfeitadas com joias. Poxa, o pai era habilidoso, mas aquela gente fizera um trabalho do nível de designers.

Não chegava a ser uma mansão de Bel-Air, mas, se Keelie fosse viver sem comodidades, com certeza o faria daquele jeito. O lugar exalava um aroma delicioso, como se ela houvesse entrado numa loja de sabonetes e cremes. Que cheiro seria aquele? Parecia Natal ali. Um toque sutil de canela impregnava a floresta predominantemente de pinheiros.

Um movimento na base da torre chamou a atenção da garota. Elia estava lá dentro, tocando a harpa. Caramba. Keelie se aproximou de forma sorrateira. Morava em cima de uma marcenaria, e Elia numa torre de pedra, como uma princesa? Não era muito justo.

Antes que conseguisse se aproximar, um homem chegou perto dela. Parecia saído de *O senhor dos anéis*. Alto, com cabelos louros compridos, rosto longo e glacial, usava uma túnica escarlate, que arrastou no solo da floresta quando ele se pôs diante dela, impedindo sua passagem.

— Uau. Nossa, que bom ver você. Pode me dizer como faço para voltar para o festival?

— Quem é você? Como chegou aqui?

Elia foi até a porta.

— Pai, tem alguma coisa errada? — Ela viu a garota e ficou paralisada. — Keelie? Como é que conseguiu passar pelo Pânico?

Aquele homem era o pai de Elia! Na mesma hora, Keelie notou a semelhança entre os dois. O sorriso sarcástico devia estar mesmo embrenhado no código genético. A menina inclinou a cabeça naquele jeitinho pernóstico de sou-melhor-do-que-você que tanto irritava Keelie. Depois a filha de Heartwood teria que fazer uma imitação de Elia para Raven.

Mas o Pânico? Quem era, seu cão de guarda?

— Eu não vi nenhum Pânico. Saí da trilha e me perdi. Olhem, se me mostrarem o caminho de volta, vou dar o fora daqui agora mesmo. Ah, e adorei a sua roupa. Onde comprou? — Folhas bordadas em dourado enfeitavam as mangas amplas: um ostentoso tema natural. Combinava com a atmosfera de designer da área.

Fitando Keelie com raiva, o pai de Elia agitou uma corrente prateada de um lado para o outro, como um pêndulo.

— Você é a traquina de Heartwood. A humaninha mestiça dele.

O estranho pêndulo atraiu a atenção da garota, uma vinha de espinhos com uma noz de carvalho enroscada abaixo. Keelie estremeceu quando seus olhares se encontraram. O fruto da árvore balançava de um jeito hipnótico. Agarrando a ponta do pêndulo, ele o guardou na manga bufante.

Assim que o artefato desapareceu, a garota se encheu de coragem.

— Sou Keliel Heartwood — confirmou, dando o nome completo. — E quem é você?

O homem franziu o cenho de um jeito gélido.

Na cabeça da garota, surgiu uma voz clorofilada, com aroma de seiva, em contraste com a fragrância forte de canela, dizendo-lhe como ele se chamava.

— Elianard. É o seu nome.

Ele deu um passo atrás.

— Como ela sabia, pai? — Elia pareceu quase assustada.

De repente, uma escuridão acachapante envolveu Keelie. As árvores oscilaram, sem, no entanto, que ela sentisse o vento; em vez disso, fez calor. Ficou muito quente e úmido. O suor escorreu por Keelie à medida que ela se afastou, cambaleante, das imagens de Elianard e Elia. A túnica carmesim dele transformou-se num torvelinho avermelhado e escuro. Uma risadinha insuportável circundou Keelie conforme ela se retirou correndo, desajeitadamente, dali. Tinha que sair daquele lugar. Naquele instante. Não podia ficar nem mais um minuto sequer. Se ficasse, não conseguiria mais respirar.

Algo arranhou suas pernas à medida que ela correu. Keelie só tinha um pensamento em mente: sair da floresta. Dedos fibrosos com unhas pontudas e afiadas agarraram sua saia. Ela viu sarças e espinhos, e também teve a impressão de ter vislumbrado olhos, braços e pernas em meio ao caos.

Keelie foi depressa até uma faia e a abraçou. Pressionou o rosto contra a casca suave. A seiva vivificante da árvore fluía pelo tronco como o sangue vermelho que circulava pelo corpo da garota. Um galho tocou o cabeça dela com dedos em forma de graveto de maneira reconfortante, como a mãe fazia quando ela estava transtornada. Keelie sentiu o pesar vir à tona. Lágrimas espontâneas fluíram por seu rosto, por um lado eliminando seu medo e, por outro, revelando um grande vazio dentro de seu coração.

Keelie perguntou, num murmúrio suave:

— Mãe, cadê você? Qual é o caminho do festival?

Como em resposta, ela ouviu o fluxo de água ali perto. Tinha que ser o riacho. Keelie ergueu a cabeça rumo à copa e podia jurar que, por um instante, vira uns bonequinhos primitivos feitos de gravetos, gramas e folhas nos galhos mais altos da árvore. Balançou a cabeça. Desde que chegara àquele festival, vira coisas que podia jurar que estavam ali, mas, quando olhava melhor, já não estavam. Era como se a linha entre a realidade e a fantasia houvesse se dissipado. Será que ela realmente queria ver figurinhas de graveto?

Não.

Keelie afastou-se da árvore e enxugou as lágrimas. Se Raven estivesse ali, teria passado pela ponte e ido até Nova York. Mas e se a garota ouvisse aquela voz assustadora de novo? Seguindo o exemplo da amiga, Keelie juntou coragem, ou o que restava dela, e caminhou com determinação. Que diferença fazia outra voz esquisita na sua cabeça? Ela voltaria ao festival, daí regressaria para a Califórnia o mais rápido possível.

Keelie fez menção de tocar no corrimão de sequoia, mas então tirou a mão. Já bastava. Seus dias de comunicação espiritual com a madeira tinham terminado. Pelo canto dos olhos, viu uma figura pequena correr entre as árvores. Era rápida demais para ser um guaxinim e, além disso, movia-se de um jeito diferente de qualquer outro bicho do *Animal Planet*. Keelie estremeceu. Não. Ela não deixaria os limites entre a realidade e a fantasia se misturarem como duas cores primárias.

Precisava apenas atravessar a ponte e voltar para o festival.

— Sobre o riacho, pela floresta, até o bangalô do meu pai, eu vou. — Sua canção sussurrada foi se esvaindo quando ela ouviu a voz aquosa sob a ponte.

— Keliel. Perigo.

A garota parou.

Galhos estalaram na floresta. Em meio às nuvens escuras, a lua banhou de um tom prateado o bosque no momento em que uma mancha avermelhada se moveu com rapidez entre as árvores. Ao longe, trovejou. Adrenalina espalhou-se pelo corpo de Keelie conforme ela atravessou correndo a ponte.

Do outro lado, ela tropeçou numa pedra, rolou pela margem e caiu de barriga para baixo na água rasa. Assim que se ergueu, apoiada nas mãos, algo pesado e sólido pousou em suas costas. Aquilo, fosse lá o que fosse, empurrou a cabeça de Keelie de novo para a água.

O líquido penetrou por seu nariz e por sua boca. Ela não conseguia respirar. Bateu as pernas na tentativa de girar para tirar o troço de cima de si. Abriu os olhos, mas não conseguiu ver nada. A voz assustadora que ouvira sob a ponte surgiu mais clara e forte.

— Toque na ponte.

Keelie procurou desesperada por ela. Embora o pilar estivesse a centímetros de sua cabeça, ela não conseguia alcançá-lo. A garota esforçou-se para chegar até ele, apoiando os cotovelos no leito arenoso enquanto a criatura pesada em suas costas empurrava ainda mais sua cabeça para baixo, dentro da água. As pontas dos dedos de Keelie por fim roçaram na madeira. Uma energia fluiu por ela. De súbito, o peso sólido em suas costas sumiu. Ela ergueu a cabeça, quase sem fôlego.

Filetes de água escorriam por sua face e por seu corpo conforme Keelie se ajoelhou, tiritando os dentes.

Estava em choque, morrendo de frio. Alguém tentara matá-la. *Ou algo*, pensou, ao fitar um anão de rosto enrugado, barrete vermelho e dentes pontudos, gesticulando furiosamente para ela enquanto dançava uma giga, saltitando do outro lado do riacho. Parecia um elfo natalino do mal.

— Morte à filha. E pesar ao pai — cantava num tom de voz baixinho e ritmo monótono. O momento *além da imaginação* foi interrompido por uma bola peluda laranja que parou na frente do asqueroso Rumpelstiltskin.

Knot bufou enquanto agitava o rabo de um lado para o outro como um chicote mortal. Com os dentes à mostra e as orelhas abaixadas, paralelas à cabeça, deu um longo berro.

— Pega esse troço, Knot — gritou Keelie e, em seguida, parou. E se aquela criatura abominável o machucasse?

O duende rosnou de volta, cerrando os dentes. O gato arqueou-se mais, o traseiro movendo-se para a frente e para trás, pronto para atacar. Keelie prendeu a respiração, sem saber como aquilo acabaria. Arqueou-se também, procurando um pedaço de pau. Se Knot precisasse, ela daria uma paulada naquele monstrinho.

A criatura de barrete vermelho tocou no solo e pegou um cogumelo preto e deteriorado. Um fedor horrível espalhou-se no ar à medida que o fungo se desintegrava. O duende fez uma giga e outros cogumelos surgiram abaixo. As velhas folhas de outono do solo da floresta giraram em torno do terrível duende, formando um tornado folhoso e escondendo-o.

Knot atacou, mas, quando pousou, havia apenas folhas secas e antigas e uma substância viscosa de cogumelo. Ele agitou a perna esquerda dianteira e, então, a direita, para tirar o fungo nojento da pata. O fedor era abominável.

O gato miou e virou a cabeça para Keelie. Seus olhos verdes pantanosos reluziram como duas luas cheias cor de árvore. Ele se afastou do riacho e rumou para a floresta, balançando o rabo. Seu pelo laranja brilhava em virtude da fosforescência.

— Você conhece este lugar melhor do que eu, gato velho.

Ela o seguiu. O felino era odioso e danado, mas fora salvá-la. Ela olhou de esguelha para a ponte, mas só viu escuridão.

Não se via nem o diabinho de barrete vermelho nem o dono da voz sob a ponte. Keelie estremeceu e correu para alcançar Knot, os sapatos ressoando na floresta, de outro modo silenciosa. Somente trovoadas rompiam a estranha serenidade da floresta; a lua desaparecera sob um manto de nuvens.

Relâmpagos espalhavam-se pelo céu, e, em meio à luminosidade momentânea, ela viu o caminho. Suspirou de alívio.

Ao longe, a garota ouviu o pai chamando-a.

Knot miou alto em resposta e, então, desapareceu na floresta, rumo à voz de Zeke. Bem típico daquele gato ir salvá-la, daí metê-la em confusão. Apesar de quase ter sido afogada por um anão maníaco com uma roupa horrenda de elfo, a garota tinha consciência de que levaria uma tremenda bronca, daquelas que só os pais costumavam dar. Keelie abraçou a si mesma na tentativa de proteger o corpo do frio, da floresta e de qualquer outro acontecimento assustador do festival.

Enquanto Zeke caminhava apressado rumo à filha, Knot o acompanhava, miando como se relatasse o que acabara de acontecer. O pai assentiu, como se tivesse compreendido o gato, e passou a caminhar ainda mais rápido. Aquele bichano danado a estava dedurando.

O pai parou, respirou fundo e, em seguida, aproximou-se e abraçou a filha.

— Por tudo o que é abençoado no Grande Silvus, você está bem.

Keelie afastou-se do abraço paternal.

Abaixando as mãos, Zeke cerrou o punho.

— Metade das pessoas do festival está procurando por você. Você correu grande perigo!

Os dentes da filha começaram a bater, mas ela não iria confirmar nem negar. Ele a abandonara catorze anos atrás. A mãe e o pai nunca tinham se divorciado.

— Você foi para o Condado? Lá é uma zona proibida, Keelie, achei que tinha entendido isso. Correu grande perigo.

— Eu sei. Estive lá.

— Está de castigo. E não vai andar sozinha sob nenhuma circunstância. Sir Davey ou eu vamos acompanhá-la.

Beleza. Uma nova caretice.

— Eu não estou na creche, Zeke. Sei tomar conta de mim mesma.

Um brilho ali perto fez com que ela desviasse o olhar do rosto zangado do pai. Seria o cara pequenininho que voltava para terminar o serviço? Aquilo podia acabar como aquele filme de terror sobre o duende maligno que ela vira no canal de ficção científica. A mãe odiava aquele canal.

A luz aproximou-se. Era um lampião, carregado por Sean. Que vergonha. Keelie mal ouviu as palavras furiosas do pai, concentrada na terrível humilhação de levar bronca no caminho, com o cara mais gato do festival ouvindo. Onde ele estava dez minutos atrás, quando ela precisou ser salva?

— As regras comuns não se aplicam aqui. Eu deveria ter avisado, mas você só está aqui há um dia e já me desobedeceu. Não posso confiar em você. Eu ia deixar que usasse o telefone para ligar para suas amigas na Califórnia, mas não vou mais, até sentir que vai obedecer às regras.

De castigo? O que poderia ser pior? Ela viu Sean, que entreouvira tudo, virar-se para alguém, que saiu da sombra. Elia. Elia com um largo sorriso. Se aquele anão maníaco precisava de uma vítima, Keelie tinha alguém para recomendar. Isso depois de lhe dar uma surra por tentar afogá-la.

Hora de reverter a situação no que dizia respeito ao velho e querido pai. Jogar com a compaixão talvez ajudasse a reduzir sua sentença.

Ela deu uma fungada bem convincente, já que provavelmente pegara pneumonia.

— Eu me perdi na floresta e conheci o pai de Elia. Elianard me assustou.

— Onde você o conheceu?

— Na casa dele. Sou obrigada a dizer, eles vivem bem melhor do que você. Como ele classifica a torre de pedra? Tipo conto de fadas, mas legal.

Zeke a fitou como se somente naquele instante houvesse notado que ela estava encharcada. Tirou um espinho da manga da filha.

— O que foi que aconteceu exatamente?

— Eu caí no riacho e fui atacada por um gnomo de jardim rabugento, com dentes pontudos. Knot me salvou. — Tentou minimizar o ocorrido, mas seus músculos se contraíram, e ela começou a tremer. O duende sem dúvida tentara matá-la.

Keelie olhou fixamente para o gato. Tão terrível ter de agradecer ao animal que estragara sua roupa.

— Precisamos chamar a polícia para que os tiras peguem aquele gnomo demente, metam o sujeitinho na cadeia e joguem fora a chave.

— Esse gnomo usava um barrete vermelho?

— Usava. Você conhece o cara?

— Não. — Ele pareceu ter se ofendido até pela pergunta. — Mas isso confirma nossas suspeitas. Não é um gnomo. Vou ter que avisar os outros.

— Ei, e que tal buscar justiça para mim? Quero prestar queixa. Quero ver aquele anão na cadeia. Quero Rumpelstiltskin numa fila de identificação de suspeitos.

Zeke deixou escapar um suspiro fatigado.

— Esse é um problema do festival. Nós vamos nos encarregar dele.

— O quê? Você não andou indo até o Condado, andou? — Ela se inclinou para sentir o hálito dele. Cheirava a canela.

Raven veio correndo pelo caminho, com um cobertor no braço. Janice a seguia.

— Keelie, você está bem? Soube que se molhou!

— Andou conversando com Knot? Ele é muito tagarela.

Raven deu uma risada sarcástica.

— Está bem, foi uma noite longa, garota cansada. Você precisa se secar, dona Pirada. — Ela estendeu o cobertor. Era, na verdade, uma capa de lã com capuz. Raven colocou-a no ombro de Keelie e puxou o capuz.

Keelie pensou que na certa seu aspecto refletia o que sentia: total exaustão.

— Não posso acreditar que a deixou ficar parada aqui, morrendo de frio, Zeke. — Janice caminhou com apreensão até a garota e fechou bem a capa. — Ela precisa de roupas secas.

— Estas são as minhas únicas roupas — explicou Keelie, fungando para causar mais sensação.

As duas mulheres viraram-se para Zeke boquiabertas.

— Também estou sem roupa íntima. Knot fez xixi nas minhas coisas que estavam dentro da mala. — Fungou outra vez.

— Já basta. Vamos levá-la para fazer compras amanhã. — Janice aparentava estar decidida.

Zeke ergueu os braços.

— Eu ia fazer isso. Ela só está aqui há um dia.

— Vamos ao shopping. — Raven deu um largo sorriso para Keelie.

— Eu disse que ia levá-la. Vamos amanhã — ressaltou ele, parecendo derrotado.

— Você? — Raven olhou para a mãe, que devolveu o olhar incrédulo. — Nunca foi a um shopping center!

Raven riu.

— Isso eu quero ver. Zeke Heartwood no shopping. Um momento histórico do Festival da Renascença de Montanha Alta. Mal posso esperar a reação de Keelie quando ela vir o seu veículo. Vou com vocês. Ela vai precisar de apoio moral.

— Está bem. Você quer dirigir? — perguntou Zeke, arqueando a sobrancelha.

— Não, imagine — respondeu a moça, depressa. — Só vou junto.

Nem passara pela cabeça de Keelie que tipo de carro o pai teria.

— O que é, um duende? — quis saber a filha, dando uma risada.

Raven balançou a cabeça.

— Você não vai acreditar.

— Você vai ver — acrescentou o pai. Um trovão ressoou de forma ameaçadora no alto.

Só muito tempo depois, quando já estava deitada, Keelie se deu conta de que não perguntara ao pai o que Elianard quisera dizer com "humaninha mestiça".

9

Keelie foi descendo até o estacionamento na frente do pai. Ela passara a manhã lavando roupa com o sabonete de ervas de Zeke. Agora suas calcinhas cheiravam a xixi de gato e alfazema.

Até tentara usar as máquinas de lavar e secar, mas parara a alguns metros de distância da área, longe da vista de seus ocupantes.

A pequena lavanderia, com fachada de vidro, na qual se encontravam as duas lavadoras e secadoras industriais, estava cheia de piratas parcialmente pelados. Tomavam hidromel, jogavam dados e agitavam os braços, na certa contando histórias uns para os outros, sem nada além da cueca.

Keelie supôs que lavavam as roupas, mas não ia se aproximar dali, por mais charmosos que fossem. No entanto, foi divertido olhar para alguns. Ela poderia até vender ingressos. *O Grande Randy* — um novo show de piratas.

Tinha sido um saco lavar toda a roupa à mão. Da próxima vez, com ou sem piratas, usaria as máquinas, do contrário, seria ela a peladona. Mas tudo isso talvez fosse irrelevante. Dali a duas horas estaria no shopping.

Keelie ficou olhando de queixo caído para a caminhonete velha, de capô enferrujado. Dera comida para Ariel às pressas por causa daquela geringonça?

— Como se eu fosse andar nesse chalé de esqui ambulante — disse a garota. — Todo mundo que me vir sair desse troço vai achar que vou cantar feito uma tirolesa.

A ideia de ir fazer compras num shopping de verdade a deixara quase eufórica, mas ela desanimara ao ver o veículo horrendo do pai.

A caminhonete em si não era tão ruim assim. Parecia até legal, fazia o tipo caubói à antiga. Mas o trailer estilo chalé alpino fixado atrás, decorado como um bolo de aniversário de loja, com enfeites de biscoito de gengibre, deixara Keelie horrorizada. Zeke suspirou.

— É o único carro que tenho, Keelie, então, se quiser ir ao shopping comprar roupas novas, vai ter que ir nesse chalé ambulante.

— Não sei como você chama a atenção da mulherada desse jeito — comentou a filha. — Essa charrete deixa bem claro: "Asilo Terras Naturebas."

— É só um meio de transporte. E sou mais velho do que pareço, mas não estou em idade de me aposentar.

— Quantos anos você tem? — Não lhe ocorrera antes fazer essa pergunta a ele.

— Idade suficiente para ser seu pai. — Ele abriu o trailer. — Gostaria de fazer a grande turnê, *mademoiselle?*

Ela ia recusar, mas o aroma de cedro espalhou-se, oriundo do interior escuro, como um perfume de floresta. Irresistível.

Keelie estendeu a mão e tocou com as pontas dos dedos a madeira da estrutura do trailer. Eram abeto-branco e cedro, de uma área florestal remota no norte de Alberta, no Canadá. Adorável.

A garota estava se acostumando cada vez mais com o sistema interno de identificação de madeira com o qual aparentava ter nascido. Em Los Angeles, ele fora imperceptível, mas ali, em meio àquela floresta antiga, atuava como um equipamento de som no máximo volume.

O interior do trailer parecia uma casa de bonecas. Um minifogão e uma geladeira pequena haviam sido colocados atrás, perto dos diminutos balcão e pia. Réstias de alho e de malagueta desidratada tinham sido penduradas num gancho, no alto.

— Mas que bonitinha! — Desde que ficasse ali estacionada.

Keelie passou os dedos pelo edredom feito à mão, com lindos apliques de árvores, que forrava o colchão, cuja base encaixava na parede.

Sob a cama grande havia uma caminha para animal de estimação forrada de lã e decorada com renas. Mesmo que não tivesse adivinhado se tratar da cama de Knot, teria reconhecido os pelos laranja do bichano. Ela começou a sorrir de um jeitinho malicioso. Quer dizer que o gatinho tinha uma caminha de rena. A garota se lembraria de zombar dele na próxima vez que o visse.

Keelie olhou pela janela e viu a paisagem majestosa das montanhas rochosas, que se destacavam como dentes gigantes de rocha, e a área do festival, estabelecido ao pé da cadeia enorme como um vilarejo de conto de fadas dos irmãos Grimm.

Ela passou os olhos pelo interior pequenino. Havia uma atmosfera aconchegante e independente ali. A garota adorou o chalé, mas algo tinha que ser feito a respeito do exterior caipira e montanhês.

— Está fazendo a turnê de cinquenta centavos? — Raven meteu a cabeça na porta aberta. — E aí, Keelie, o que acha?

— É uma gracinha. Como uma casinha de boneca.

Zeke sorriu para a filha.

— Eu só não queria ser vista dentro dela. — Keelie viu o sorriso do pai desaparecer.

— É, imagine como vai ser aprender a dirigir um chalé. Você tem quinze, certo?

Aprender a dirigir? Aquele troço? Ela segurou a porta. Olmo.

Pelo visto o pai ficara meio atordoado também.

— Aprender a dirigir? Já?

— Perca catorze anos, daí pode parecer interessante, né? — Keelie se endireitou. Não ia de jeito nenhum aprender a dirigir naquela charrete, mas, se Zeke se sentia pouco à vontade com aquilo, ela faria questão de fazê-lo pensar que queria. — Mamãe tinha um Volvo. Um carro superseguro. — A garota deu um piparote no portal.

Raven sorriu para a amiga.

— Minha mãe me ensinou a dirigir na velha Kombi dela. Foi como conduzir uma caixa. E o pior é que cheirava a patchuli mofado.

Raven colocou a bolsa no ombro. Estava ótima com o jeans de cintura baixa e vários casacos. Quando ergueu a mão, Keelie viu um objeto dourado reluzir no cós da calça dela. Um piercing.

A garota ficou morrendo de inveja. Queria tanto ter um! Com certeza o faria antes do fim do verão.

— Terra para Keelie. Está pronta para ir até o shopping? — Raven lhe dava um largo sorriso.

Shopping! Ela se distraíra da missão de comprar roupas novas. Queria — não, precisava — fazer compras. E isso não tinha a ver apenas com roupa íntima. Ansiava pelo ar artificial, pelo cheiro de roupa nova da venda a varejo, sem falar nas fragrâncias de café sofisticado e recém-passado, de amostras de perfume e de aromas misturados da praça de alimentação — pão doce de canela, batata frita e comida chinesa — que restaurariam suas células sanguíneas. Keelie saltou do chalé, salpicando água ao pisar no chão.

— Estou pronta.

Se tivesse de andar no trailer alpino para chegar lá, então, caramba, era o que faria. A mãe se orgulharia de ver a filha não deixar nenhum obstáculo impedi-la de fazer compras.

Zeke acomodou-se no banco do motorista da caminhonete velha, ligou o carro, e o motor tossiu como um paciente com enfisema, um fumante inveterado que Keelie conhecera quando participara das rondas do grupo de voluntárias, com a avó Josephine.

Raven sentou-se ao lado de Keelie depois que ela entrou, empurrando-a contra Zeke e, em seguida, bateu a porta do carona.

Por fim, o motor estalou, dando sinais de vida. Zeke saiu do estacionamento de cascalho, situado nos fundos do Festival da Renascença, onde os atores e vendedores deixavam seus veículos pessoais.

A área estava cheia de trabalhadores do festival usando roupas comuns, desfrutando do dia de folga. Keelie não viu o capitão Randy. Ela quase riu ao pensar no tanto que vira dele. Dava um novo significado à expressão "cova pirata".

— Durante a semana, os artesãos fazem seus artigos, deixando estoques para os fins de semana — explicou Zeke.

Outra caminhonete se aproximou deles, mas aquela era totalmente normal, sem amassados e, sobretudo, sem chalé na parte de trás. Estava cheia de caras de cabelos compridos. O motorista se inclinou e atirou beijos para eles. O capitão Randy! Será que a tinha visto?

Zeke balançou a cabeça.

Raven revirou os olhos.

— Aquele idiota. Na certa foi até a administração pegar o contracheque — comentou ela.

— Contracheque? — Não ocorrera a Keelie que aqueles caras ganhavam salário. Achava que todos vendiam artigos, como seu pai.

A amiga olhou-a ressabiada.

— Isso aqui não é a Terra Média. Quem não é artesão trabalha como ator ou artista.

— A Elia recebe salário também?

— Recebe.

— Não pela personalidade, com certeza. — Quando se aproximaram da rodovia, Keelie se abaixou.

— Vai tirar uma soneca? — O perfil perfeito de Zeke estava voltado para a estrada.

— Não. Só porque eu tive uma recaída tipo *Os pioneiros* no trailer não quer dizer que quero que me vejam passando pelas montanhas como uma parente de Jed Clampett.

— Jed o quê?

Keelie deixou escapar um suspiro. O cara era totalmente tapado no que dizia respeito à mídia.

— Aposto que você nunca vê as sitcoms da Nickelodeon, vê? Poxa! *A família Buscapé*?

— Não conheço esse pessoal, não.

Raven riu e começou a cantar a trilha sonora.

— E você com certeza tem idade o bastante para ter visto o programa assim que ele estreou — acrescentou Keelie.

Ele sorriu.

— Provavelmente tenho.

— Pelo menos não choveu muito até agora. — A amiga observou as nuvens escuras e baixas.

— Os negócios não andam bem por causa dessa chuvarada. — Zeke dirigia com ambas as mãos no volante. Katherine, com uma na direção e a outra no celular.

— Elianard não parece estar tendo problemas financeiros — comentou a filha, lembrando-se da túnica luxuosa e da casa sofisticada.

— Ele não aparece muito no festival. Deve atuar em alguma outra área — acrescentou Raven.

— É professor. — Zeke acendeu o farol quando a chuva os atingiu.

Keelie não conseguia nem imaginar o que aquele homem arrogante, de nariz adunco, podia ensinar. Decerto não educara direito a filha.

Duas horas depois, após andar em meio à chuva torrencial por inúmeras ruas, chegaram ao shopping. Interessante — de acordo com Cameron, deviam ter levado apenas meia hora do Festival da Renascença até lá.

Como homem típico, o pai se recusara a parar para pedir informações. Sempre que Raven sugerira que ele parasse num posto de gasolina para perguntar, ele dissera: "Eu sei o que estou fazendo." Se a mãe estivesse dirigindo, usaria o radar de liquidação para detectar o lugar exato. Ou o GPS.

Keelie suspirou com satisfação ao examinar os grandes templos da venda a varejo. Tinha levado seu dinheiro, mas não o gastaria, a menos que fosse necessário. O pai lhe devia. Ela recorreria ao dele primeiro. Além do mais, talvez precisasse de grana quando fosse para Los Angeles.

— Vão entrando enquanto eu estaciono.

A filha desceu e foi correndo para a porta, sem ansiar ser vista saindo do chalé alpino ambulante.

Ela e Raven passaram pela porta giratória e entraram perto de uma fonte borbulhante. Ouvia-se a música ambiente e o burburinho das centenas de clientes.

Keelie respirou fundo, pronta para uma dose do cheiro daquele shopping. Aquela garota californiana estava mais do que preparada para ele.

No entanto, o ar parecia embolorado, com um cheiro de reciclado que lhe pareceu familiar, mas ruim. Artificial. Não a levava de volta à sua antiga vida, como esperava. O primeiro ar da atmosfera dos shoppings sempre deixara a garota cheia de expectativa. Ela fitou os jardins internos bem-cuidados, a fonte de água, as cores chamativas dos letreiros das lojas, as vitrines meticulosamente montadas. Tudo aparentava ser falso.

Não entre em pânico, disse a si mesma. Tinha tido muito estresse e precisava entrar em uma loja. Uma de verdade, com roupas de verdade; aí, sim, ia se sentir como a verdadeira Keelie.

— Estou pronta para um *latte* grande e uma dose de terapia de shopping — declarou Raven.

Zeke uniu-se a elas, dando a impressão de estar desorientado e totalmente deslocado.

— Por onde a gente começa? — perguntou. — Esse é o seu ambiente natural?

Keelie fez um gesto amplo e dramático com o braço, e rodopiou apoiada num pé só, como uma bailarina.

— Este é o meu mundo.

— Então pode começar a fazer a grande turnê comigo.

Ela examinou a lista de lojas e encontrou sua favorita.

— La Jolie Rouge fica no terceiro andar. Vamos começar por ela.

— Adoro as roupas de lá. — Raven passou o dedo pelo letreiro luminoso de vidro. — Aqui está a cafeteria. Querem ir comigo ou me encontro com vocês depois?

— Vamos acabar logo com isso. — Zeke parecia não estar bem.

Keelie queria fazer tudo, mas, se o pai ia impor um limite de tempo, precisava seguir uma estratégia.

— Compre um *latte* extragrande, dose dupla. E, se tiverem *biscotti* de amêndoas, dois. — Ela olhou para o pai. — E você? Chá de ervas?

— Chá verde — pediu ele. — Com mel.

— Mel oriundo de comércio justo. — Raven riu. — Está bem, a gente se vê daqui a pouco. — E sumiu em meio à multidão.

Zeke pisou desajeitadamente no degrau da escada rolante, e a filha segurou seu braço. Ela não queria que ele caísse e interrompesse antes do tempo sua viagem de compras. O pai endireitou-se, ficou ereto e afagou a mão de Keelie, embora olhasse para cima, em direção à claraboia, onde a chuva batia nos painéis de vidro. Os cabelos dele haviam se separado em torno da orelha, permitindo que a filha visse como era pontuda.

Ela tocou na própria orelha direita arredondada e, em seguida, na esquerda, a que tinha a ponta fora do comum, que ela sempre mantinha coberta com os cabelos ou uma faixa. A mãe lhe dissera que era uma espécie de marca de nascença. Agora Keelie sabia a quem culpar.

Talvez todas as orelhas pontudas que vira antes não fossem artificiais. Como estava no shopping, deixara para perguntar ao pai depois.

Na loja La Jolie Rouge, ela foi depressa à seção de adolescentes, onde, na mesma hora, começou a escolher umas roupas para provar. Depois reduziu o que pegara para dez blusas e cinco calças de cintura baixa. Zeke sentou-se num banco de madeira à janela e apoiou a cabeça na parede de vidro, de braços cruzados e olhos fechados. Fazer compras, obviamente, não era a atividade favorita dele.

Uma vendedora novinha, com piercing na sobrancelha, ajudou a cliente a levar as roupas até a cabine de provas.

— Onde é que você fez esse piercing? — perguntou Keelie em um sussurro, olhando de esguelha para o pai cochilando.

A moça, com um crachá em que se lia "Gabrielle", respondeu:

— O único lugar legal para ir aqui é o Tio Harry Mac.

— Tio Harry Mac? — repetiu Keelie. Mais parecia o nome de uma lanchonete.

— É. Ele tem lojas em todo o Colorado. E faz tudo: tatuagem, piercing de sobrancelha, orelha, umbigo. — Gabrielle levantou a blusa e mostrou o outro piercing. Um berloque de fada o enfeitava. Fadas. Keelie não conseguia se livrar daqueles troços.

— Eu também queria fazer um piercing no umbigo.

— E aí, quem é o gatão que está com você? — perguntou a vendedora. Em seguida, apontou para Zeke, que continuava de braços cruzados e olhos fechados, só que agora com a cabeça meio inclinada para a esquerda, roncando. Gatão? De jeito nenhum.

— É o meu pai.

— Uau, cara. — Gabrielle olhou fixamente para Zeke, e dele para ela.

Keelie pegou de supetão o resto das calças e blusas da vendedora. A moça podia ter bom gosto para roupas, mas para homens — fala sério! Seu pai!

Ela provou uma regata com a palavra "Vampira" escrita com lantejoula reluzente à altura do peito. Como era curta, deixava bastante pele à mostra. O jeans vestiu como uma luva no quadril, embora Keelie não gostasse do ar gelado nas covinhas das costas. O que as amigas estavam usando na Califórnia? Ela com certeza era uma garota fashion, e não uma renascentista.

Keelie passou a mão pelo umbigo.

— A gente vai dar um pulo lá no Tio Harry Mac — falou para a barriga. — Mas nada de berloque de fada. Um aro simples ou talvez com a minha pedra zodiacal.

Independentemente do que Zeke dissesse, a mãe já prometera. Bom, prometera discutir o assunto quando voltasse da viagem de negócios. O mundo lhe devia um piercing no umbigo.

— Está vestida? — perguntou Raven, já metendo a cabeça no alto da porta da cabine de provas.

— E se não estivesse? — Keelie tentou dar a impressão de estar brava, daí viu a mão aparecendo sobre a porta, com um grande copo descartável de café. — Ai, que ótimo. Pode entrar.

E foi o que a amiga fez, sorvendo a bebida.

— Legal essa roupa. Amei.

Keelie girou para mostrar a parte de trás.

— Acha que o meu pai vai me deixar comprar?

— Sem chance. Mas, considerando que ele está lá cantando a vendedora, então você pode se aproveitar da situação.

— Hein? — Keelie meteu a cabeça para fora da porta. Gabrielle estava sentada bem pertinho de Zeke, que observava a vendedora com perplexidade. Eca. Keelie tinha que pôr um basta naquilo. Saiu em um salto e fez uma pose de "tchã". — E aí, pai, o que é que você acha?

Gabrielle sorriu.

— Roupa legal. Está poderosa, hein, gata?

O pai de Keelie franziu o cenho.

— Vampira? De jeito nenhum.

— Como assim de jeito nenhum? O que você entende de moda?

Ele se levantou e cruzou os braços à altura do peito, como o gigante verde da empresa alimentícia Green Giant.

— Não entendo de nada relacionado à moda, mas conheço vampiros. Não vou comprar isso para você.

Gabrielle arregalou os olhos.

— Irado.

— Ah, fala sério. Eu trouxe o meu próprio dinheiro e vou comprar, se for preciso. — Keelie olhou para Raven em busca de um pouco de apoio. A amiga bebia o café e os observava como se eles fossem um programa de TV ligeiramente interessante. — Vou comprar.

— Está bem. Compre. Desperdice o seu dinheiro. Tenho certeza de que Knot vai concordar comigo. É muito adulto para você, e os vampiros são maus. Não vai usar isso.

— Como assim, Knot vai concordar com você? Ele é um gato.

— Lembra o que aconteceu com a sua roupa íntima?

A vendedora pareceu confusa.

— Seu gato escolhe a sua calcinha e o seu sutiã?

A amiga já havia se inclinado e limpava o café do nariz.

— Dá uma força aí, Raven. Você não está ajudando em nada. — Keelie se virou para Zeke e Gabrielle. — Eu realmente não vou falar dos meus sutiãs e das minhas calcinhas com você. — Ela não chegou a especificar a quem aquele "você" se referia.

Na cabine de provas, tirou com raiva a regata da vampira pela cabeça. Uma coisa que a mãe tinha ensinado era a não desperdiçar dinheiro, mesmo se fosse para magoar alguém. Keelie observou as roupas: se não ia levar aquela regata, as outras roupas também não dariam certo. Exceto, talvez, pela blusa de algodão verde com cordão à altura do peito e mangas bufantes. Estilo Galadriel. Qual era o nome daquela loja idiota? Cantinho de Galadriel. Na certa toda a galera perambulando com as orelhas protéticas fazia compras ali. Não Keelie. Ela cobriu a orelha pontuda com os cabelos.

Saiu da cabine de provas. Zeke olhava umas camisetas num cabideiro redondo. Raven o acompanhava, com um cabide apoiado no ombro. A vendedora estava com três pendurados no braço.

— Poxa, ficou superlegal. Tipo *O senhor dos anéis*, sabe — disse Raven.

Keelie pigarreou.

— Aí, cara, essa roupa caiu feito uma luva em você — disse Gabrielle. Em seguida, olhou de esguelha para Zeke, na maior paquera. — Quer dizer, se o seu pai quiser, né?

Ele anuiu.

— Essa está melhor. Você está linda, Keelie.

Gabrielle entregou mais blusas.

— Dá uma olhada nestas. Seu pai que escolheu.

A garota pegou-as. Beleza, se você fosse para uma rigorosa escola particular para princesas encantadas. Ela não voltaria com um guardaroupa como o de Elia.

Uma blusa branca, transparente, com bordado colorido em torno da gola era a única decente. Keelie a estendeu.

— Esta aqui não é tão ruim assim.

Raven mostrou o que tinha em seu cabide. Um jeans, um suéter de manga comprida justo e uma camisa de manga bufante, de tecido transparente, enfeitada com contas: tudo preto.

Zeke as olhou.

— Decentes, mas deprimentes.

— Todo mundo se veste assim em Nova York. — Raven estendeu o braço com o cabide, admirando suas escolhas. — Se você não gosta destas, vou comprá-las para mim.

— Têm tudo a ver com você — concordou Keelie. — Não sei o que comprar.

— Algo colorido que sirva. Algo para moças. — Zeke olhou para Gabrielle em busca de conselho.

— A Buttons'n Lace fica lá — disse ela, apontando para um lado do shopping. — E a Noir Leather, ali. — E indicou o outro lado. — As meninas usam esse tipo de roupa.

Gabrielle estava tentando ajudar, mas Zeke a olhou de um jeito contrariado.

— Vocês decidem. Vou dar uma olhada na Noir Leather — avisou Raven, pegando seu café e se levantando. — A namorada do Tarl faz compras lá. Você sabe quem é, Keelie. Ela estava de olho no traseiro do seu pai outro dia.

Keelie também se lembrou das silhuetas na barraca dele.

— Ui, eca.

A garota observou a amiga sair. Ia acertar contas com ela depois por tê-la deixado à mercê do gosto do pai.

Depois de provar mais jeans e camisetas, Keelie colocou a blusa verde com mangas bufantes e o jeans de cintura baixa, itens que não expunham as covinhas de suas costas. O pai comprara para a filha cinco blusas e cinco calças. Ela usara o próprio dinheiro para comprar a regata de vampira. Não a deixaria ali. E, se Knot aprontasse alguma, Keelie ganharia protetores de orelha de pelo de gato.

Segurar as duas sacolas pesadas de La Jolie Rouge definitivamente equilibrou a garota. Ela se sentiu mais como a Keelie de sempre.

Seu pai, entretanto, aparentava estar mais pálido do que nunca — mesmo mais branco do que quando Gabrielle registrara as roupas e anunciara o total. Não pareceu ter feito diferença a filha garantir a ele que gastar quinhentos dólares na La Jolie Rouge não era tão ruim assim. Elas até tinham saído baratas. Ele é que não entendia de compras.

Após pararem numa sapataria, onde Zeke comprou para Keelie o tênis Nike recém-lançado, ela jogou os Skechers lamacentos na caixa, rebaixando-os à condição de tênis de bater. Zeke ficara pálido outra vez quando a atendente do caixa lhe dera o valor de 107 dólares. Keelie precisou acariciar seu braço para deixar claro que era aquilo mesmo.

Ela pegou o cartão de crédito da mão do pai quando ele ia guardá-lo na carteira.

— Banco da Floresta do Pânico? Existe mesmo?

A atendente sorriu.

— Claro que sim, ou pelo menos o computador confirma. Zekeliel Heartwood. Adorei o nome. — Sua voz pareceu adocicada o bastante para atrair formigas.

Keelie imaginou formigas-de-fogo na minissaia da mulher e sorriu. Devolveu o cartão ao pai.

— Pânico também é o nome do cachorro do Elianard. O pai da Elia disse que nem acreditou quando eu consegui passar por ele.

Zeke engasgou com o chá verde que tomava.

Eles se encontraram com Raven na Noir Leather. Entrar na loja já era instrutivo, mas para adultos. Zeke tirou a filha depressa dali e obrigou-a a esperar no corredor enquanto ele procurava a amiga.

Keelie ficou olhando para a roupa íntima das manequins na vitrine. Parecia que Knot tinha dado um jeito naquela indumentária. Desfiadas, com correntes.

Raven saiu cheia de sacolas também.

— Umas comprinhas básicas.

A última parada foi numa loja de departamentos para a aquisição de calcinhas, sutiãs e meias sem xixi. Raven ajudou muito a amiga ali e, duzentos dólares depois, até Keelie teve de admitir que estava exausta. O cartão de crédito Banco da Floresta do Pânico tinha sido posto à prova.

Todas as mulheres do Shopping Colorado olharam para Zeke como se ele fosse uma espécie de Adônis, mas seu pai não olhou de volta. Concentrou a atenção na filha, que gostou disso.

— Ei, Zeke, e se a gente comer algo antes de voltar para o festival? Tem uma praça de alimentação ali. — Raven se virara para observar um corredor e cheirara o ar.

A barriga de Keelie roncou quando ela sentiu o aroma de comida de verdade, não medieval. Chinesa. De repente, ficou morrendo de vontade de comer rolinho primavera.

— É parecida com a praça real? — quis saber o pai.

— Com certeza, está dando uma de bobo da corte — respondeu a filha.

Zeke parou e sorriu para ela.

— Você acabou de fazer uma brincadeira — comentou ele.

— É, ela já está se sentindo melhor — acrescentou Raven, cutucando o ombro da amiga.

Ao se dar conta de que brincara, Keelie ficou surpresa. Devia ter a ver com todas aquelas compras. Tinha voltado ao mundo normal. Precisava tomar cuidado — não podia se descuidar. Era bem provável que o pai achasse que estavam se dando bem.

A caminho da praça de alimentação, ela viu uma área com telefones públicos. Uma tábua de salvação, um meio de comunicação com Laurie. Talvez conseguisse dar uma escapulida e ligar.

No fast-food de comida chinesa, Keelie pediu frango agridoce e rolinho primavera. Zeke pediu uma gororoba vegetariana qualquer com tofu.

Enquanto eles aguardavam a comida na fila, Keelie comentou como quem não queria nada:

— Ei, preciso ir ao banheiro.

— Vai lá. A gente acha uma mesa.

— Eu vou junto. — Raven caminhou com ela em direção ao banheiro.

— Raven, eu realmente queria telefonar para uma amiga minha na Califórnia. — Ela prendeu a respiração, pensando que a outra pudesse contar a Zeke.

— Tudo bem. Eu vou lavar as mãos, já que toquei em tudo na Noir Leather. — Raven deixou-a perto dos aparelhos de telefone e prosseguiu.

Keelie ligou para a telefonista. Ainda bem que não havia falcões ali.

— Para quem gostaria de fazer a chamada a cobrar?

— Laurie Abernathy. Quer dizer, Elizabeth Abernathy, em Los Angeles, Califórnia.

A ligação foi feita e, tal como antes, a telefonista perguntou assim que atenderam:

— Aceita uma chamada a cobrar de Keelie Heartwood?

— Aceito, claro. — A voz de Laurie soou como música aos ouvidos de Keelie, ainda mais ali no shopping, com ela cercada de compras. A garota estava de muito bom humor. Sentiu-se mais perto de sua mãe.

— Prossiga — disse a telefonista, que, em seguida, desligou.

— Ei, o que aconteceu com você ontem, Keelie?

— É uma longa história.

— Como vão as coisas? É tudo bem primitivo como a gente imaginou?

— Pior ainda. E você não imagina a bizarrice. Preciso me mandar daqui.

— Estou bolando um plano. Puxa, estou tentando ligar para o seu celular há séculos.

— Eu deixei cair na lama. Não está funcionando.

— Que droga, hein?

— É. E o pior é que as minhas roupas extraviaram. Foram parar em Istambul.

— Tipo, na Turquia?

— Na capital. Pelo menos o meu pai teve que comprar roupas novas para mim. Estou num shopping agora. E o plano qual é?

— Temos problemas? A mamãe não está achando muito legal a ideia de você se mudar para cá? Tipo assim, ela está de namorado novo? — Ela enfatizava o final da maioria das frases, transformando todas em perguntas.

— Bom, eu não cheguei a combinar tudo com ela.

— Keelie, achei que sim.

— Não tive tempo de deixar tudo acertado antes de a advogada aparecer com as passagens de avião.

Keelie sabia que precisava voltar antes que Zeke achasse que tinha caído dentro da privada, mas Raven ainda não saíra do banheiro.

— A gente teria acertado tudo se você não tivesse ido embora tão rápido. — Laurie deu a impressão de estar chateada.

— Eu vou bolar um plano novo. De repente posso ficar aí com você até isso acontecer.

— Claro, amiga. Mas tem certeza? Minha mãe está, tipo, com a maior TPM esta semana. Até eu pensaria em dormir numa barraca para ficar longe da Mamãe Urso — salientou Laurie. — Ela me fez até lavar roupa.

— Pelo menos você tem uma máquina de lavar. — Zeke tinha encontrado uma mesa. Keelie o viu perscrutando a área, querendo saber onde estavam. — Vou tentar ligar de novo daqui a alguns dias. Zeke está de olho em mim como um falcão. — Falcão. Ela sentiu uma pontada de dor no peito. Teoricamente, tinha de dar continuidade à alimentação de Ariel.

— Tudo bem. Se cuida, hein, Keelie? Vou ligar para a minha prima que mora em Boulder para ver se ela pode ajudar a gente.

— Ótimo. Tchau, Laurie. — Ela desligou. Estava com saudades da amiga. Estudavam juntas desde o jardim, e aquela separação lhe dava a sensação de estar longe de uma irmã.

Keelie fechou os olhos. Contenha as lágrimas. Manter o que sentia trancafiado na caixa se tornava cada vez mais difícil. Alguém colocou um lenço de papel à sua frente.

— Valeu, Raven. — Ela pegou o papel e enxugou os olhos.

A amiga pareceu solidária.

— É dureza, eu sei. Vamos comer.

Solidária até certo ponto. Elas se dirigiram à mesa.

Zeke estava diante de uma porção enorme de macarrão com verduras e pedaços de tofu. Keelie tinha perdido o apetite. Ficou beliscando a comida enquanto o pai devorava a dele.

Raven olhou para os dois e, em seguida, colocou os pauzinhos na mesa.

— Acho que preciso voltar à loja de artigos de couro. Esqueci um troço lá.

— Quer que a gente vá junto? — perguntou Zeke, de cenho franzido.

— Não, comam. Eu já volto. Conversem vocês dois.

Quando ela saiu, Zeke virou-se para Keelie.

— Você está bem?

A filha não respondeu. Com os pauzinhos, pegava ervilhas e cenouras e as empilhava num aterro vegetariano no canto do prato.

— Acho que vir para um shopping lhe dá a sensação de estar em casa e faz com que se lembre da sua mãe.

Keelie olhou-o, surpresa por ele captar o que pensava.

— Por que deixou a mamãe ir embora?

Ele deu a impressão de ter tentado manter a expressão impassível e conter a profunda emoção. Ela poderia lhe dar algumas lições sobre isso.

— A mamãe me disse que não quis viver num mundo de faz de conta, porque nunca pertenceria a ele. É verdade?

O pai abaixou o garfo de plástico.

— Sua mãe precisava ficar no mundo dela, e eu no meu. Ela era jovem, como eu, quando a gente se conheceu e se apaixonou.

A filha colocou as mãos sob os joelhos.

— Por que vocês se casaram?

— Eu não podia imaginar viver sem Katherine. Ela sentia o mesmo em relação a mim. Pelo menos no início. — Ele se curvou, como se estivesse exausto.

— E se uniram porque me tiveram.

— Não. Eu me casei com a sua mãe porque a amava. — Zeke sorriu, porém não estava feliz. — Quando você chegou, já estávamos casados havia alguns anos. Foi uma bênção para nós, Keelie.

Quando os olhos dele ficaram vermelhos? Será que ia começar a chorar na praça de alimentação? Ela olhou ao redor com apreensão. Ninguém prestava atenção. A garota queria respostas, e aquele era um território neutro para todos.

— Então por que vocês não ficaram juntos? — Seu tom de voz pareceu tenso. Ela estava tentando mantê-lo sob controle.

— Mesmo quando duas pessoas se amam, como aconteceu comigo e com sua mãe, às vezes é difícil demais transformar seus mundos diferentes em um só, especialmente depois de ter filhos. Se não se chega a um acordo, um deles vai ter que fazer uma escolha. Nós tentamos. Sua mãe queria que você vivesse no mundo dela, mas eu não podia me juntar a vocês nele. Como amava tanto você quanto sua mãe, achei que seria melhor para as duas. — Ele pareceu estar passando mal ao dizer isso.

— Eu também queria vocês dois. Por que não podia ir para a Califórnia? É legal lá. As pessoas curtem móveis sofisticados lá também. O que você faz é maravilhoso, teria ganhado a maior grana.

— Não faz sentido falar disso agora. Você está aqui comigo.

— Ei, todo mundo pronto para ir embora? Dei uma olhada no canal do tempo na TV perto do banheiro. Aviso de tornado por toda a cadeia montanhosa. — Raven parecia preocupada. — Não quero deixar a mamãe sozinha.

Keelie sentiu outra forte pontada de dor. Se Katherine estivesse viva, ela agiria tal qual a amiga: procuraria estar perto da mãe, por se preocupar em momentos como aquele. Deixava-a muito magoada não ter essa oportunidade de novo.

O pai levantou-se e cambaleou.

— Ei, Zeke. Tudo bem? Você está com a aparência péssima. — Raven pegou o cotovelo dele.

— Ele está desse jeito desde que a gente chegou aqui — comentou Keelie.

A amiga olhou para Zeke, que não respondera. Mordeu o lábio.

— Está bem, eu vou dirigir na volta.

— Eu posso dirigir. Talvez tenha sido a comida. — Ele olhou para a bandeja de isopor e o garfo de plástico.

Keelie pensou tê-lo ouvido sussurrar "madeira". O pai conseguiu caminhar até a caminhonete, mas, em seguida, caiu desmaiado na cama do trailer.

— Pelo visto, vou ter mesmo que dirigir. — Raven tirou as chaves da mão dele. Keelie levantou o assento de um banco embutido e pegou um cobertor dobrado embaixo. Estendeu-o e cobriu bem o pai, que murmurou "madeira" de novo, sem abrir os olhos.

Ela segurou a mão dele e a estendeu até que tocasse a parede. Seus próprios dedos tocaram nela. Cedro.

— Cedro — sussurrou Zeke.

Keelie afastou-se da cama. De que se tratava aquilo? O pai chamara de dom. A mãe, de alergia a madeira. No entanto, ia além disso. A mãe mentira. Para a filha, era uma maldição. Ela pensou em seu agressor dançarino, nos bonecos de graveto movendo-se e na voz debaixo da ponte. Aquela humaninha mestiça precisava ouvir a verdade do pai.

Uma rajada de vento abriu a porta de supetão atrás dela.

Raven apareceu.

— Vamos, Keelie. Você tem que ir na frente. É muito perigoso aqui. Preciso que me guie e fique de olho no céu.

— Se é perigoso demais, não podemos deixar meu pai.

— Ele vai ficar bem, e não podemos carregá-lo e colocá-lo na frente. Vamos. Quanto mais rápido a gente partir, mais rápido chegaremos lá ao festival.

Keelie meteu a cama de rena de Knot sob a cabeça do pai, como travesseiro. Deu uma última olhada nele, daí saiu do trailer e trancou a porta. Entrou na caminhonete e colocou o cinto de segurança. No alto, o céu ameaçador estava cheio de nuvens brancas e cinza, rodopiando em círculos lentos. A luz oriunda do oeste era amarelo-pálida, similar a uma lâmpada bruxuleante num ambiente escuro. Parou de ventar, e, em meio ao silêncio lúgubre, Raven ligou o carro e deu ré no estacionamento.

— Fica de olho nessas nuvens — disse Raven. Deu a impressão de estar calma, porém suas mãos agarravam com força o volante, esbranquiçando os nós dos dedos.

— O que estou procurando? — Keelie ergueu os olhos. Nuvens e mais nuvens. Lindas, escuras e em movimento constante.

— Quando uma delas começar a baixar, grite.

— Baixar? Elas já estão bem baixas.

— Estou me referindo a um tornado, sua boba.

Keelie vira o seriado com histórias de tempestades no canal do tempo. Não fez mais perguntas, simplesmente manteve o rosto colado no vidro, observando o céu traiçoeiro.

A viagem foi mais rápida, já que sabiam aonde ir. Ela não viu nenhum tornado. Elas deixaram o carro no estacionamento de visitantes, e Keelie ficou com Zeke enquanto Raven buscava ajuda para levá-lo até Heartwood.

Tarl foi até lá, pegou o pai de Keelie no colo como se ele fosse um bebê e o carregou a maior parte do caminho. Antes que chegassem à loja de Janice, Zeke acordou.

— Já me sinto melhor.

— Você parece melhor. Melhor que um defunto. — Tarl riu.

Keelie os seguia com dificuldade, por causa das sacolas pesadas de compras. Ela parara para calçar o tênis velho de novo. Havia cogumelos nojentos por toda parte. Precisavam jogar água sanitária naquele lugar.

— Posso caminhar, Tarl.

— Eu digo que não — disse o homem, sem soltá-lo.

Raven foi depressa à frente para abrir a porta do apartamento para eles. Os dois desapareceram no quarto cortinado de Zeke.

Keelie colocou seus novos tesouros no guarda-roupa e o fechou com firmeza. Knot piscou para ela.

— Fora. Não toque. Bem que eu queria dizer isso em dez idiomas.

O gato se espreguiçou, erguendo o traseiro, e se retirou saracoteando.

Tarl foi comer junto com elas o frango com arroz levado por Janice. A mãe de Raven levou o jantar para que Zeke comesse na cama, e Keelie pôs a água do chá para ferver.

Lá fora estava escuro, e as nuvens passavam entrecortadas. Estrelas cintilavam aqui e ali, mas logo eram encobertas outra vez.

Tal como as nuvens, uma série de perguntas rodopiava na mente de Keelie sobre o que acontecera quando os pais se separaram, quem ela era e o quanto a mãe sabia a esse respeito.

O pai dissera de novo que a mãe não pôde viver no mundo dele. Certo, a própria filha achava difícil ficar ali. Mas não entendia como o pai e a mãe tinham se unido, antes de mais nada.

Pai. Lá estava ela pensando nele como pai outra vez. Isso a perturbava. Era como se estivesse começando a ficar do lado dele, embora a mãe não estivesse ali para se defender. Como se sentia confusa!

Lembrou-se da placa que vira na estrada, reluzindo numa montanha do outro lado da rodovia. Ela a observara pelo retrovisor e lera a escrita de trás para a frente: "Tatuagens e piercings corporais Tio Harry Mac. Aberto 24 horas!"

Era exatamente o que vinha procurando. Se Zeke tinha se espantado com a regata da Vampira e os jeans de cintura baixa, teria um troço com o piercing de umbigo. Claro que tinha acabado de passar mal, de qualquer forma, apesar de Janice haver dito que apenas dormia. Qualquer que fosse o vírus que o tivesse atacado, chegara de forma repentina.

O que Keelie fazia ali? Não era sua casa. Gostava de Raven e de Janice, mas em breve a amiga voltaria para a universidade no fim do verão e, além disso, todo o festival acabaria, dispersando-se por aquele ano. Ela ficaria ali empacada com Zeke, e sabe-se lá como seria o próximo festival. Ou pior, a Floresta do Pânico.

Essa seria sua nova vida? De jeito nenhum. Keelie nem queria uma nova. Queria uma casa, que para ela significava Los Angeles, as amigas e os lugares que lhe eram familiares. Não bizarrice. Não magia terrena, visões estranhas e móveis que conversavam com ela. Los Angeles podia ser considerada uma cidade normal. E ela, podia?

10

Pela primeira vez em séculos, a filha de Zeke gostou do aspecto de seu reflexo no espelho. A regata e o jeans azul novos faziam-na sentir-se como a Keelie de antes, aquela que ainda tinha mãe. Ela levantou a blusa para ver o umbigo, imaginando o piercing que colocaria ali. Do lado esquerdo ou direito?

A garota pôs as pontas dos dedos no espelho e fingiu que a mãe estava lá, atrás dela, que Katherine se achava ali com Zeke, e que os três estavam juntos, como uma família. No entanto, por mais que Keelie tentasse visualizar a mãe, ela não aparecia no espelho.

De súbito se perguntou se sua imagem mental da mãe estava certa. Será que esquecia algo? O caimento dos cabelos e o leve sorriso, que deixava claro que não se sentia muito brava, continuavam lá, em segurança na lembrança de Keelie. Mas o que escapulira? Ela se sentiu mal.

Será que um dia acabaria aquela dor lancinante e forte no peito sempre que pensava na mãe? Será que conseguiria superar a saudade e a vontade de que a vida voltasse a ser como era antes daquele desastre de avião? Será que um dia passaria a esperança de que a mãe entraria porta adentro e de que sua morte não tivesse passado de um pesadelo?

O temor que corroía Keelie, o que ela não podia suportar, era perder a mãe por completo, até mesmo em seu coração — se se permitisse amar alguém tanto quanto a ela. Receava que o amor fosse como um arquivo de computador, o novo sobrescrevendo o antigo. Jamais deixaria que isso acontecesse. Sentiu um calafrio percorrer a espinha quando se lembrou das palavras de Elianard: a humaninha mestiça de Heartwood.

O telefone tocou. Ela abriu as cortinas do quarto e saiu depressa, mas seu pai atendeu. Não. Apesar de ter se aproximado dele ontem, no shopping, não podia chamá-lo de pai. A mãe saíra de seu mundo, e ele deixara que ela fizesse isso. Para Keelie, continuaria a ser Zeke.

— Alô? — O pai olhou de esguelha para a filha, com o fone ao ouvido. Recuperara o aspecto de sempre. — Sim, é — prosseguiu. — Ah, sério? Interessante. Tudo foi checado e registrado. — Ele fez um sinal de aprovação com o polegar.

Keelie sentiu um frio na barriga. Sua bagagem devia estar vindo de Istambul.

— Obrigado. Pode enviar as malas de avião até aqui e, se tudo der certo, devem chegar em alguns dias.

Zeke desligou o telefone.

A filha mal pôde disfarçar a alegria na voz.

— Bom, o que falaram? A minha bagagem vai chegar?

Ele riu.

— A boa notícia é que todas as suas dez malas foram etiquetadas... em Amsterdã. E vão sair de lá daqui a alguns dias.

— Amsterdã. Tipo na Holanda. Nos Países Baixos. — A imagem que lhe veio à mente foi a de suas malas isoladas, abandonadas numa rua calçada com pedras, cercada de tulipas, moinhos de vento e pessoas andando de bicicleta.

— Acho que sua bagagem viajou mais longe do que qualquer pessoa que eu conheça — comentou ele, admirado.

— Impressionante.

— Gostei do seu conjunto — comentou o pai. Ele estava sentado no sofá, tomando chá de ervas na caneca. Mostrava-se ligeiramente pálido ainda. — Você está linda com estas roupas novas.

Ela não conseguia parar de sorrir. Está bem, daria a Zeke aquele gostinho.

— Obrigada, também gostei delas. Cadê o Knot? — Ela perscrutou a sala em busca de algum sinal revelador de sua nêmesis laranja e felpuda.

— Ele está cuidando de alguns serviços.

— Serviços?

Alguém bateu à porta.

— Pode entrar — gritou o pai.

— Oi, Zeke — saudou Scott, metendo a cabeça no vão da porta. Seus ombros eram tão largos que o preencheram. Usava uma camiseta suja de lama do Festival da Renascença de Sterling 2002. Olhou para Keelie. — Você ficou bem de cara lavada.

— Valeu, eu acho — agradeceu a garota. Na verdade, ela nem queria que o rapaz a olhasse daquele jeito. Não fez nenhum comentário sobre o que achava da aparência dele. Não em voz alta.

Scott se virou para ela com um sorriso.

— Ei, Keelie, quem sabe neste fim de semana, durante o festival, você não queira ir tomar um chá ou algo assim comigo?

Chocada, ela ficou muda. Ele a estava convidando para sair?

— Você vai ficar ocupado demais trabalhando na loja este fim de semana, Scott — disse Zeke com firmeza.

Ainda bem que Zeke intercedeu.

— Está bem, já saquei. Nada de chamar a filha do chefe para tomar chá. Vou incluir isso na minha lista de proibições — salientou o rapaz, revirando os olhos.

Scott olhou para Keelie e piscou para ela.

— Você está ótima de roupa nova. Melhor tomar cuidado com os piratas, os cavaleiros errantes e os outros caras do festival.

A garota enrubesceu quando ele disse piratas. Será que Scott sabia?

— Bom, estou tendo a maior dificuldade com a madeira que chegou ontem do Oregon — disse o rapaz. — Queria saber se não podia dar o velho toque de Zeke e me explicar o que fazer.

— Está no carvalho?

Scott assentiu.

Keelie ficou morrendo de inveja. Odiava ver aquela enorme afinidade entre os dois homens. Se ela tivesse convivido com Zeke nos últimos treze anos, poderia ajudá-lo com o carvalho.

O pai franziu o cenho.

— Deixe para lá, é um caso complicado. Eu mesmo vou cuidar disso.

— Knot também está perturbado. Estamos sentindo aquele zunido, sabe? Ele está correndo em círculos e tentando morder o rabo. Acho que precisa tomar um banho com remédio antipulga.

— Vou fazer isso à tarde, assim que puder — disse Zeke. Ele mexeu o chá, revirando de leve a caneca e, em seguida, tomou um gole. Ainda estava com olheiras, mas mantinha um sorrisinho travesso.

— Vou fazer espaguete hoje, com bastante alho no molho. Isso vai ajudar Knot a se livrar das pulgas.

Pulgas. Aquele gato não ia dormir com ela de jeito nenhum. Keelie coçou o braço.

Ela olhou para o relógio em forma de (o que mais!) árvore pendurado sobre o fogão.

— Está na hora de ir até a gaiola alimentar Ariel.

— Eu vou com você. — Scott agitou as sobrancelhas, movendo-as para cima e para baixo, e deu um sorrisinho idiota. Precisava usar fio dental, pois algo marrom grudara entre os dois dentes da frente.

— Não vai, não. Cameron não convidou você.

— Scott só vai acompanhar você até as gaiolas. Eu pedi que fizesse isso — disse o pai, usando seu tom paternal direto.

Keelie olhou zangada para ele.

— Eu já estou no ensino médio. Não preciso que ele vá comigo até as gaiolas — ressaltou a garota, apontando para o rapaz. Ela esperava deparar com Sean com suas roupas novas. Ter o ajudante do pai ao lado, arrebanhando-a como um cão pastor, acabaria tolhendo-a.

— Scott vai com você. Fim de papo — salientou Zeke. — Volte daqui a três horas. Às quatro. Se vier mais tarde, será minha missão pessoal acompanhar você aonde quer que vá até completar dezoito anos.

Keelie deixou escapar um resmungo. Caminhando com passadas rápidas na frente de Scott, ela ficou decepcionada com o festival vazio.

Alguns dos moradores da área usavam roupas normais, do dia a dia, como ela vira no Condado no dia anterior. Já outros usavam fantasias. A garota julgou que suas mentes estavam fixadas em outra época, no período medieval.

Ela sentiu falta da movimentação da multidão, caso em que, mesmo com aquela roupa enlameada, ela pôde passar despercebida. Mas, por algum motivo, em meio à quietude e às suas roupas mundanas, sentia-se muito diferente.

Scott alcançou-a, as pernas tentando acompanhar suas passadas aceleradas.

— Fiquei sabendo da sua aventura no Condado com o capitão Dandy Randy — comentou ele.

Keelie sabia. Embora tivesse ficado rubra de vergonha, não conseguiu evitar a olhada de esguelha que deu para o rapaz; com certeza, se tivesse uma bola de lama, esfregaria bem em cima daquele focinho afetado dele. Nem se daria o trabalho de responder.

Scott prosseguiu.

— Ele contou para todo mundo que você estava dando várias amostras grátis.

A garota parou.

E o rapaz também. Deu um largo sorriso, abrindo tanto a boca que ela viu bem seus últimos molares.

— Ele disse o quê?

— Que você estava dando várias amostras grátis e que eram muito doces.

Keelie deu a volta, tomando a direção do Condado.

— Cadê ele? — Ela bateu com o punho na outra mão, antevendo a face do capitão Randy com o nariz quebrado. Aquele babaca provavelmente ficaria ótimo daquele jeito.

— Pelo que sei, está trabalhando num novo jogo de software. Pirata Perigoso ou algo idiota assim.

— Vou mostrar para ele uma pirata perigosa. Eu.

— Nem me daria o trabalho. Raven já esclareceu tudo. Além do mais, ele sabe que, se dissesse algo para mais alguém, ela contaria para Zeke. E todo mundo está careca de saber que, apesar de seu pai trabalhar com a gente, as pessoas normais, ele é diferente. O capitão Randy ficou com medo.

— Como assim, o meu pai não é normal? Quem é normal neste lugar?

— Ah, vai, Keelie. Você sabe do que estou falando.

— Está bem, sabichão. Pode me dizer o que meu pai tem de diferente, já que acabei de chegar e você convive há muito tempo com ele.

Scott estudou Keelie, mas piscou nervosamente diversas vezes enquanto ela o encarava. De repente, a garota se tocou: o rapaz estava tentando arrancar informações dela.

Pôde sentir os cantos de sua boca erguerem-se num sorriso.

— Esse vai ser nosso segredo.

Ele não conseguiria arrancar nada de Keelie, que ignorava muitos detalhes a respeito de Zeke. E o que ela sabia não compartilharia com o rapaz. Tinha outros problemas, e um deles era um pirata chamado capitão Dandy Randy. Queria que o pai só ficasse sabendo do que acontecera no Condado naquela noite depois que ela fosse para casa, na Califórnia. O pior era que se ele descobrisse talvez se tornasse bem paternal, como agira lá no apartamento alguns minutos atrás. Insistiria que ela voltasse a morar com ele até fazer dezoito anos. Como a mãe e o pai não tinham se separado, isso colocava um grande empecilho em seus planos de ir morar com Elizabeth e Laurie. Na Trilha do Ferrageiro, a mulher chata da barraca de bijuterias caminhou na direção deles. Seu nariz até parecia meio normal com aqueles seios gigantescos para contrabalançá-lo. Ela usava uma blusa cor-de-rosa e jeans e olhava o tempo todo para uma prancheta. Era estranho ver aquela gente renascentista com roupas normais. A mulher desviou os olhos e fechou a cara quando viu Keelie; no entanto, sorriu quando olhou para Scott. A garota continuou andando. Nem prestaria atenção nela. Fosse como fosse, Ariel já aguardava que ela lhe desse seu almoço. Embora animada para ver o falcão, Keelie não gostava da ideia de tocar num rato morto nem de vê-lo ser devorado.

— Boa-tarde, Scott. Como foram as vendas em Heartwood nesse fim de semana? — perguntou a mulher das bijuterias.

— Oi, Tania. Nada mal. Já sabe como é Zeke. Como atrai as mulheres, vai bem. Como anda a sua loja?

— Com essas malditas chuvas afugentando os clientes? Todo mundo está sentindo no bolso. Este ano tem sido ruim para muitos de nós, com exceção da equipe de Elianard. Eles nunca parecem ter problemas financeiros. Os negócios daquele grupo vão de vento em popa.

— Tania se aproximou mais. — O Al, lá do pub, diz que herdou o dom da premonição da avó irlandesa Janie. Afirma que algo terrível amaldiçoou o festival. — Ela ergueu a cabeça, aguardando a reação de Scott, mas fitando Keelie.

O rapaz anuiu.

— É, Cameron anda preocupada. Disse que viu um homenzinho esquisito e com uma risada estranha perto das gaiolas ao crepúsculo e, às vezes, ao pôr do sol.

A mulher ressaltou:

— Não falei? Cameron é uma das que eu acredito que tenha o dom da premonição. Ontem à noite, no pub, ouvi dizer que acham que foi o homenzinho de barrete vermelho que começou o incêndio. Uma das dançarinas do ventre pensou ter visto o sujeitinho se dirigir à floresta depois do prado.

Keelie parou e se virou. Barrete vermelho. Floresta depois da clareira. Mais de uma pessoa vira o anãozinho maníaco. Ela não fora a única vítima. Ele era um incendiário.

Scott assobiou.

— É mesmo? Eu me pergunto o que a administração vai fazer.

— Não sei não. Aposto como alguém daquela empresa de desenvolvimento rural o contratou. Por que você não faz uma pausa e toma um cafezinho comigo? Podemos conversar mais. — Tania pestanejou para ele.

Keelie acabaria ficando enjoada.

— Puxa, não posso. Tenho que fazer um servicinho. Preciso levar a filha de Zeke até as gaiolas — explicou Scott.

— Ela é a filha de Zeke Heartwood?

A garota achou que a mulher ia se engasgar com as próprias palavras.

Keelie se aproximou de Scott, sentindo-se bem melhor. Observar a reação da outra ao ficar sabendo que ela era filha de Zeke Heartwood fizera o atraso valer a pena. A garota começava a se dar conta da importância do pai no festival.

— Eu a vi ontem, mas achei que fosse uma nova participante do show de lama.

— Foi legal da parte de Tarl ir me ajudar e emprestar umas roupas, pois todas as minhas de bater estão na Europa. — Keelie também pestanejou. Se Scott também fizesse isso, a brisa dos três pares de olhos se faria sentir.

— Europa. — Tania olhou para ela de alto a baixo, como se computasse o custo de sua roupa. — Minha nossa, não tinha me dado conta de que era a filha de Zeke. — Ela sorriu, embora não com sinceridade. Da mesma forma como a rival das quadras de tênis da mãe de Keelie sorria quando as duas se encontravam no supermercado. A mãe perguntava: "Beverly, querida, tudo bem?" A outra respondia: "Tudo maravilhoso, Katy, querida. Mal posso esperar por nossa próxima partida no clube." Embora seu diálogo parecesse simpático, Keelie sentia o veneno escorrer a cada palavra que trocavam. Beijinhos no ar a metros de distância. — Olha, sei que você gostou daquele colar da fada. Ainda estou com ele — prosseguiu a mulher, apontando para a direção em meio à floresta em que se encontrava sua barraca. — Posso pegá-lo para você, se quiser.

Balançando a cabeça, a garota disse:

— Não, obrigada. Eu tenho que ir. Preciso chegar às gaiolas. Cameron está me esperando.

Ao se afastar, ela sentiu a hostilidade que fluía de Tania, do mesmo jeito que ocorria com a rival da mãe. Sentia-se mais que satisfeita. Na certa, aquele colar de fada deixaria seu pescoço verde. Talvez fosse por isso que a dona da barraca de bijuterias não estava ganhando muito dinheiro: mercadoria ordinária.

Ao chegar às gaiolas das aves de rapina, Keelie foi correndo até a de Ariel. O falcão, sentado no poleiro, abriu os olhos e virou a cabeça para observá-la se aproximar. Seu olho dourado reluziu, e ele parecia bastante imponente. A garota sabia que o outro olho, o leitoso, impedia a ave de voar a grandes altitudes e se sentia triste pela pobre ave.

— Aqui está você. Foi entregue sã e salva. Eu vou voltar às 15h45 para pegá-la. Divirta-se com os ratos mortos. — Scott meneou a cabeça para um dos funcionários das gaiolas e foi embora.

Cameron se aproximou de Keelie com um saco de papel em que estava escrito "Ariel" com marcador preto.

— Saudações, Keelie. Ariel já estava esperando por você. — Ela entregou para a garota duas luvas de couro grossas.

— Mal posso esperar. — Mentira.

— Cadê o seu pai? Eu precisava falar com ele. — Rugas de preocupação marcavam seu rosto.

— Está descansando. Não se sentiu bem quando fomos até o shopping ontem. — A garota colocou as luvas. — Talvez tenha sido o glutamato monossódico no tofu.

— O seu pai foi até o shopping? — Cameron ficou boquiaberta.

— A-hã. Segundo a Raven, um evento histórico. Eu precisava de roupas. Só tinha aquelas do show de lama para vestir. A companhia aérea perdeu a minha bagagem, e Knot fez xixi nas minhas calcinhas e nos meus sutiãs. — O comentário sobre o gato fazendo necessidades em sua roupa íntima sempre despertava solidariedade.

— Knot urinou na sua roupa íntima?

Keelie anuiu.

Cameron franziu o cenho e balançou a cabeça.

— Conhecendo aquele bichano, ele devia estar dizendo a alguém ou algo que você pertence a ele. Marcando você como território dele, como dizem. Alguns gatos fazem isso.

A garota fitou a falcoeira totalmente muda e chocada. Alguém vinha lidando com seus sofisticados amigos emplumados por tempo demais.

— Não sou o território dele, de jeito nenhum. Acho que foi uma mensagem de ódio: se manda agora.

Sorrindo, Cameron comentou:

— Bom, Knot sempre foi meio diferente, mesmo para um gato. Espero que Zeke esteja se sentindo melhor. Acha que ele topa receber uma visita amanhã?

— Acho que sim.

A mulher abriu o saco.

— Então, Keelie, ponha a mão aqui e pegue a comida de Ariel.

O couro grosso das luvas fez seus dedos parecerem toscos. Ao meter a mão dentro do saco, ela pegou algo magro, mas pesado. Aos poucos, tirou um rato branco morto de lá. O rabo do bicho estava flácido e asqueroso, porém, felizmente, ele estava de olhos fechados. Keelie desviou o olhar, receando vomitar o almoço.

— Nojento, mas necessário, Keelie. Pode levar para Ariel — disse Cameron.

A garota foi até a gaiola. O olho bom do falcão a observava — ou melhor, observava o rato.

Um montículo de pelo cor de outono correu na direção de Keelie. O que aquele gato sádico fazia ali? Será que ouvira a conversa das duas sobre ele? Deixa para lá.

Keelie se concentrou em Ariel. Olhava direto para o falcão à medida que se aproximava, amaldiçoando mentalmente Knot por passar se enroscando em suas pernas. Quando ia abrir a porta da gaiola da ave, sentiu garras em seu tornozelo e deu um passo atrás, tropeçando no gato. Ela estendeu a mão rumo à gaiola de madeira para atenuar a queda. Ao fazê-lo, derrubou o rato, que caiu, provocando um baque quando a porta da gaiola abriu.

O bichano soltou um lamento similar ao de uma *banshee*, a mítica fada má irlandesa, quando o roedor caiu em cima dela. Ariel esticou as asas uma vez e, em seguida, voou em movimentos espirais até as árvores.

Knot se meteu correndo na floresta, como se ciente do caos que causara.

Cameron gritou para que o gato parasse, mas ele deixou um rastro de capins oscilantes ao passar.

No ar, Ariel parou como se tivesse avistado uma nova presa e, então, desceu a toda velocidade, em perseguição.

Todas as aves começaram a grasnar e a agitar as asas contra as barras das gaiolas. Keelie teve a impressão de que incentivavam Ariel enquanto ela perseguia Knot, que fugia correndo. A garota queria correr também.

Seu segundo dia no trabalho, e ela já perdera o falcão.

11

Keelie chutava cascalhos ao andar rumo a Heartwood. Tinha corrido atrás de Ariel por toda a área do festival. Por sorte, Cameron conseguira subornar o falcão com outro rato. Como havia sido ideia de Keelie, ela reparara o estrago que fizera — ao menos em parte.

Ela parou na frente do Labirinto Mágico. Um grupo de universitários fortões, que trabalhavam nas barracas nos fins de semana, jogava futebol no caminho e na clareira, em ambos os lados. A garota contornou os jogadores e o Labirinto Mágico. Uma pequena trilha conduzia à floresta.

Beleza, um atalho. Na certa ia dar na justa. Como era estreito, ela esbarrava nos ramos perfumados, os dedos roçavam de vez em quando as cascas rígidas das árvores que o ladeavam. *Pinheiro*, pensou.

Seu cabelo enroscou num galho, o que a fez abaixar para se desvencilhar. Sua cabeça foi para trás. Keelie estendeu as mãos tentando soltar as mechas que estavam emaranhadas em dois galhos. Começava a doer. A garota pegou um deles e sentiu uma textura aveludada. Então a mão esquelética, leve como graveto, segurou seu dedo e o envolveu.

Seria um pássaro? Ela tateou com a outra mão ao redor, lutando contra o pânico que fazia seus ombros se contraírem e sua pele pinicar. Ela tocava em pele ou em penas? Pareciam galhinhos, folhas e musgo. E se moveram contra seus dedos perscrutadores.

Keelie gritou e correu, livrando os cabelos à força. Doeu muito, mas ela quis se soltar do que quer que fosse aquilo. Parou perto de uma árvore, sem fôlego, o coração disparado. O que será que fora?

Olhou à sua volta. Estava cercada de árvores em meio à quietude. Onde tinha ido parar? Já devia ter chegado à justa àquela altura. Perdera-se.

Algo se moveu em seus cabelos. Ela ficou paralisada. E a coisa foi descendo pela parte posterior de sua cabeça rumo aos ombros. Receando se mexer, Keelie olhou para seu lado direito. Gravetos. Virou um pouco o rosto. Nada mais que gravetos, unidos por musgo.

E não só isso. Ela pôde ver mãozinhas de tom marrom, rígidas e brilhantes, e olhos que reluziam em meio ao musgo da face. A criaturinha ergueu uma das mãos, tocando a maçã do rosto de Keelie.

Não podia ser real, disse a garota a si mesma. Devia ser um boneco de um dos vendedores, uma marionete deixada nas árvores de brincadeira. A criaturinha apontou para a direita, em direção à floresta.

A garota seguiu o dedinho em forma de vareta. Houve um movimento nos arbustos, na certa de algum animal.

— Perigo. — A voz assemelhava-se a um sussurro de folhas secas. — Corra, Keliel.

Bom. A criatura de gravetos sabia seu nome verdadeiro. Arbustos mexeram-se a poucos metros de distância. Ela viu algo avermelhado passar rápido.

Keelie saiu dali, seguindo a trilha, correndo o mais depressa que podia. Em seguida, ouviu vozes. Vozes de pessoas. Tomou aquela direção e viu luzes adiante. Então tinha saído da floresta.

Estava na extremidade de uma clareira. Parou, com o coração ainda disparado, e olhou por sobre o ombro, mas a criaturinha sumira. A garota tinha certeza de que não imaginara nem o pequeno ser de gravetos nem o vislumbre do barrete vermelho.

Aquilo já estava passando dos limites! Aquele diabinho estava seguindo Keelie. Ela pensou em Sir Davey, que tinha mais ou menos a mesma altura. Não vira muito bem seu agressor, mas sabia que não era bonzinho.

À sua frente, havia uma construção grande, de um andar, com vigas de madeira imponentes e um grande deque que circundava o ambiente e estava cheio de gente rindo. Ela foi até lá e notou que ficava à margem de um lago, no qual havia uma ilha no meio. Uma ponte de madeira ampla, mais abaixo, na orla, levava à ilha, que era grande o bastante para ter várias construções.

Agora que Keelie saíra da floresta, podia pensar com clareza de novo. Estava furiosa consigo mesma por ter corrido, e do quê? De um monte de gravetos e de um anão maníaco com roupas iguais às de um gnomo de jardim? Se aquilo era magia terrena, ela a dispensava. E o cara pequenininho batia apenas em sua cintura. Se ele chegasse perto de novo, a garota lhe mostraria um feitiço à la Keelie: ela o esmurraria até enterrá-lo no solo.

As pessoas no deque pareciam arruaceiras, e Keelie hesitou em pedir informações. Então reconheceu dois deles, eram os piratas que tinham passado de carro depois de pegar seus contracheques outro dia. Ela com certeza não pediria orientação a eles.

O tocador de tambor do Condado acenou para a garota.

— E aí, Keelie? Está com fome?

Um homem que estava de costas para a grade se virou. Era Scott. Beleza.

Dois piratas saltaram do deque e foram caminhando cheios de ginga até ela. Keelie sentiu desânimo. O capitão Randy era um deles. Tinha de admitir que ficavam gatos com aquelas botas longas e camisas bufantes.

— Mas que gostosura temos aqui — disse o outro pirata. Cambaleava um pouco ao caminhar.

O capitão Randy lançou um olhar cheio de malícia para a garota, mas agarrou o braço do colega e colocou o sujeito de frente para ele.

— Ela é menor de idade. Pode esquecer a ideia, e só lembre quando a menina já estiver madura.

Keelie fuzilou-o com os olhos. Valeu, capitão Babaca.

O outro pirata abriu um largo sorriso.

— Para mim, parece ter idade suficiente. — Segurava uma caneca de cerveja de peltre. — A todas as mocinhas bonitas — brindou, antes de tomar um gole grande e engasgar quando a voz baixa de Scott fez-se ouvir na clareira.

— Ela é a filha de Heartwood.

A caneca escapou da mão subitamente fraca do sujeito. Fez um arco em câmera lenta, e seu conteúdo derramou e caiu no jeans de Keelie. Ótimo. Agora ia ficar fedendo a cerveja.

Os piratas ficaram imóveis e, em seguida, foram se afastando.

A filha de Heartwood. Parecia uma maldição. Pelo visto, ela estava condenada a ficar sem namorado. Cascos ressoaram atrás dela, como a cavalaria no Velho Oeste. Quando Keelie se virou, viu cavalos brancos galopando rumo à clareira, montados por cavaleiros com trajes exuberantes.

Sean. Sean era um deles. E, então, o cavalo de Elia aproximou-se dele. A última pessoa que Keelie queria ver, ainda mais fedendo a cerveja.

A menina viu que Scott fora ficar a seu lado. A atmosfera cheirava a bebida, canela e ozônio. Nuvens escuras formaram-se sobre eles, refletindo seu estado de ânimo.

Ela podia sentir a tensão entre as pessoas do deque e os cavaleiros. Olhou de esguelha para trás. Alguns dos universitários que atuavam como piratas agarravam a grade, como se esperassem o início da luta.

Sean sorriu para os beberrões.

— Ótimo dia para uma montaria. Nós viemos colocar os cavalos nos abrigos, pois uma tempestade está vindo por aí.

O olhar de Elia concentrou-se em Keelie, os lábios comprimidos.

— Está a caminho do Enlodado? Opa, foi mal. Eu quis dizer Condado.

Relampejou, e, em seguida, ouviram-se trovoadas. Começou a chover. Keelie ficou ensopada em segundos. Olhou para o próprio corpo, pasma. Suas roupas novas estavam encharcadas.

A risada sonora de Elia reverberou no alto. Keelie cerrou os punhos, pronta para a luta, mas, então, parou. A outra garota estava seca. Embora não houvesse sinal de guarda-chuva, os cachinhos dourados continuavam perfeitos, e o vestido verde longo sem o menor sinal de pingos-d'água. Nenhum dos outros cavaleiros tivera essa sorte. Tanto eles quanto os cavalos estavam ensopados, incluindo Sean.

Os cavaleiros deram a volta e se dirigiram à ponte. Até mesmo de trás, Elia estava seca. O que diabos acontecia naquele lugar?

Keelie sentiu vontade de mostrar a língua, mas receou provocar uma briga. Quando fosse enfrentar Elia, não queria meter na parada um bando de caras inocentes. Seriam apenas ela e a bruxinha do Inferno Medieval, frente a frente. E os cachinhos dourados de alguém iam ser arrancados pela raiz.

Scott agarrou seu ombro. Antes que pudesse protestar, ele a levou para um caminho amplo, coberto pela copa das árvores. A trilha que Keelie julgara ter percorrido mais cedo. Passaram por um estrado longo e baixo, com uma faixa no alto, anunciando apresentações de esgrima, e pela barraca fechada da Aviva, a Cabana do Rebolado. Uma loja com produtos para dançarinas do ventre! Ela se lembraria daquele lugar, com certeza. Talvez pudesse dar um pulo ali com Raven quando o tempo melhorasse.

Um grito vindo de trás fez com que a garota parasse.

— Ei, Keelie, dá um pulo lá no Condado hoje à noite. A gente vai fazer uma roda de tambor na clareira. Se chover, será dentro da barraca. — O tocador acenou para ela, e vários piratas do deque fizeram o mesmo, sorrindo.

Ela retribuiu o sorriso e agitou a mão livre. Scott puxou o braço dela.

— Pare de ficar flertando. Você está ferrada. Seu pai avisou para não ficar andando por aí sozinha.

Keelie puxou o braço e se soltou.

— Ah é? Bom, ele encarregou você de me acompanhar. E onde você tinha se metido? Bebendo com os amigos de Jack Sparrow!

Ele empalideceu? Ela esperava até que adoecesse. Difícil dizer com a água da chuva escorrendo pelo rosto do rapaz.

— Onde você se meteu? Está cheia de gravetos no cabelo. — Scott olhava para sua cabeça.

Keelie ergueu a mão, em pânico, mas os galhinhos em seus cabelos eram apenas gravetos com um pouco de musgo. Nada se moveu.

O rapaz a olhou de um jeito estranho.

— Vamos.

Sentindo que estavam quites, a garota andou rápido para acompanhar as passadas longas dele, tirando os fragmentos de árvore dos cabelos molhados.

Eles passaram por áreas de apresentação e lojas fechadas, e então Keelie notou a placa que vira no primeiro dia com a sra. Talbot. Tinha pegado o lado oposto. Talvez fosse bom comprar uma bússola e aprender a usá-la.

— O tocador de tambor, qual é o nome dele?

— A gente chama de Peles.

— Puxa, bem na onda atual da ONG Pessoas pelo Tratamento Ético dos Animais. Peles disse que a roda de tambor, seja lá o que for isso, vai ser na clareira, só que eu passei por ela ontem à noite, e é um lugar assustador pra caramba!

— É, o seu pai me disse que você foi para a ala do Elianard. Fique longe dele. É pior que a filha. — Scott a olhou de soslaio. — Mas o Condado é a maior curtição.

Keelie ignorou o comentário.

— E o cara de gorro vermelho? O que você sabe sobre ele? Trabalha aqui? O sujeito tem problemas. Problemas do tipo assassino em série. Meu pai nem me deixou chamar a polícia.

O rapaz deixou escapar um suspiro.

— Tem muita coisa que você não entende sobre o festival. Mas um dia vai entender. Nunca se chama a polícia.

— Nunca? Tipo, encontre um cadáver e o enterre na floresta?

— Está planejando matar alguém?

— Só você. — Ela precisava andar rápido para acompanhar as passadas largas dele. — E o cara de barrete vermelho?

— Conversa com o seu pai a respeito dele. E a clareira não é tão ruim assim. O que tem de assustador? A administração do festival mantém o gramado perto do Condado cortado, e as crianças brincam ali. Fazem fogueiras ao ar livre e coisas assim, longe das árvores.

— Isso parece mesmo divertido. Mas não sente nada estranho naquela área?

— Não. Não perto do Condado. Esta temporada tem sido fora do normal. Além do tempo, tem havido roubos e brigas, e Peles disse que tem umas más vibrações por ali.

— Más vibrações, hein? Agora quem está falando como se fosse da Califórnia?

— Então, nada de escapadas, está bem?

— Eu não escapei! Estava com Cameron nas gaiolas.

— As gaiolas ficam na outra extremidade da área do festival.

— Eu me perdi.

Scott fitou-a com ceticismo.

— Me lembra de não andar na floresta com você.

Ela quase perguntou: "Por quê, está com medo?" Mas, em vez disso, ergueu o queixo.

— E quem disse que eu quero andar na floresta com você?

Por que ela fizera essa pergunta? Não queria encorajá-lo. Sean, sim. Scott, de jeito nenhum. Mas ele não pareceu notar. Covarde despistado.

Keelie foi andando, pisando na lama, rumo a Heartwood. O vento mudara de direção, e esquentara. O que, ao menos, era uma bênção. Não precisava ficar encharcada e morrendo de frio. E tinha roupas secas à sua espera. Apertou o passo, quase passando Scott.

As luzes estavam acesas na loja, e o rapaz passou pelos móveis, agora protegidos por lona. Keelie subiu, acompanhada dos ruídos típicos de quem caminha molhado.

O apartamento encontrava-se escuro, mas havia um aroma delicioso de cebola refogada. Ela ficou surpresa ao ver raios de luz vindos do piso. Por um instante, supôs se tratar de outra piração do festival, mas então percebeu que eram apenas as luzes da loja passando pelas frestas do assoalho.

Keelie ajoelhou-se no piso de tábuas amplas de madeira (cedro) e espiou por uma abertura estreita. Por um instante, as imagens não fizeram sentido, daí ela se deu conta de que via uma tora de madeira imensa, ainda com casco, amarrada em um cavalete. Zeke e Scott estavam de pé, cada um numa ponta, examinando-a.

Um ronronado profundo ecoou perto dela, e a cabeça peluda de Knot esbarrou em sua bochecha. Keelie ficou imóvel, receando que ele arranhasse seus olhos.

— Gatinho bonzinho. — O ronronado cessou. — Seu felino miserável. — O ruído surdo recomeçou. — Você é muito esquisito.

Ela se levantou e foi até o banheiro se enxugar. Knot a seguiu, observando com olhos semicerrados enquanto a garota tirava a roupa e arrancava as etiquetas de algumas de suas novas aquisições.

— Onde você estava quando deparei com o duende de barrete vermelho na floresta?

O gato arregalou os olhos e fitou-a, quase como se compreendesse suas palavras.

— E aquela marionete de gravetos? Os estúdios Henson precisam aprender essa tecnologia. Parecia mesmo de verdade.

Knot já não ronronava. Observava Keelie com cuidado. Ela parou de pentear os cabelos.

— O que foi? Nunca viu uma garota com musgo no cabelo? É a última moda nas florestas do Colorado.

Um galhinho caiu da escova e foi parar na pata do gato. Ele o puxou para mais perto e cheirou; em seguida, começou a ronronar de novo.

Keelie riu ao observar que faltavam pelos em um imenso pedaço na parte posterior da cabeça dele.

— Deve ter sido Ariel. Bem feito para você!

Já aquecida e seca, ela foi até a cozinha, pretendendo tomar uma xícara de chá. Havia um pacote grande na mesa. A garota leu a etiqueta. Floresta do Pânico, Oregon? Keelie se lembrou do cartão de crédito do pai. Devia ser familiar.

Ela pegou a chaleira na estante e abriu a torneira. Knot sentou em um de seus pés. Com o outro, a garota o afastou. Ele não se moveu. O danado meteu as garras em sua pele.

— Ai!

Então Keelie o empurrou com força. Knot a soltou, deslizando de barriga para baixo no assoalho. Em seguida, encolheu-se todo, como uma bola. Balançou o rabo. Daí ergueu o traseiro, pronto para atacar.

— Vem, seu gato psicótico, que eu enfrento você. — Ela agitou o pé na direção dele. Knot endireitou-se, sentou-se e a examinou, subitamente calmo, enquanto Keelie enchia a chaleira. A garota tentou ignorá-lo, mas o bichano continuou a olhar fixamente para ela, os olhos se transformando em esferas grandes e pretas.

Ele se dirigiu, serpenteante, até a cortina do quarto e, então, sentou-se.

— Nem pense, hein? — avisou a garota, colocando a chaleira no fogo e enxugando as mãos no pano de prato. O pai começara a fazer o jantar. Havia uma panela com molho de espaguete no fogo e, em outra, maior, água fervente. — Estou falando sério, fique longe das minhas roupas novas e de mim também. Você é mais do que maluco.

Knot ronronou, como se ela o tivesse elogiado. Algo diminuto, de tom azul, sobressaía em meio a um emaranhado de pelo no dorso dele. Keelie estendeu a mão depressa e pegou o objeto. Era uma peninha azulada. De que tipo de pássaro tinha vindo aquilo?

O gato bufou e fez menção de dar uma patada nela, mas, então, pensou melhor e se afastou com toda a tranquilidade, como se não fizesse diferença.

Ela acendeu duas velas de cera de abelha, que estavam em castiçais de madeira na pequena mesa da cozinha. As chamas bruxulearam, resplandecendo de forma aconchegante o ambiente, em contraste com a escuridão do tempo nublado lá fora.

Zeke entrou.

— O aroma não está delicioso aqui? Estou fazendo molho de espaguete.

— O cheiro está ótimo mesmo.

— Você me ajuda a preparar? Preciso voltar lá para baixo.

— Claro. — O estômago de Keelie roncou.

Ele abriu um armário, tirou um escorredor e colocou-o na bancada.

— A gente precisa conversar — disse o pai.

Alguém bateu à porta.

Zeke continuou olhando para a filha.

— Entra.

Era Scott.

— Sinto muito perturbar essa aconchegante cena familiar, mas estou com a maior dificuldade. Você pode dar um pulinho lá embaixo, Zeke?

Keelie fuzilou o rapaz com os olhos. Podia apostar que ele não lamentava nem um pouco a interrupção.

Zeke suspirou.

— Fiquei tão cansado hoje que dormi e não desci para ver a árvore. Está em péssimo estado. — Ele foi até as velas na mesa e apagou-as. O brilho dourado se foi.

Scott acendeu a luz pelo interruptor perto da porta, e a luminária da cozinha reluziu irritantemente.

— Keelie, você poderia servir o espaguete e levar os pratos lá para baixo? Vamos comer enquanto trabalhamos.

— Ótimo. Espaguete para o jantar. — O rapaz deu uma risadinha afetada. — Zeke e eu já comemos muitas vezes assim. Ah, e Keelie, põe pimenta no meu. Dá um toque especial, meio como os piratas curtem.

— Ah, como aqueles que estavam do seu lado quando encontrei você no pub, já que se esqueceu de me buscar?

Scott lhe lançou um olhar furioso e, em seguida, olhou de esguelha para Zeke, a fim de checar a reação dele.

— Assim que a gente terminar, vou para o Condado. Vai rolar a maior festa lá hoje à noite. Roda de tambor e tudo o mais. Todo mundo vai sentir sua falta — ressaltou o rapaz, piscando.

Ela ia matar aquele cara.

— Keelie. Scott. Já chega — gritou Zeke. — Vamos trabalhar. Filha, há também uma jarra de chá gelado de hortelã na geladeira.

— Está bem. — A garota se sentiu a empregada deles.

Os dois saíram, mas Scott voltou a abrir a porta.

— Ah, Keelie? Eu tomo o meu com gelo. *Ciao.*

Ela queria gritar. Desde quando tinha virado garçonete?

Primeiro, começara a servir ratos para um falcão e, depois, espaguete para Scott, o Babaca.

Keelie abriu o armário da cozinha e jogou os pratos de cerâmica com desenhos de folhas na bancada.

— Vou dar um toque especial no dele.

Ela escorreu o espaguete na pia e colocou-o numa tigela. Algo agarrou seu jeans novo. Keelie olhou para baixo e viu dois olhos verdes brilhantes encarando-a.

— Se não soltar a minha calça, vou dar um chute no seu traseiro.

Um montículo de alho picado estava abandonado numa tábua de madeira.

— Aposto como isso é para você, mas você não tem pulgas, tem? Quem está cheio delas é o Scott.

Keelie agitou o pé de novo. Knot analisou a garota enquanto ela mexia com tranquilidade o espaguete; em seguida, foi correndo até uma cadeira e sentou ali, como se estivesse pronto para ser servido.

— Eu não vou dar isso aqui para você. Também não sou sua garçonete.

Ela se dirigiu à bancada e distribuiu porções iguais de espaguete em três pratos. Estava a ponto de colocar o molho em cima quando pensou no alho de novo.

— Quer saber? Scott disse que queria um toque especial no macarrão.

Keelie escondeu o alho com cuidado na porção caprichada de espaguete. Inspirada, perscrutou o armário de temperos da cozinha.

— Beleza!

Colocou pimenta malagueta em pó num pouco de molho e pôs no prato do rapaz.

— Venham, venham todos, ao novo show do festival! O tapado cuspidor de fogo!

Knot ronronou ao observá-la. Ela colocou os três pratos pequenos de espaguete numa bandeja, lembrando a si mesma que o de Scott era o azul-escuro. Acrescentou talheres e guardanapos e, então, levantou a bandeja e começou a rumar para a escada. Eles teriam de pegar o próprio chá, pois Keelie não conseguiria carregar a comida e as bebidas juntas.

Assim que a garota abriu a porta, que dava para a escada externa, Knot passou correndo por ela.

— Felino lesado!

O gato desceu correndo a escada. Keelie parou no último degrau. Podia ouvir o zumbido de centenas de abelhinhas. No entanto, não havia nenhum inseto voando por ali que justificasse aquele barulho.

Os dois homens estavam conversando na marcenaria. Knot tinha sumido de vista. Por mais chato que aquele rapaz fosse, ela o invejava. Scott conhecia Zeke melhor do que ela. O pai se interessara por ele e lhe ensinara a lidar com madeira. Ela ganhara um presente aqui e ali.

Keelie entrou, mas nenhum dos dois a notou. Zeke estava com as mãos num tronco enorme e danificado, preso num cavalete, como um paciente na mesa de cirurgia. Tocava-o com reverência, acariciando a casca.

Errado. Havia algo muito errado ali. Ela sentia a vibração no ar, como ondas que saíam da árvore e iam até ela.

— E aí? — As mãos de Scott estavam ao lado do seu corpo, bem afastadas do tronco.

— Ela ainda está angustiada e não quer que mudem sua forma. Foi tirada antes do tempo. Sente falta do sol. Quer fincar suas raízes de novo na Mãe Natureza.

— Do que é que você está falando? — perguntou Keelie, arrancando uma lasca chamuscada da mesa (carvalho). Teve a ligeira impressão de raio e incêndio. Uma imagem lhe veio à mente, num piscar de olhos.

Os dois homens olharam de soslaio para ela, mas o tronco enorme era sua maior preocupação.

— A madeira. Venha tocá-la, Keelie — disse Zeke.

— Acha que ela deveria fazer isso? — perguntou Scott, dando a impressão de estar contrariado.

A garota sorriu com doçura para ele e lhe entregou o prato.

— Para você.

— Cadê o chá?

— Lá em cima. Vá você mesmo pegar.

Ela tocou na árvore, porém tirou a mão quando viu um rosto feminino delicado, contraído de dor, observá-la do interior da casca. Fechou os olhos, depois olhou outra vez, mas não passava de uma árvore. Não havia entalhe.

Keelie recuou.

"Mamãe, o povo das árvores diz que me conhece e que conhece o papai." A garota voltara, de súbito, à infância, no parque com a mãe, estendendo o braço para pegar a mão dela.

"Não existe um povo das árvores, Keelie", salientara Katherine. Mesmo aos cinco anos, a filha sabia que ela estava mentindo. A mãe dissera que a garota tinha uma alergia a madeira que a levava a ver e a ouvir coisas, mas, caso se mantivesse longe desse material, não teria problema. Então Keelie nunca mais falara de sua sensibilidade à madeira com Katherine.

Zeke disse:

— Tem algo errado?

— Só a minha alergia — comentou a filha, afastando-se do tronco. Não podia tocá-lo. Imaginava o desespero da árvore que a envolvia. Se colocasse as mãos nela, iria ser consumida pelo pesar e já estava magoada demais. *É tudo coisa da minha mente*, pensou.

Mas o suposto pesar da árvore trouxe à tona o seu. A situação não devia ser aquela. Era para a mãe dela estar ali, viva e forte, a face voltada para o sol, os pés firmes na terra. Keelie estremeceu. Teve vontade de chorar.

— Mãe. — A palavra escapou num gemido.

O pai a abraçou.

— Está tudo bem, Keelie. Estou aqui para apoiar você. Não vou deixar que vá embora de novo.

A filha o abraçou.

Scott gritou:

— Caramba, como isto está apimentado!

Knot saltou rumo ao tronco. Keelie deu um passo atrás, mas Zeke a cingiu com um dos braços e a aproximou.

O zumbido que ela ouvira se tornou mais forte e mais marcante, como pequenos fragmentos de uma conversa, os sussurros de diminutas vozinhas se misturando.

Os olhos estranhos de Knot eram bolas de gude pretas, rodeadas de verde. Seu rabo oscilava como uma naja se contorcendo. Suas orelhas estavam inclinadas para trás, ressaltando a área sem pelos da cabeça. Ele bufava, fitando um ponto no ar acima de si.

Keelie olhou ao redor para checar se outro gato o desafiava, mas não havia nada ali, exceto aquele ruído esquisito, que aumentava cada vez mais. Talvez o gato estivesse tendo um troço.

Knot pulou do tronco para o chão, atravessou correndo a clareira e subiu quase dois metros de um carvalho ali perto. Então saltou da árvore para o solo, deitando-se de costas para dar patadas no ar, golpeando um inimigo invisível. Com a mesma rapidez, deu a volta e correu em torno do tronco de carvalho três vezes; depois parou e deu uma patada no solo. Em seguida, desceu a toda o caminho diante da justa, rumo ao lago. O zumbido e o burburinho cessaram, como se perseguissem o gato.

— Ele está doente? — quis saber Keelie. Realmente parecia que o bichano tinha perdido a cabeça. Talvez não devesse ter lhe dado espaguete com tanto alho. Ela fitou Scott, que devorara o jantar, e viu que seu rosto estava rubro e brilhante de suor.

— Você vai buscar o chá? — perguntou Scott. — Minha boca está pegando fogo.

— Scott, qual é o seu problema? Vá pegar seu chá! — mandou Zeke, de cenho franzido. Ele apertou com suavidade o braço da filha. — Eu queria que você fosse se adaptando aos poucos à nova vida, queria lhe dar tempo antes que começasse a ficar a par de mim, da minha família, do meu mundo. Acho que não está dando certo.

— Do que está falando? O que esta árvore tem a ver com isso?

— Foi atingida por um raio no dia em que você chegou. Lembra que você viu a fumaça? Você salvou algumas vidas naquele dia, Keelie. Só que esta já não tem salvação, e sua magia está presa em seu interior. Como pastor das árvores, tenho que conduzir seu espírito adiante e transformar sua magia em energia curativa.

— Sei. Tipo um arborista e sacerdote?

— Mais ou menos. Nem todo mundo pode fazer o que eu faço, e você herdou o meu poder. Aliás, no seu caso, a coisa vai além; Sir Davey e eu suspeitamos que você é muito mais poderosa que eu.

— Sério? — Até que superpoderes viriam a calhar, mas, caso se relacionassem apenas a árvores, seriam meio limitados. O que ela podia fazer? Assustar esquilos? Não estava acreditando naquela história. A mãe avisara que o pai era estranho, adepto da Nova Era. Ele deveria ter ido para a Califórnia. Teria se adaptado bem.

Keelie se deu conta de que estava boquiaberta; fechou a boca. Seus olhos mostravam-se marejados, mas eram lágrimas de raiva.

— Existem fadas boas também, e algumas vieram se despedir do carvalho que serviu de abrigo para elas. Knot se meteu. Conhecendo aquele gato, na certa ele profanou o círculo de cogumelos delas, usando-o como caixa de areia. — O pai balançou a cabeça. Estava gostando daquela história.

— Pare, Zeke. Achei que nos divertimos muito no shopping. Cheguei até a pensar que me tratava como parte da família em vez de turista. Mas agora lá vem você de novo com essa ladainha maluca de conto de fadas. — Ela se afastou dele, satisfeita com sua expressão magoada. Ele merecia. Não era à toa que a mãe tinha saído do mundo de Zeke. Ele não conseguia separar fantasia de realidade. — Eu não sou uma mundana, sabe?

O pai parecia sério.

— Keelie, você com certeza não é uma mundana. Longe disso.

— Eu vou ajudar Cameron a cuidar de Ariel. Espero que gostem do espaguete. — Ela atravessou a clareira para pegar o caminho rumo às gaiolas.

Atrás dela, o pai a chamou.

— Keelie? Espere um minuto. Vou com você. É perigoso você ficar sozinha.

Ela acenou sem se virar, começou a andar mais rápido e, então, a correr. Quando voltasse para a escola, estaria em tão boa forma que o resto da equipe de corrida em trilha comeria sua poeira. Barracas escuras passavam rápido, os donos nos trailers ou nos apartamentos no andar de cima. A garota foi mais devagar ao passar pela floresta do outro lado da justa.

Uma criança fantasiada caminhava entre as árvores. Keelie parou ao perceber o que via — o que *pensava* que via. Era Knot, de botas, andando apoiado nas pernas traseiras e segurando uma espada com a pata da frente. E não estava sozinho. Uma criatura folhosa, um emaranhado de gravetos e vinhas, lutava contra ele com um bastão.

Keelie correu mais depressa ainda, ansiando fugir da imaginação fértil.

Há muito estresse e pesar na minha vida, pensou Keelie, ao acariciar as penas vermelho-escuras do rabo de Ariel, satisfeita pelo fato de o falcão, com toda a sua elegância e seu porte imponente, ser apenas uma ave e nada mais.

Ela ouviu o pai conversando com Cameron em voz baixa. Ele correra atrás dela ao longo de todo o percurso. A filha nunca lhe diria o quanto ficara feliz por tê-lo ali, por mais brava que estivesse por ele tratá-la feito um bebezinho. Fadas? Está bem.

Ariel a observava com o olho dourado. Cameron não estava ali quando Keelie chegara às gaiolas. James, um dos falcoeiros, permitira que a garota tirasse Ariel da gaiola e compartilhara sua macarronada com ela. Felizmente, espaguete normal. Zeke entrara segundos depois dela, mas sumira assim que a vira com James.

Ainda abalada com a cena superestranha da marcenaria, ela se perguntou se precisava ir a um psiquiatra. Não, na verdade, se qualquer análise fosse necessária, o pai e Scott encabeçariam a fila.

Claro que talvez tivesse a ver com drogas. Talvez houvesse algo no chá de ervas que todo mundo ali tomava. Ou nas sementes de cristal da sra. Butters. Pelo visto, eram perigosas.

Tudo parecia uma grande alucinação. Rostos em árvores, bolas de lama mágicas e insetos invisíveis emitindo zumbidos. Knot com sua roupa de Gato de Botas Mosqueteiro. Ela nunca conseguiria contar isso para as amigas sem ter um troço. Aliás, "ter um troço" era uma locução que não devia usar muito naqueles dias.

Como podia explicar aquele gato? A cada dia que passava no festival, distinguia menos o real da ficção. Como explicar a face de uma mulher num tronco de carvalho, senão como uma estranha visão provocada por alergia? Como explicar logicamente o conhecimento que tinha a respeito das árvores, que surgia sabe-se lá de onde? Quanto mais rápido desse o fora daquela Terra Maluquete, melhor. Não à toa a mãe a tirara daquele mundo do pai anos atrás.

Ariel caminhou centímetro a centímetro ao longo da luva, rumo ao rosto de Keelie, e apoiou sua cabeça na bochecha da garota, que ficou imóvel. Falcões não eram gatinhos. Será que se tratava de um gesto de confiança e amizade, ou Ariel estava prestes a rasgar sua face?

Embora a cabeça do falcão fosse quente e rígida, suas penas mostravam-se incrivelmente macias. Ariel não fez nenhum movimento para atacá-la, e Keelie sentiu aquele lado de si mesma ativado pela ave aumentar cada vez mais, fazendo com que se sentisse bem, apesar da manhã assustadora.

A voz de Cameron interrompeu o momento.

— Keelie, ainda bem que está aqui — disse ela, em um tom de voz ansioso. — Preciso da sua ajuda. — Seu pânico era tão grande que a jovem não notou o falcão apoiado no rosto da garota.

— Claro. O que foi? — Keelie se levantou devagar para não assustar Ariel. A expressão de Cameron estava séria de tanta preocupação, e ela também usava roupas normais: um casaco cinza, jeans e tênis Nike. Parecia totalmente normal. Era justamente disto que Keelie necessitava: algo que não fosse fora do comum.

— Moon passou o dia inteiro doente, e pode ser que o que vou lhe pedir pareça estranho, mas preciso que vá em frente, sem questionar.

A filha de Heartwood ficou triste. Por um instante, pensou que Cameron a mandaria matar a ave, para acabar com sua dor. Mas não. A própria jovem o faria quando chegasse o momento. Adorava Moon, a coruja-das-neves. Tinha de ser outra coisa, e Keelie sabia que faria o que fosse necessário para ajudar a ave.

— Claro.

— Venha comigo.

— Espere aí. — Zeke colocou-se na frente de Cameron. — Ela não pode fazer isso. Não está pronta.

— Tem que ser ela. — A jovem olhou ao redor e, em seguida, falou mais baixo. — Sei que você já ficou sabendo também. Moon está no prado, no álamo mais alto, Hrok. O Barrete Vermelho não pode alcançá-la ali.

O prado, local de maus presságios.

— O que tenho que fazer? Por que eu? — Keelie tentou atrair o olhar de Cameron, mas a jovem fitava Zeke, como se aguardasse sua aprovação.

O pai da garota deu a impressão de estar aturdido, mas, por fim, assentiu e pôs-se de lado.

— Vou manter a área segura.

— Esperem aí. Eu preciso de uma resposta. Lembram-se de mim? Keelie? A pessoa de quem estão falando?

Ao que tudo indicava, Ariel sentira o estado de ânimo deles. Voou do braço da garota até o poleiro sem que ninguém precisasse pedir que o fizesse. Cameron fechou a porta da gaiola e, então, virou-se para Keelie.

— Vou contar para você no caminho até o prado. Não temos tempo.

Os três se dirigiram depressa até lá, pela atmosfera estranhamente amarelada e silenciosa. Keelie continuava com a luva reforçada de couro.

Passaram pela área de recreação infantil. O mastro enfeitado para festejos e o picadeiro de pôneis pareciam esquisitos, vazios. Já avistando a casa de chá da sra. Butters, eles pegaram a esquerda, para cruzar um portão com uma placa de "Somente funcionários" e seguir caminho pela Travessa do Espírito da Água, rumo ao prado.

Assim que passaram pelo portão, Keelie ouviu o ruído de tambores. O Condado ficava ali perto, e a festa começava sem ela.

Os três passaram por um pequeno aglomerado de árvores; o prado ficava à direita. O lugar dava a impressão de ser amplo e acolhedor em meio à luz sombria do dia, com uma série de álamos na parte mais longínqua e outras árvores de madeira de lei aqui e ali. Havia um rochedo no meio.

Keelie viu o brilho pétreo em meio às árvores distantes. A área de Elianard. Apesar da aparência simpática, ela sabia que o lugar era perigoso. A sensação de pânico aumentou quando se aproximou, e a garota sentiu uma estranha vibração vindo da terra no meio do prado.

Da árvore em que estava pendurada sua gaiola, Moon piou e agitou as asas, batendo-as contra o engradado de arame.

Cameron estalou a língua de forma reconfortante quando eles se aproximaram. Zeke observou a floresta com cautela, e Keelie lutou para dar cada passo, quando o que queria fazer era correr para o Condado e se esconder numa barraca.

Os álamos aparentavam ser anciãos, e a garota pôde senti-los; eram espíritos fortes, como guardiões de um lugar sagrado. Os ramos mais altos do maior deles estavam ressecados, e seu tom preto escamoso parecia uma ferida intensa em contraste com o verde das árvores que o cercavam.

Já da extremidade do prado, Keelie notou que a coruja estava doente. Normalmente, ela estaria no poleiro, com olhar atento. Exausta em virtude de seus esforços, a ave mostrava-se apática, com as penas brancas e sem brilho caindo, os olhos enormes fechados. Não se moveu nem mesmo com o ruído da aproximação dos três.

O que quer que estivesse errado com ela provavelmente ia além do âmbito de qualquer remédio caseiro.

— Você não acha melhor a gente chamar um veterinário?

— Eu sou veterinária. A medicina moderna não vai ajudá-la — respondeu Cameron com firmeza. — De manhã cedo uma música me acordou, e as aves estavam enlouquecidas, fazendo uma barulheira danada. Quando saí para ver quem tocava a música que perturbou as aves, vi na hora que havia algo errado com Moon.

— Quer dizer que um maluco tocou uma música qualquer e feriu a coruja? Acha que ela foi envenenada? — Keelie sabia que algo mais sério estava acontecendo, porém não queria se aproximar daquelas árvores medonhas.

Cameron deu a impressão de ter ficado intrigada; em seguida, sobressaltada.

— Zeke, achei que você tinha conversado com ela. Keelie, quer dizer que você não entende qual é seu papel aqui?

— Aquelas fábulas sobre Barretes Vermelhos e despedidas de árvores? — Embora a garota não admitisse, não podia negar, por um lado, sua afinidade fora do comum com árvores e madeira e, por outro, que andara vendo muita coisa estranha.

— Keelie, preciso canalizar a energia curativa do álamo para Moon. Seu pai não consegue curar animais, mas sinto que você pode fazer isso. Pode ser que não dê certo, mas ela não tem muito tempo.

— A jovem tocou nas penas da coruja.

Zeke olhou para a filha.

— Estou aqui para ajudar você.

— Que história é essa de vocês com as árvores, hein? — A garota os fitou.

O lado de Keelie que pertencia à mãe dizia: "Se manda daqui! Não faça isso, está virando um deles." Mas o lado despertado por Ariel estimulou-a a estender a mão e tocar no álamo. Ela não queria tocar naquela árvore, pois lembrava-se da tristeza sufocante que sentira com o carvalho na loja do pai.

Os olhos de Cameron estavam marejados.

— Por favor, Keelie. Eu adoro Moon. Sei que tem condições de ajudá-la. Você consegue se imaginar se recusando a ajudar Ariel?

— Não é isso, Cameron. É que não tenho nenhum poder. Você está falando de magia, não de medicina. — E das árvores. A garota estremeceu. Havia algo ali embaixo. Algo ruim. O que significava aquilo?

— Você tem o poder da magia, Keelie — disse Cameron.

Keelie pensou em Ariel, na cabeça ossuda do falcão apoiada na sua. A ave confiava nela. Em seguida, recordou-se da mãe, que afirmava que a medicina era superestimada e que ela não acreditava em nada, exceto nas leis.

A garota teria desafiado a mãe para salvar Ariel. E, para salvar Moon, precisaria desafiar a lembrança de Katherine, suas crenças. Ou descrenças.

Não deixaria a coruja morrer, mesmo que isso significasse se expor à esquisitice da árvore, à má vibração vinda do solo.

— Está bem, o que tenho de fazer? É só uma tentativa, Cameron. Não prometo nada. Mas vou fazer um esforço por você e por Moon.

Zeke pôs a mão no ombro da filha.

— Muito bem. Vou ficar de olho. Nada nem ninguém vai se aproximar — disse ele.

As lágrimas escorriam dos olhos de Cameron.

— Obrigada, Keelie.

Cameron tirou a coruja da gaiola. A ave abriu os olhos devagar. A garota não viu nenhuma ferida, mas pôde sentir algo cercando

Moon, similar a um cobertor invisível de má intenção rodeando-a. Quem quer que lhe tivesse desejado mal fizera-o de um jeito bem maligno.

A treinadora colocou a coruja no braço de Keelie. As garras de Moon pressionaram a luva da garota, que ergueu a outra mão, para equilibrar o animal. A ave se inclinou na palma da menina, que aproximou o braço do peito para que a coruja pudesse se apoiar em seu corpo, embora estivesse ciente do bico superafiado tão perto de sua pele. Ariel confiava em Keelie, mas ela não tinha lidado com Moon antes. Talvez uma ave doente, como um cachorro enfermo, atacasse por medo.

Keelie engoliu em seco.

— Pronto. E agora?

— Tem que tocar no álamo para deixar a energia da árvore fluir por você até a Moon — explicou Cameron, que apontou para a planta e recuou.

Tocar na árvore? A garota estremeceu. Do outro lado do prado, a batucada se intensificara, intercalada por gritos entusiasmados e uivos. A dança havia começado.

A árvore parecia saudável e verdejante, uma versão viva do tronco partido que vira na loja de Zeke. Keelie caminhou até ela com as mãos trêmulas, então se sobressaltou quando viu a face de um jovem observá-la da casca. Aquilo não era alergia coisa nenhuma.

— Por favor, Keelie — insistiu Cameron atrás dela.

A garota fechou os olhos para bloquear a alucinação estranha e colocou a mão livre no álamo. Um calor espalhou-se da casca rígida por seus dedos, depois pelo braço e por seus olhos fechados; e aquela energia parecia ter um tom esverdeado, como seiva viva. Keelie já não sentia medo. Estava tudo bem. Ou, ao menos, não doía.

O que deseja, filha do Pastor das Árvores?

Keelie abriu os olhos. A árvore falara mentalmente com ela. Suas palavras aparentavam ser clorofiladas também, e partes delas chegaram a germinar, enraizando-se em seu cérebro.

Moon deu um leve pio. O tempo se esgotava para a coruja. Keelie fechou os olhos e pressionou a mão com mais firmeza contra a casca. Chegara a hora de ela confiar também.

Ela se imaginou abrindo a caixa em que mantinha trancados seus sentimentos. A caixa se abriu, revelando o vazio escuro da parte interna.

Será que poderia curar esta coruja? Ela precisa de sua ajuda, pensou a garota. *Eu não sei o que fazer.*

Filha do Pastor das Árvores, você atendeu ao meu chamado quando fomos atingidas pelo fogo das nuvens. Meu poder está à sua disposição. A luz clorofilada que se espalhara por seu braço passou a fluir da árvore por Keelie, preenchendo aquela caixa de sua mente. A garota impeliu a energia da árvore para dentro da coruja doente e seu entorno.

Keelie visualizou Moon saudável e manteve essa imagem na mente. Conforme a energia arbórea, que formigava em sua pele, fluía em seu corpo, a garota imaginou a luz clorofilada dissolvendo as trevas que infectavam a ave.

Ficou imóvel, mantendo a coruja na magia curativa do álamo, até começar a se sentir fraca e seus joelhos debilitarem-se. Ela endireitou o joelho direito e se apoiou na árvore, e o contato permitiu que a energia fluísse ainda mais.

Após alguns minutos, Keelie caiu no chão. O corpo leve de Moon se tornara um fardo pesado.

— Sinto muito — sussurrou a garota. Já não conseguia segurá-la mais.

Ela sentiu uma última carícia clorofilada da árvore e um murmúrio de despedida, *filha do Pastor das Árvores,* então ouviu Cameron dizer:

— Você conseguiu, Keelie. Salvou Moon.

A garota abriu os olhos e viu a treinadora acariciando a coruja-das-neves apoiada em seu peito. Keelie sentiu-se a um só tempo exausta e feliz. Salvara a vida de Moon com a ajuda da árvore.

Zeke se inclinou, o rosto assomando diante da filha.

— Você está bem?

Ela anuiu e, em seguida, estendeu a mão atrás de si para acariciar a casca da árvore.

— Obrigada — sussurrou.

Você é amiga das árvores, murmurou o álamo.

Keelie começou a ouvir um zumbido, como se houvesse um mosquito voando por perto. Ela escutara aquele ruído antes quando ele perseguira Knot.

Ela virou a cabeça, seguindo o som, e viu um inseto pousando na casca suave do álamo. Ele reluziu, com os olhos perspicazes voltados para a garota, e estendeu as asas.

Keelie não desgrudou os olhos do inseto, achando que ele partiria se ela fechasse os olhos. Muito acontecera, e já não podia mais deixar de acreditar.

— Keelie, não. — O tom de voz do pai pareceu premente.

— Você é uma fada? — Ela aproximou o rosto do inseto grande, e ele recuou um pouco. Estendeu a mão e, em seguida, o bicho aproximou-se e pôs uma perna em seu dedo.

Então o inseto recuou, e um borrifo tênue atingiu a face de Keelie. As partículas pareceram adquirir vida. Em instantes tinham atingido seus olhos, dando a impressão de ganhar velocidade à medida que chegavam perto deles.

Keelie ouviu a si mesma tossir e, depois, tudo ficou escuro.

12

Se a sensação de ressaca fosse aquela, não chegaria perto de bebidas alcoólicas, pensou Keelie, acabada. Sua cabeça latejava junto com as batidas de seu coração. Ela puxou as cobertas para cima, até a altura do peito, e fez uma careta por causa do ruído alto dos lençóis roçando sua pele.

Raven segurou um vestido verde com bilhões de metros de tecido nas mangas rastejantes.

— Que tal este aqui?

Laços verdes destacavam-se do vestido. Devia haver algo errado. Keelie desejou ter aceitado o chá de casca de salgueiro enviado por Janice. Pó de fada idiota. Quando pusesse as mãos naquele terrorista miúdo, ele ia servir de comida para Knot. Mas como distinguir um inseto-fada de um inseto de verdade?

— Keelie? Este vestido? — Raven a observava com as sobrancelhas arqueadas.

A garota tirou as cobertas.

— Exagerado — sussurrou, desejando que a amiga também o fizesse. — Tentador demais para Knot. Claro que ele poderia se sufocar nele, o que seria uma vantagem. — Tinha sido o gato que irritara as fadas primeiro, de qualquer forma.

Fadas. Keelie soltou um gemido e pressionou a palma da mão na testa.

— Raven, você poderia me deixar sozinha, por favor? Preciso morrer.

— De jeito nenhum — respondeu a outra, com um largo sorriso. Seus dentes eram tão, tão... brilhantes.

Raven sorriu e pendurou o vestido no cabideiro de madeira que ela e Janice haviam levado, cheio de fantasias para Keelie provar. Pegou o próximo.

Keelie gemeu de novo. Naquela manhã se sentara rigidamente, com o coração em disparada, lembrando-se de Moon, do álamo, da criaturinha de gravetos e do inseto venenoso. A terrível dor de cabeça perdurava, como se alguém estivesse a um só tempo batendo na parte posterior dela e apertando suas têmporas, como os foles que os ferreiros usavam nas bigornas.

Fadas zangadas, dissera Zeke. Ela perdera toda a tarde adormecida por causa do pó de fada. Ele também mencionara que a criaturinha devia ter ficado brava com Keelie por ela ter curado Moon. Se a garota não tivesse visto com os próprios olhos, teria pensado se tratar de mais uma das esquisitices do pai. Claro que tudo o que ocorrera no prado fazia Zeke parecer menos estranho a cada instante.

— Você precisa daquele chá para dor de cabeça — disse Raven.

— Pode trazer. Quero um duplo. — Keelie olhou ao redor, verificando se a horripilante criaturinha voadora estava por ali, em algum lugar. — Por que as fadas me atingiram?

A amiga deu uns tapinhas em seu ombro.

— Seu pai está averiguando. — Ela deu uma olhada nos vestidos do cabideiro. — Você pode ficar deitada um pouco mais, mas é até melhor se mover.

Zeke já fora para a loja quando a filha acordara do sono provocado pela fada e descobrira que sua mão estava verde. Janice estivera sentada ao lado de Keelie, com uma xícara de chá reconfortante, adoçado com mel, pronto para ela. O líquido já esfriara àquela altura. Raven assumira a função depois de uma hora, quando a mãe voltara à loja para cuidar da contabilidade.

Keelie estendeu a mão para pegar a xícara oferecida pela amiga.

— Então você acredita em fadas também? — O chá estava gelado, mas seu aroma era delicioso.

— Eu nunca as vi. Mamãe as chama de *bhata*. — Raven pronunciou "uata" e deu a impressão de estar meio triste. — Mas o tal do Barrete Vermelho que está deixando todo mundo preocupado? Já vi o que ele pode fazer. Dois caras quase se mataram no Condado por causa de um MP3 perdido, e nenhum deles era do tipo brigão. Foi a má vibração, muito esquisito. Estranho de dar medo.

— Estranho de dar medo? Vindo da mulher-que-adora-filmes-de-terror?

— Ei, não gosto de participar deles! — Raven inclinou o fundo da xícara com o dedo. — Tome, criança, depois vamos fazer seu sangue circular.

Keelie obedeceu e tomou tudo. Logo se sentiu melhor, embora o quarto ainda pendesse para a esquerda se ela virasse a cabeça rápido demais.

— Como assim, fazer o meu sangue circular?

Raven a olhou de um jeito misterioso e, então, pegou no chão um longo lenço preto, cheio de moedinhas douradas retinintes. Em seguida, levantou-se e agitou o quadril ao amarrar o lenço em torno dele e dar um nó na frente.

— Hora da sua lição.

— Agora? Raven, eu estou morrendo. Não é um bom momento.

— Levanta, preguiçosa. Dançar vai fazer você se sentir melhor, eu prometo. — Ela pegou as cobertas e puxou-as até o chão, expondo ao frio o pobre corpo moribundo de Keelie.

— Puxa, quanta crueldade. Agora vou morrer de pneumonia também.

Debaixo da cama, Knot ronronou.

Keelie ficou de bruços e abaixou a cabeça até a beira da cama, segurando as laterais do colchão para se apoiar. Debaixo dela, o gato mastigava uma de suas meias, babando sobre o tecido retalhado.

— Eu fui atingida por uma fada por sua causa, bola peluda. — Ficar de cabeça para baixo não foi uma boa ideia. Sua cabeça latejou ainda mais.

Knot a fitou com os imensos olhos verdes, então tentou golpeá-la com a pata. Assim que ele se moveu, ela viu seu celular aparecendo sob sua lateral gorducha.

— Ei, meu celular! — Keelie estendeu a mão e o agarrou, evitando as patas do gato. Então, tentou se endireitar, mas escorregou e caiu da cama, batendo o quadril no assoalho.

Raven tirou o celular de sua mão.

— Eca, está coberto de lama seca. — Ela raspou a cobertura enlameada com a unha. — Acho que não vai funcionar mais.

Keelie continuava deitada no chão, olhando para cima. A qualquer momento peritos de cena de crime apareceriam para traçar seu contorno com giz.

— Mas nunca se sabe com certeza — prosseguiu Raven. — Talvez se você o limpar com cuidado e secar bem rápido funcione.

A garota fechou os olhos.

— Preciso que funcione. É a única ligação com minhas amigas em Los Angeles. — Ela teve a impressão de que ouviu Raven soltar um resmungo, mas achou que provavelmente se equivocara. — Ontem foi tão estranho. Pareceu um sonho. O dia começou normal, mas depois saiu do controle. Acho que vi Knot de botas lutando contra aquelas fadas de gravetos, empunhando uma espada.

— Eu não ficaria surpresa. — Foi a resposta da amiga. — Knot é uma criatura interessante. Até um mistério, como o Triângulo das Bermudas.

— Mistério? Eu diria miséria. E me vem um monte de outras palavras para descrever esse gato também.

Aquele comentário fez Raven rir.

Knot ronronou ao se esfregar nas pernas da amiga de Keelie. Raven deu um passo atrás.

— Ai, que nojo. Agora estou cheia de baba de gato. Ele babou toda a minha bota feita sob medida.

Algo pesado pousou na cama, em cima da cabeça de Keelie. Ela nem precisava olhar para saber que se tratava da bola peluda. Ele ronronou.

— Posso ver o vestido depois? Acho que preciso voltar para a cama. — Keelie pegou os óculos escuros que colocara no criado-mudo no dia em que chegara e os pôs. Mais escuro, porém melhor.

— Eles ajudam? Você ainda está meio verde.

A garota abriu os olhos.

— Pelo menos não estou vendo serpentina verde saindo da sua cabeça.

Raven ajeitou a parte de cima dos cabelos pretos.

— Ainda bem. Verde com certeza não é a minha cor. — Ela fez um gesto em direção ao cabideiro cheio de vestidos. — Aqui tem duas lingeries, aquelas duas brancas, que podem ser usadas também como camisolas. Há ainda três vestidos para você, incluindo aquele verde, e a mamãe já mediu seus pés para as botas medievais. São um meio-termo entre sapatilha e botas. Superconfortáveis, antilama. Você deve recebê-las daqui a alguns dias.

Daqui a alguns dias, Keelie esperava estar longe dali. Sentia-se culpada por aceitar aquelas fantasias, mas precisava de roupas para usar até lá e, além do mais, poderia vesti-las quando fosse visitar o pai. Não poderiam sair de moda ou algo assim, já que tinham passado uns quatrocentos anos da data de validade.

— Você e sua mãe são tão legais. Essas realmente são diferentes daquela roupa do show de lama. — Keelie tinha certeza de que Elia encontraria algum comentário irritante para fazer de suas novas roupas e faria questão de lembrar a todos a estampa brega de mãos da sua antiga fantasia. Ela se perguntava o quanto aquela menina sabia a respeito das fadas. Será que também podia ver todos aqueles troços estranhos, ou seria algo relacionado à família? Keelie lembrou-se de como a chuva nem tocara em Elia quando todos os demais ficaram encharcados.

Keelie passou a mão direita na camisola. A pele na parte de cima e nos dedos continuava verde, mas já não transmitia a sensação de estar queimada do sol.

Raven não podia ver fadas nem faces em árvores. E se Keelie acabasse tendo mais em comum com Elia do que com a amiga? Estremeceu. De jeito nenhum.

— Sir Davey deixou café para você. Está na cozinha. Mandou que tomasse uns goles, dando um intervalo de alguns minutos entre eles.

— Obrigada. — Café como remédio. Demais mesmo. Ela também precisava conversar com Sir Davey. Ele mencionara a magia terrena. Talvez tivesse sido isso que ela fizera no dia anterior.

— Prometo que vou voltar mais tarde. Tenho que dar uma olhada no que está acontecendo no prado.

— No prado? O quê? — Keelie sentou-se e, em seguida, segurou a cabeça. Caramba. Como se já não estivesse latejando há horas. Ela se recordou do anão maníaco assustador de barrete vermelho e do troço que vivia no riacho. — O que está acontecendo no prado? É Moon? Ela está bem?

Raven ajudou a garota a se levantar.

— Moon está melhorando. Lembra o que falei? Não se preocupe com o que está acontecendo. Tem a ver com o Condado. Nossa festa ontem fugiu um pouco do controle. Eu volto. Prometo. Eu e Peles vamos lá investigar umas coisas. Aviva, uma das minhas amigas dançarinas do ventre, perdeu um anel de prata com folhas de sorveira-brava em alto-relevo. É uma herança de família. Talvez a gente encontre o MP3 que está faltando.

— Está bem. Se você promete que vai voltar e me contar tudo.

— O Condado fez festa, ela ficou verde. Se não se sentisse tão mal, brincaria a respeito. — Posso adiar para outro dia a oferta da aula de dança?

— A-hã. Descanse e, quando se sentir melhor, vou mostrar a você como remexer o quadril. — Raven ajudou-a a se deitar.

— Fazer o que com o quadril? — A garota apoiou-se nos cotovelos.

A amiga ergueu o quadril e, em seguida, baixou-o, num movimento suave e gracioso. Então, repetiu o movimento diversas vezes, fazendo as moedinhas no lenço tinirem como um pandeiro. A cabeça de Knot movia-se para baixo e para cima como um ioiô peludo de gatinho enquanto ele acompanhava o rebolado de Raven; Keelie ficou tonta. A amiga parou. A garota se deixou cair no travesseiro.

— Eu nunca vou conseguir fazer isso.

— Provavelmente não. Você é tão californiana. Até mais. — Raven saiu do quarto, mas, em seguida, voltou a meter a cabeça pelo vão, sorrindo. — Aliás, você perdeu a maior noitada, mas eu entendo. Foi por uma boa causa. — A amiga sumiu de vista de novo, Keelie ouviu o barulho da porta e a voz da amiga dizer: — Oi, Zeke. Ela está bem melhor.

O som de passos ressoou no piso de madeira, incomodando a garota, que fez uma careta, então seu pai apareceu na entrada cortinada.

— Bom ver você sentada. — Ele estava com uma bandeja, e nela havia uma jarra de prata com tampa de vidro em que reluziam diversas pedras semipreciosas. Ela sentiu o aroma de café. — Achei que seria bom trazer um pouco do café "acabe com o que quer que esteja lhe dando dor de cabeça" de Sir Davey.

A filha anuiu.

— Café. Ótimo. Ainda estou viva. Assustada, mas viva.

— Quer ouvir uma boa notícia? — O pai colocou a bandeja no criado-mudo e serviu café numa caneca de cerâmica verde, com uma folha dourada estampada em relevo.

— Sobre?

Ele lhe entregou a caneca, que ela segurou com as mãos. Keelie sentiu o calor passar para sua pele e, em seguida, tomou a bebida forte, porém gostosa. Na mesma hora, o latejar de sua cabeça cessou.

— Parece que sua bagagem chegou a Londres. — Zeke sorria, mas havia preocupação em seus olhos. Ele não acreditava que a filha estivesse bem.

— Londres. Tipo na Inglaterra. Na Grã-Bretanha. — A cabeça de Keelie deu uma palpitada. Não deveria ter concordado. Ela sorveu mais do café de Sir Davey.

— Está cada vez mais perto. Deverá chegar à cidade de Nova York daqui a alguns dias. Nova York, tipo no Estado de Nova York. Nos Estados Unidos. — Ele sorriu. — Por que você não deita e descansa?

— Eu estou bem. Quero colocar minha roupa nova. Já me sinto melhor. Acho que posso me mexer agora. — A cabeça ainda rodopiava, mas não tanto quanto antes.

Apesar da dor de cabeça, ela ficou feliz com a boa notícia. Tudo andava bem. Sua bagagem, incluindo as fotos da mãe e seu coelhinho de pelúcia, estava a caminho e voltaria para as suas mãos. Keelie precisava ver as fotografias da mãe. Precisava se certificar de que se lembrava do rosto dela exatamente como era. E o abraço de um bichinho de pelúcia cairia bem naquele momento.

— Se você não se importar, eu queria chamar umas pessoas aqui para conversar sobre assuntos relacionados ao festival hoje à noite. Só Janice e Sir Davey. Eles também estão preocupados com você, e eu não queria deixá-la sozinha. Nós podemos mudar a reunião se for um incômodo para você. — Ele olhou para as mãos, a voz suave aprofundando-se por causa do pesar. — Eu me sinto mal pelo que aconteceu, Keelie, e também por você ter tido que lidar com aquilo sem estar preparada.

A filha abraçou a si mesma. Será que o pai a carregara de volta desde o prado? Ela não se recordava de nada desde a mordida de inseto ou seja lá o que tinha sido aquilo.

— Você fica falando que a gente precisa conversar — disse Keelie. — Me conte agora.

Ele deu de ombros, aparentando estar prestes a dizer algo, mas depois mudou de ideia. Após pensar por um instante, ergueu a cabeça e olhou-a.

— Lembra a árvore com a qual eu trabalhei ontem?

— Como podia esquecer? — respondeu a filha.

— Você mencionou algo sobre uma alergia, então as fadas atacaram Knot, e não conversamos de novo. O que quis dizer?

— Mamãe dizia que eu era alérgica a madeira, desde que as árvores falaram comigo no parque quando eu tinha cinco anos e contei isso para ela. Dizia que era uma ilusão provocada pela alergia.

Ele fez uma expressão carrancuda.

— Sua mãe queria proteger você e foi o que fez, da forma que julgava adequada. Mas você não tem nenhuma alergia, Keelie.

— Foi o que pensei. Tudo piorou desde que cheguei aqui, apesar de eu não estar me coçando nem espirrando. Eu vinha escutando as árvores. Posso sentir todas elas na pele. Isso também acontece com você?

— A-hã. — Seus olhos verdes cor de folha focavam direto nela.

— E aquela face triste no carvalho da sua loja era real. Sei disso agora, porque vi um rosto no álamo também. Ele conversou comigo. — Keelie prendeu a respiração, perguntando-se se o pai confiaria nela e contaria a verdade.

Zeke assentiu, pensativo.

— Eu vi a troca de energia. Você já tinha feito aquilo antes?

Keelie balançou a cabeça.

— Sentia o espírito das árvores na Califórnia?

— Sentia. Bom, um pouco. Não tinha muita árvore lá onde a gente morava. Mas aqui... Pai, só de tocar na madeira eu sei qual é e de onde veio. Por quê? Você também pode fazer isso?

— Posso. Somos mais sintonizados com a natureza do que outras criaturas, Keelie. Todas as árvores têm espíritos, e suas raízes absorvem nas profundezas a magia curativa da Terra. Existem os que ajudam as árvores, evitando que as forças malévolas lhes causem danos e, em troca, elas permitem que eles usem sua magia.

— O álamo me chamou de filha do Pastor das Árvores — disse a menina.

— Sou um dos pastores. — Seu pai pareceu fatigado. — Pelo visto, você também é um deles. Eu esperava por isso.

Ela abaixou os óculos escuros.

— Sei. Eles não chegaram a tratar disso no Dia das Profissões na escola. O emprego dos meus sonhos não é passear pela floresta, regando árvores e conversando com elas sobre esquilos e fadas zangadas.

Zeke deu uma risadinha.

— Não é exatamente isso o que eu faço, e os professores da sua antiga escola não fazem a menor ideia, mas você precisa aprender a controlar o seu dom.

— E se eu ignorar esse talento? Até agora só tem me dado muita dor de cabeça. — Literalmente.

— Você não pode ignorá-lo. Não numa floresta. Keelie, estou tão orgulhoso de você. O que fez exigiu muita coragem. Cameron não para de falar sobre o que você fez por Moon.

Os olhos da garota ficaram marejados de novo. Ainda bem que usava óculos escuros, estavam virando um pantanal. Daquela vez, suas lágrimas não eram de pesar. O pai se orgulhava dela.

— Vou descer daqui a pouco e mostrar para você minha roupa nova. Foi escolhida por Janice e Raven.

O pai sorriu e tocou seu rosto.

— Tenho certeza de que você vai encantar todo mundo. Você ficou linda até naquela fantasia do show de lama. Mas fique longe dos piratas!

Do que ele sabia?

— Eles também têm poderes mágicos?

— Não. A maioria deles não passa de universitários com hormônios em alta em busca de garotas bonitas.

Depois de três xícaras do café de Sir Davey, a dor de cabeça de Keelie praticamente passou; porém, ela precisava muito ir ao banheiro. A garota sentou-se com cuidado e baixou as pernas na lateral da cama. Até aí, tudo bem.

— Você quer ajuda? — quis saber o pai.

— Não. Estou bem. Raven disse que eu tinha que me mexer.

— Tem certeza?

— Tenho.

— Preciso ir cuidar de algo rapidinho na loja. Quero ter certeza de que Scott está lidando com a clientela e as vendas direito. Às vezes ele fica meio sobrecarregado.

— Já estou melhor. Pode ir.

Quando Zeke foi embora, Knot abriu os olhos e bocejou. Então saltou até o assoalho, na frente das roupas trazidas por Raven.

Keelie avisou:

— Nem olhe para elas. Se mijar aí, vou ter novos protetores de orelha de pelo de gato.

Ao voltar à cama alguns minutos depois, ela se deu conta de que sua dor de cabeça tinha passado por completo. E também de que já não estava verde, para sua satisfação. Seria ótimo não ter que perambular por ali como a prima humana do sapo Caco.

Muita gente caminhava diante da loja e, não muito longe dali, ovações ressoavam por causa da justa. Será que Sean estava participando naquele dia? Provavelmente. Ela deu uma olhada no cabideiro, as cores dos vestidos reluzindo como joias. Cuidado, Elia, Keelie ia se vestir para arrasar.

— Como será que está Moon? — perguntou a garota ao gato, mas ele tinha sumido.

Depois de tudo o que tinha enfrentado para curar a coruja, queria ter certeza de que ela estava se recuperando. O caminho até as gaiolas passava pela pista de justa. Talvez ela deparasse com Sean no caminho, e ele poderia notar seu novo visual. Tchauzinho, Garota da Lama.

Lá fora, trovejou em algum lugar distante. Será que parava de chover em algum momento, ali? Mais parecia Seattle, não Colorado. Keelie ficou feliz por Janice e Raven terem lhe conseguido um manto de lã. O capuz amplo em estilo irlandês, com a borda franzida, deixava-a ver tudo sem sentir claustrofobia.

Keelie vestiu-se e ficou satisfeita ao perceber que as mangas grandes eram confortáveis. Ao sair do apartamento, uma delas prendeu na porta, fazendo-a parar de supetão e cair no patamar da escada.

— Pai, vou dar uma volta — gritou ao passar pela loja.

Ele estava ocupado, mostrando uma cadeira para uma cliente com um enorme decote. Outra perambulava por ali, ansiando chamar a atenção dele. Claro.

Zeke ergueu os olhos e acenou para a filha; em seguida, mostrou-se surpreso ao reparar em sua roupa.

— Pelo visto a infusão de Sir Davey fez efeito. — Ele lhe fez uma reverência com um floreio, e ela retribuiu com o que pensou ser a versão feminina da mesura, depois pegou a trilha rumo à pista de justa.

Keelie reconheceu os tons verde e prateado, preto e dourado de Sean conforme ele percorreu a arena antes de ir para a liça. Ela fez uma pausa perto da plateia e observou um escudeiro jogar para o rapaz uma lança longa. Ele a pegou como se nada pesasse, embora a garota soubesse que eram armas difíceis de manusear, nem um pouco leves. Do interior de seu manto, a garota sussurrou:

— Vai, meu bravo cavaleiro, vai.

— Ah, mas que doçura é essa diante de mim?

Keelie conhecia aquela voz. Donald Satterfield, vulgo capitão Dandy Randy, seu caloroso pirata. Ela deu a volta, deixando cair o capuz.

Ele cambaleou um pouco para trás.

— Uau. Você. — Então se recuperou e levou a mão ao peito.

— Ah, mocinha. Você fez meu coração parar de bater. Só tem um remédio para isso. Um beijo, doçura, dos lábios seus. — Ele se apoiou na árvore, bloqueando a visão de Keelie da justa, e estendeu os braços, dando beijos ruidosos.

Ela se afastou quando ele se inclinou em sua direção, fazendo beicinho, cheirando a hidromel.

— Vai embora. Não estou interessada.

— Mas, mocinha, parece que o Cupido conspira para nos unir.

— Você está bêbado. — A garota fez uma careta e se virou para ir embora, mas parou quando o ouviu rir atrás dela.

Ele parara de oscilar e ficara imóvel.

— Keelie, minha querida. Acha mesmo que a administração do festival ia me deixar ficar bebum entre os mundanos? Iam dar um chute no meu traseiro de pirata e me despedir. Só tomei um gole antes de falar para tornar tudo verídico para os convidados. — Ele fez uma reverência e um gesto de despedida com o chapéu na mão esquerda, mantendo a direita diante do peito.

Ela ficou rubra. Claro. Já devia saber.

O capitão Dandy Randy deu uma piscada e colocou de novo seu enorme chapéu de pirata.

— A gente se vê por aí, amada. E, pode crer, vou me encontrar com você. O capitão Randy sempre vence suas batalhas.

Ouviram-se ovações atrás dela. Keelie deu a volta e ficou diante de uma multidão, com algumas pessoas vestidas a caráter, outras de roupas comuns. As pessoas batiam palmas e assobiavam. A garota girou de novo para ver o capitão Randy fazendo uma ampla mesura.

— Faz uma reverência — sussurrou ele.

Ela se abaixou, segurando a saia.

— Piratas. — Como o capitão Randy ousava usá-la como material de uma de suas atuações improvisadas? Que tipo de lugar era aquele, em que sua vida privada fazia parte do valor do ingresso?

Trovejou de novo, e a multidão começou a se dispersar. Um sujeito conduziu os filhos para a saída, afirmando:

— Está na hora de ir para casa.

O vento passou a toda pelas árvores, e o galho de um enorme carvalho despencou no solo. Keelie sentiu a árvore sacolejar; o ramo já estava meio seco.

Um forte cheiro de ozônio penetrou as narinas da garota e, em seguida, seus cabelos eriçaram. Um raio atingiu o piso ali perto. As pessoas, chamadas pelos comerciantes, começaram a procurar abrigo nas barracas mais próximas.

Keelie ergueu a cabeça. As nuvens rodopiavam desenfreadamente no alto, como espíritos vingativos. A chuva bateu em seu rosto, caindo em cascata do céu. Riachinhos lamacentos formaram-se ao longo do caminho na terra, levando gravetos e fragmentos de casca de pinheiro. A garota ergueu a saia e foi correndo para as gaiolas. Queria dar uma olhada em Ariel e Moon antes de voltar para Heartwood. Assim que chegou à Trilha do Ferrageiro, percebeu que não poderia mais correr. A chuva transformara o caminho num lamaçal escorregadio e traiçoeiro. Ao menos Keelie não precisava se preocupar com deslizamentos de terra como na Califórnia. Enquanto andava depressa, a bainha ensopada das saias batia em seu tornozelo. Ela podia jurar que ouvira a voz daquele sórdido Barrete Vermelho em meio ao vento.

Keelie ergueu a cabeça de novo. O céu apresentava um tom esverdeado fora do comum. Céu verde? Não podia ser bom sinal. Ela se lembrou dos avisos anteriores de tornado e do firmamento com aquela mesma cor de sopa de ervilha. Estava com saudades do sol. Havia dias que não sentia seu calor no rosto. As árvores sacudiam conforme o vento as fustigava. Elas concordavam. Já passara muito tempo desde que o sol tocara suas copas, levando suas raízes a ansiarem pela energia estimulante que as alimentava.

Por todas as partes, as lojas encontravam-se lotadas de mundanos tentando não se molhar. As gaiolas ficavam mais adiante, e Keelie se apressou para entrar no abrigo oferecido pelas lonas que cobriam a área. O cheiro almiscarado das aves a envolveu.

Os ajudantes de Cameron corriam de um lado para o outro, soltando as gaiolas das aves de rapina de seus suportes.

— O que está fazendo aqui? — perguntou Cameron, de um jeito frenético. Todos trabalhavam com rapidez e precisão, mas havia uma pontada de medo em seus movimentos. — Não viu o Canal do Tempo? Uma frente fria está passando por aqui, e deparou com uma quente, que surgiu do nada. Tem avisos de tornado por toda parte. A segurança está retirando os visitantes.

O vento ergueu a lona da gaiola de um abutre. Ele crocitou. Um belo mocho-orelhudo agitou as asas de forma frenética contra a gaiola. Ariel soltou um grasnido quando Keelie correu até ela.

— Cameron, preciso tirá-la daqui?

Tirando Moon com cuidado da gaiola, a treinadora disse:

— Precisa. Encontre uma gaiola portátil para ela.

Cameron colocou a coruja em uma que fez Keelie se lembrar da que a mãe de Laurie usava para o gato himalaico, Pickles.

Assim que Keelie conseguiu colocar Ariel na gaiola portátil, o falcão lhe deu uma bicada na mão. Saiu sangue, mas a garota segurou com firmeza a alça, receando derrubá-lo.

— Aonde vamos levar as aves? — Precisou gritar para que Cameron a escutasse em meio ao uivo cada vez maior do vento.

— Para a frente da loja de Sir Davey. É o abrigo mais forte. Ande logo. — Cameron saiu correndo na frente.

Keelie se perguntou onde estaria o pai e ficou preocupada com ele. Envolvendo seu manto em torno da gaiola de Ariel para tentar acalmar o falcão agitado, ela seguiu Cameron. James juntava, com agilidade e rapidez, as outras aves. Eles as colocaram na parte de trás de um jipe, empilhando as gaiolas de forma precária.

Keelie foi correndo até a loja de Sir Davey, mais preocupada com a segurança de Ariel do que com seu próprio bem-estar. Sua saia grudava em torno das pernas. Granizo já a atingia conforme ela atravessava a pequena clareira rumo à Trilha do Ferrageiro e à loja Horda de Dragões. Precisava manter a concentração, evitando o temor das árvores por causa da proximidade da tempestade. Caso se abrisse para elas, o pânico a deixaria paralisada.

Sir Davey vociferava ordens.

— Coloquem essas aves nos fundos. Elas ficarão mais seguras lá. — Suas sobrancelhas grisalhas ergueram-se como lagartas peludas quando ele viu Keelie. — O que está fazendo fora da cama depois do que aconteceu na noite passada, moçoila? Seu pai sabe que você está aqui?

— Seu café ótimo e forte me curou na hora. — Keelie puxou o manto para trás e mostrou a gaiola de Ariel. O falcão movia-se de um lado para o outro no poleiro. Seus grasnidos fizeram os ouvidos da garota doerem. O barulho da chuva batendo no teto de metal não ajudou.

Sir Davey balançou a cabeça.

— Vejo o que acontece. Há um elo entre você e o falcão. Agora vão os dois para os fundos. E fiquem lá.

Algo rígido caiu no teto de metal da loja de Sir Davey, seguido de mais estrondos. O granizo aumentava de tamanho. Keelie encolheu-se perto de Ariel e sussurrou para o falcão:

— Vai ficar tudo bem. Estou aqui. — Pensamento ridículo. Se um tornado atingisse a construção, ambos morreriam.

Houve mais gritos na parte da frente da loja. Cameron bradava algo para James. O vento uivante abafou a resposta dele. Da rádio meteorológica soaram bipes e, em seguida, a voz robótica e monótona do locutor anunciou:

— Aviso de tornado na região metropolitana de Fort Collins, incluindo a área de Montanha Alta.

Sir Davey entrou com sua ginga característica na saleta da loja e resmungou consigo mesmo ao carregar uma gaiola quase tão grande quanto ele. Nela, o urubu-de-cabeça-vermelha agitava as asas e grasnava.

Colocando de forma ruidosa a gaiola perto de Ariel, Sir Davey comentou:

— Fique de olho neste danado, é um encrenqueiro. — Ele deu a volta. — Quando eu descobrir quem ou o que está por trás desta tempestade, vou lançar um feitiço para lhe dar uma lição.

Estremecendo, Keelie ergueu os olhos.

— Você acha que esta tempestade foi provocada de propósito? Quem poderia fazer isso? — Talvez a cantoria que ela pensou ter ouvido em meio ao vento realmente tivesse sido do Barrete Vermelho. Será que aquele capetinha era tão poderoso assim?

O urubu-de-cabeça-vermelha bateu as asas, fazendo suas penas roçarem o braço de Keelie pela gaiola. A garota queria se afastar da ave feiosa, mas o bicho parou de grasnar e inclinou a cabeça careca como se a estivesse estudando, tentando entendê-la. Então, dobrou as asas com calma. O veredicto havia sido dado: gostava dela. Keelie não sabia se isso era bom ou não.

Vinte minutos depois de eles se abrigarem, a tempestade passou. Quando os ajudantes de Cameron saíram para avaliar os estragos, Sir Davey voltou com Keelie até Heartwood.

— Cameron está muito satisfeita com você. Sua ajuda fez toda a diferença hoje.

A garota enrubesceu. Ajudara Ariel com o maior prazer, mas era bom ter seus esforços reconhecidos.

— Sir Davey, o senhor disse que achava que alguém ou algo tinha causado essa tempestade. Acha que foi o Barrete Vermelho?

Ele a fitou sob a borda do chapéu.

— Não o mencione em voz alta na floresta. As pobres árvores acabaram de enfrentar uma tempestade. Já estão traumatizadas o bastante.

Keelie olhou para cima e fitou os troncos altos ao redor dos dois. Sólidos e impassíveis. Mais calados do que nunca. Mas ela podia sentir a energia apreensiva que fluía em suas seivas. Fluía para cima e para baixo em sua pele como um milhão de formigas. A garota esfregou os braços pelas mangas longas.

— Como podemos nos livrar dele se não podemos falar a seu respeito?

Sir Davey segurou o braço dela com a mão firme.

— Deixe isso por conta dos adultos, moçoila. É perigoso demais para você. Ainda não está acostumada com magia e, embora seja forte, não sabe onde se mete.

Passadas fortes ressoaram na lama atrás deles. Era James.

— Todas as gaiolas viraram, e as lonas sumiram. Cameron quer saber se as aves podem ficar onde estão.

— Podem. — Sir Davey ficou pasmo. — Todas aquelas aves na minha loja? A Horda de Dragões virou um verdadeiro poleiro.

O aviso dele sobre o Barrete Vermelho fora sensato, mas Keelie vira os nauseantes cogumelos em putrefação em ambos os lados do caminho e em torno da loja.

— É bom que a nossa reunião já esteja marcada. Na verdade, acho que vou ficar e dormir no sofá do seu pai. Aquele cheiro de aves.

Na loja, não havia nenhum sinal de Knot, felizmente.

— Zeke está esperando pelo senhor lá em cima, Sir Davey — disse Scott. Em seguida, olhou para Keelie. — Você está toda molhada.

— Obrigada, Lorde Óbvio. — Ela precisava colocar roupas secas e pendurar aquelas molhadas, para mantê-las longe do alcance do gato. Lá em cima, Janice estava sentada, sorvendo a bebida de uma caneca verde decorada com árvores douradas. O líquido fumegava, e o aroma de hortelã espalhava-se no ar. O pai de Keelie estava ao fogão, despejando água fervente na panela.

Ele parou o que fazia e foi abraçá-la, soltando-a depressa, antes que ela pudesse protestar.

— Fiquei tão preocupado com você durante a tempestade, mas depois fiquei sabendo que estava com Sir Davey. Está tudo bem na área das gaiolas?

— Lá está o maior tumulto, mas as aves estão bem. — Keelie falou mais baixo. — Zeke, as árvores estavam com medo. Elas me transmitiram isso quando a tempestade chegou.

O pai suspirou.

— Elas também me passaram esse sentimento. A magia negra perturbou o equilíbrio energético na floresta.

— Encontramos cogumelos, Zeke, e isso não é bom — comentou Janice, que se levantara do sofá e fora até a cozinha. Então colocou a caneca na mesa da cozinha, as pulseiras tinindo. Keelie notou que usava um suéter roxo e jeans, roupas normais, para variar um pouco. Estava com ótimo visual.

— Também vi cogumelos. Estavam por toda parte na Horda de Dragões.

— Dá para sentir o cheiro deles antes mesmo de vê-los. — As sobrancelhas de lagarta de Sir Davey vibraram. — Aquelas aves vão ficar na minha loja até que as gaiolas sejam consertadas. Você se importa se eu passar a noite aqui, Zeke?

— Boa ideia. Tem outra frente fria chegando, e o tempo pode piorar de novo. — Ele deu à filha uma xícara de chá. — Posso fazer café para vocês dois. Ainda sobrou um pouco.

— Você tem café? — Janice arregalou os olhos.

Zeke deu de ombros.

— Um pouco da mistura de Sir Davey. Ele a trouxe para Keelie esta manhã. Ela passou meio mal depois da empolgação de salvar Moon.

— Eu tomo suco de laranja se não tiver problema. — A garota ansiava pelos raios de sol, e algo que os lembrasse, mesmo remotamente, já quebrava o galho.

— Nada de café? — O pai deu a impressão de ter ficado chocado.

Sir Davey pegou a mão de Keelie e a virou. Um tom verde perdurava na palma.

— Muita acidez vai desequilibrar a fotossíntese que o corpo dela está tentando neutralizar. Nada de suco de laranja.

— Café, então. — Keelie sentou-se no sofá e abraçou uma almofada esverdeada. — Estou cansada. — Ela se inclinou para a frente para examinar os mapas meteorológicos espalhados na mesa de centro. Estranhos símbolos rúnicos haviam sido traçados nas Montanhas Rochosas. Havia pontos verdes delimitando as florestas. Em algumas delas, escrevera-se "Sensitivas". E havia pontos de tom marrom em que se marcara "Terra". A garota perguntou: — O que significa isso?

— Esses são os centros de magia sobre as montanhas — explicou o pai.

Sir Davey sentou-se perto de Keelie.

— Não há muitos centros de magia terrena, porém eles são profundos e ancestrais. Florestas aparecem e desaparecem, mas a terra está ali para sempre.

— Como funciona essa magia?

— Pensei que nunca ia perguntar! — Sir Davey deu um largo sorriso para ela. — Estenda a mão. Não tenha medo. — Keelie o fez, com a palma da mão virada para cima, e ele colocou uma bola gelada de argila fresca, não assada, na mão dela. O material era, a um só tempo, rígido e flexível, mas, felizmente, não era como a lama. Onde o anão o conseguira? A garota o imaginou perambulando por lá com bolas de lodo nos bolsos. — Lembre, Keelie. Lembre-se de tortas de lama, de caixas de areia, de pisadas em poças numa noite quente de verão.

Ela fechou os olhos e envolveu a argila gelada com os dedos. Era reconfortante, como um bálsamo para seu coração ferido. Sua fadiga diminuiu.

A lembrança de brincar com água, junto com Laurie, na piscina inflável cor-de-rosa da amiga lhe veio à mente, de súbito, com clareza. Ela se esquecera dessa piscina e de como fizera tortas de lama perto dela, organizara chás da tarde debaixo d'água e brincara com as bonecas por horas enquanto a mãe ficava na espreguiçadeira lendo a revista *Glamour*.

Keelie dava risadinhas, recordando-se do sol quente e do esconde-esconde com Laurie no jardim florido. A mãe reclamara dos lírios compridos que a vizinha plantara e que, agora, cresciam no quintal delas, perto da cerca também. De repente, outra lembrança veio à tona. A garota ficou boquiaberta ao se lembrar das pequenas pessoas em forma de inseto que participavam das brincadeiras.

Podia quase sentir o calor de uma noite californiana animada por vaga-lumes que cantavam para Keelie. Ela dançava com as luzinhas, as estrelas reluzindo tanto quanto os pirilampos cintilantes, a pele formigando com a carícia da magia deles.

Quando a mãe avisava "Está na hora de entrar", a filha não queria fazê-lo, e Katherine ligava os refletores. A garota sabia que eles eram mais que insetos, pois sempre desapareciam quando se acendia a luz. Depois do ocorrido na floresta, ela nunca mencionara as fadas para a mãe.

Mãe. Usava short de brim com uma blusa branca bonita, cheia de rosas bordadas no bolso. Keelie apertou com mais força a argila. Queria voltar no tempo e ser de novo aquela garotinha que a mãe ainda colocava para dormir. Não brincaria com as fadas se pudesse tê-la de volta.

A lembrança começou a esvair.

— Não! Mãe, volta!

A garota apertou ainda mais a argila. Então começou a sentir enjoo e cansaço. Abriu os olhos e deixou a lama esmagada cair no chão.

Sir Davey a observava, com os olhos de tom cinza sérios. Keelie fechou os olhos de novo e viu imagens de Moon, do rosto do homem no álamo e da criatura de gravetos voando à sua frente. Por fim, surgiu a face da mãe, exatamente da forma como se recordava dela. A filha não esquecera. Ela abriu os olhos e notou que os do anão estavam marejados. Ele segurou sua mão.

Lágrimas escorreram pelo rosto de Keelie também. Não conseguiu impedi-las. Tentou empurrar toda a tristeza de volta para a caixa que criara para seus sentimentos, mas a fechadura havia sido quebrada. A tristeza sobrepujante já não cabia ali. Crescera demais para que a garota pudesse escondê-la, e não teve outra escolha a não ser deixar parte dela escapulir.

— Mais — sussurrou Keelie.

Sir Davey balançou a cabeça.

— Eu não fiz nada, Keelie. Você evocou essa lembrança sozinha. Seu quartzo funciona da mesma forma que a argila. Elementos da Terra fazem você pôr os pés no chão e focar suas energias sem se distrair.

Ela mal prestou atenção em Sir Davey. Levantou-se, afastando a mão dele. Não queria que argila e cristais a fizessem pôr os pés no chão. Queria a mãe. Keelie andou cambaleante e teria caído se o pai não a tivesse segurado. Ele segurou os braços da filha, e ela relaxou. Só daquela vez se aferraria ao pai. Só daquela vez deixaria que a consolasse, até a tristeza encolher o bastante para poder guardá-la de volta na caixa e construir outra muralha sólida de tijolos ao redor.

Zeke cingiu a filha, que, por sua vez, abraçou-o e chorou em seu ombro. Ele deu um beijo em sua testa.

— Tenho saudades dela também, Keelie. Tenho saudades da minha Katy.

Keelie pediu licença para lavar o rosto. Quando foi até o quarto, Knot se encontrava na cama dela, os estranhos olhos verdes focados na garota. Ela viu o próprio reflexo na janela, diante da escuridão cada vez maior lá fora. Estava cedo demais para anoitecer. Outra tempestade chegava. Enquanto ela observava, um raio iluminou o céu silenciosamente, mais além da floresta.

A garota ouviu o celular tocar. O gorjeio suave que a mãe insistia que usasse. O som vinha do criado-mudo. Keelie pegou o aparelho cheio de lama e olhou para a tela, só que estava em branco. Teria que chamar a companhia telefônica e solicitar outro. Perguntou-se que tipo de serviço ofereciam na Floresta do Pânico.

— Lama idiota.

Uma vozinha veio do celular. Surpresa, ela levou-o à orelha.

— Ei, você atendeu! — A voz de Laurie.

— Você nem ia acreditar. Este aparelho está acabado. Até agora, eu não tinha conseguido fazer com que funcionasse — explicou Keelie.

— Tudo bem? Como vai todo mundo na escola?

— Legal. — A amiga pareceu impaciente. — Minha prima Addie vai ajudar a gente. Ela vai ao festival no domingo à tarde para liberar você.

— Domingo. — Keelie deveria estar feliz, mas sentia desânimo.

— Isso, restam poucos dias agora para você sofrer nesse Festival de Aberrações.

Ouvindo passos fora do quarto, a garota sussurrou:

— Tenho que ir, Laurie. Liga para mim amanhã.

Num piscar de olhos, ela meteu o celular debaixo do travesseiro quando o pai meteu a cabeça entre as cortinas do quarto.

— Você não vai sair? — quis saber ele.

Knot a observava. Quando ela o olhou, o olhar dele foi do travesseiro para ela, como se o bichano soubesse o que a garota planejava.

— Vou. Só estava dando uma olhada nas roupas novas. — Aquilo foi péssimo.

O rosto do pai sumiu. Keelie sentiu um temor intenso à sua volta. A voz de Hrok lhe veio à mente, *Filha do Pastor das Árvores, ajude-a.*

Ela gritou quando caiu no chão. Teve a sensação de que seus braços estavam sendo arrancados quando o vento arrastou seu corpo como um zéfiro diabólico, exigindo que a garota dançasse com ele. Os galhos do carvalho do lado de fora da loja não só golpeavam o vidro da janela como também o arranhavam. A voz de Hrok ecoou em sua cabeça. *Pastor das Árvores, faça a tempestade parar.*

Fazer a tempestade parar? Como seu pai poderia dar um basta naquilo? Keelie sentia como se seus braços e suas pernas estivessem sendo puxadas e seus cabelos arrancados pela raiz.

Então a garota perdeu sua conexão com Hrok e ouviu, em vez dele, um riso sádico em meio ao uivo do vento. O Barrete Vermelho. Uma onda de pânico foi se apossando de Keelie, escapulindo na forma de um berro.

Em meio à escuridão e ao frio, o pânico clorofilado das árvores espalhava-se conforme elas transmitiam sob a terra, de raiz em raiz, num zumbido, seu aviso de perigo.

Um calor súbito chamou a atenção de Keelie e, em seguida, ela ouviu a rádio meteorológica transmitir seu aviso de tempestade. Mãos. Mãos a seguravam.

— Abra os olhos, Keelie — pediu Janice.

— Nós estamos aqui, moçoila. Abra os olhos. — Era Sir Davey.

Foi o que a garota fez, e viu os dois ajoelhados, um à sua direita, o outro à esquerda.

— Pai — falou ela com a voz rouca.

— Ele vai ficar bem. Você está conosco agora? — A voz de Sir Davey parecia um porto seguro, uma rocha firme que a manteria no lugar, em segurança.

Keelie fechou os olhos de novo quando outro pedido de socorro lhe veio à mente. Era um álamo longo e majestoso, que crescia na floresta do outro lado da montanha. A garota sentiu que essa árvore era a rainha, e que as menores ao redor podiam ser consideradas súditas ou membros de sua corte da zona florestal. As árvores estavam em perigo, cercadas de escombros rodopiando no sentido anti-horário. Um raio caiu e atingiu o álamo. O fogo consumiu sua casca fina. Naquele momento, Keelie sentiu a energia vital da árvore esvair.

— Keelie. — Ela ouviu a voz do pai, mas na mente, em meio a uma bruma esverdeada e reconfortante que a envolveu. Ela se esforçou para falar.

— Tornado.

Pavor e dor a inundaram. Uma dor quente queimava seus tornozelos. Parecia que dedos grosseiros os tinham agarrado e os puxavam. As raízes do álamo estavam sendo arrancadas da Terra. O último pensamento consciente da árvore inundou Keelie. *Proteja a magia, filha do Pastor das Árvores.*

O manto clorofilado, que reverberava com a magia de seu pai, envolveu-a conforme a árvore caiu no chão da floresta. O espírito dela desapareceu de sua mente, mas restou-lhe a imagem do tornado abrindo caminho pela floresta como um titã furioso do ar.

13

Keelie sentiu braços erguerem-na. Ela abriu os olhos para ver a face preocupada do pai enquanto ele a colocava na cama.

— Já acabou, Keelie

— Ah, pai, ela está morta, e algo a matou. Aquela não foi uma tempestade de verdade, mas sim um feitiço. Você ouviu os risos? Quando a árvore morreu, a tormenta riu.

Sir Davey estava ao lado dela, com expressão sombria.

— O Barrete Vermelho, com certeza — disse ele.

Zeke anuiu.

— Acho que você tem razão. Amanhã vamos procurar a árvore para fazer o Lorem Arboral. Keelie vai participar, claro. A Rainha Álamo falou direto com ela.

Sir Davey arqueou as sobrancelhas.

— Surpreendente — comentou.

— O que é o Lorem Arboral? Algum tipo de funeral?

— Você poderia chamá-lo assim. É uma cerimônia de despedida e respeito, em que a magia da árvore será colhida e devolvida à Terra.

Algo quente e peludo aconchegou-se perto da cabeça de Keelie. Um ronronado suave e hipnótico levou-a a um estado de torpor, porém ela ainda entreouviu Sir Davey e Zeke conversarem em voz baixa.

— Ousamos ter a esperança de que ela é a escolhida?

— Não seja ridículo. Ela é minha filha.

— Só nas lendas se vê uma pastora com a conexão que Keelie tem. Embora apenas esteja tomando contato com a magia, os álamos falam com ela, invocando-a do outro lado da montanha.

A garota não queria essa conexão. Não queria sentir árvores morrendo. Já era difícil o bastante lamentar a perda da mãe. Não conseguiria aguentar lidar com uma floresta inteira.

— Estou assustado, Jadwyn. Só agora Keelie voltou a fazer parte da minha vida, e não quero perder minha filha. E se ela for a escolhida? Alguns não vão aceitar. Minha mãe, por exemplo.

— Vocês dois podem ficar quietos? — mandou Janice, em tom de reprimenda. — A garota já enfrentou o bastante nos últimos dois dias; deixem a pobre coitada descansar.

Keelie queria se sentar, mas o ronronado ficava cada vez mais alto, e ela cada vez mais sonolenta. Quer dizer então que sua avó não a aceitaria? Aquilo doía um pouco, embora não devesse. Antes daquele mês, ela nem mesmo sabia da existência da mulher. Iria pagar na mesma moeda.

— Você não funciona bem de manhã, funciona? — perguntou Keelie.

Sir Davey lançou-lhe um olhar ferino do outro lado da mesa da cozinha. Os pelos de suas sobrancelhas grossas apontavam para várias direções.

— Hum! Não dá para acreditar que Zeke não tem café aqui.

— A gente tomou tudo ontem. Preciso de uma infusão do Starbucks.

— E eu preciso dormir. Árvores batendo na janela, Zeke entrando e saindo a noite inteira e aquele gato. Você precisa cortar as unhas dele.

Ela se inclinou na mesa. Quer dizer que tinha Sir Davey como aliado contra Knot. Ha!

— O que foi que ele fez?

— Além de roncar, ele me manteve acordado com o ruído que fazia afiando as garras nas minhas costas.

— Knot também me usa como arranhador. — Keelie lhe mostrou o tornozelo ferido.

O homenzinho balançou a cabeça.

— Nunca na minha vida escutei um bicho tão barulhento. Parecia até que eu estava dormindo com um mamute sofrendo de congestão nasal.

— Onde está meu pai agora?

— Ele saiu ao amanhecer e ainda não voltou. Mas avisou que se não voltasse a tempo que fôssemos ajudar Cameron com as aves. E, embora eu esteja muito grato a Zeke por ter me permitido dormir aqui ontem, mal posso esperar para voltar a minha casa. Sem aves — acrescentou.

A caminho das gaiolas, Keelie ficou surpresa com os diversos tipos de dano provocados nas lojas. Um telhado de metal tinha sido arrancado da loja de instrumentos musicais, onde eram vendidas flautas irlandesas, harpas e saltérios. Cogumelos estragados circundavam a barraca das asas de fada, que estava emborcada, na área de recreação infantil. As asas de fada haviam ficado cobertas de lama, mas, em meio à luz matinal e pálida do sol, cintilavam, transmitindo uma atmosfera melancólica com seus restos de brilho.

Do outro lado da rua, Janice estava fora da loja, ajeitando a lona sobre a entrada do herbanário. Olhou para eles, mas continuou a trabalhar.

— Vamos falar com ela. Parece aborrecida.

Keelie seguiu Sir Davey apressada.

— Bom-dia. Pelo visto houve alguns estragos na sua loja, mas não tão grandes quanto os de alguns — comentou ele.

Janice soltou um suspiro fatigado.

— Com um pouco de ajuda de Zeke, posso consertar o dano provocado pelo vento.

Raven puxou para o lado a lona, que ainda pendia.

— Abram caminho! — gritou. Ela usava uma bandana preta nos cabelos, uma blusa preta do Festival de Wildewood, uma regata em que se lia Nova York e um jeans de cós baixo. Fazia uma careta, pois carregava uma pá de lixo cheia de cogumelos estragados. — Nossa, isso é tão nojento. Nunca mais vou comer cogumelo.

Keelie tapou o nariz.

— Eca! Fede que nem a caixa de areia de Knot.

— A gente conversa depois — disse a amiga. — Tenho que levar este troço podre até a compostagem. — Ela correu, a pá na frente como se fosse uma oferenda maligna.

Sir Davey franziu o cenho.

— Foi só isso o que aconteceu lá dentro? Cogumelos?

— Não, não. Acabei de começar a checar tudo. A maior parte das ervas secas está coberta de mofo e de cogumelos. Não posso vender assim. — Janice aproximou-se e baixou a voz. — É o Barrete Vermelho. Magia Negra. Isso tem que parar, Davey. Peles e Raven levaram de carro alguns dos universitários para a sala de emergências ontem à noite. A tempestade danificou bastante o Condado.

De súbito, ela ficou calada enquanto Tania passava com um amigo, com expressão zombeteira.

— Estou surpresa por vocês terem tido estragos aqui; nós não tivemos nenhum.

Janice deu as costas. Pelo visto, não tinha nenhum comentário agradável para dar como resposta.

Keelie reconheceu o amigo de Tania como um dos donos do pub. Ele parou e os saudou com um movimento de cabeça.

— Bons-dias, senhores.

Tania seguiu caminho, sem cumprimentar nem Sir Davey nem Keelie, que ficou olhando fixamente para ela. Que bruxa!

— Como vai, Al? — perguntou Janice.

Ele respondeu:

— Não muito bem. Vejo que você também sofreu danos. Alguns dos barris de cerveja arrebentaram, e acabei ficando com um lago de Guinness no chão. Vou gastar uma fortuna para repor tudo. Não sei nem se vou conseguir arcar com o prejuízo.

Sir Davey disse:

— Volto mais tarde. Tenho que dar uma olhada na minha loja, e prometi a Keelie que iríamos até as gaiolas. — Ele meneou a cabeça para o cara do pub. — Fico muito triste em saber da Guinness derramada no chão.

— Ah, eu teria um trabalho enorme para limpar, mas o gato de Heartwood vem tomando tudo, a manhã toda. Não sabia que um bichano podia tomar tanta cerveja assim. Ele pode beber mais que um viking.

Keelie lembrou a si mesma que devia guardar seu traje novo junto com as roupas da La Jolie Rouge no Chalé Suíço — bem longe do gato. Todo mundo sabia que cerveja tinha o efeito colateral das idas ao banheiro.

Na loja Hordas de Dragão, Zeke ajudava James a colocar um mocho-orelhudo numa caixa de madeira. A ave parecia tranquila. O amigo de seu pai fechou o trinco.

— Pronto. Obrigado, Zeke. Não sei como eu teria feito se você não estivesse aqui para ajudar.

— Conte comigo. Somos uma família aqui.

— Nem todo mundo pensa como você. Nós somos muito gratos. — Ele pegou a caixa e saiu da loja. — Cuidado. Coruja passando. — Keelie e Sir Davey não puderam ver o que estava dentro do recipiente. Mas o mocho-orelhudo arrulhou.

— Bom-dia, vocês dois — disse o pai para ambos. Para quem tinha passado metade da noite acordado, ele nem estava com olheiras. Claro que Keelie era igual: podia ficar acordada a noite inteira estudando e, na manhã seguinte, não precisava nem passar base, como fazia a maioria das suas amigas na Escola Baywood.

Da parte dos fundos da loja, Keelie ouviu um grasnido familiar, seguido de um crocito. Tinha-se a impressão de que eram duas aves pequenas fazendo pirraça. Ela passou rápido pelas vitrines de pedras de Sir Davey.

Havia duas moças e um cara bonito com roupas hospitalares fazendo anotações em pranchetas. Pareciam universitários.

— Confira se elas estão amarradas. Eu não quero que balancem muito na viagem — disse Cameron, agitando um envelope fino. — Estou com a história clínica aqui neste arquivo.

Ariel balançou as asas, batendo na gaiola.

— O que está acontecendo? — perguntou Keelie, ajoelhando-se para acalmar o falcão. No mesmo instante, a ave se tranquilizou, tal como o abutre na gaiola.

— Vou enviar algumas delas para o centro de aves de rapina da universidade. A maioria das gaiolas foi destruída ontem à noite, durante a tempestade, e a previsão é de mais tempo ruim até o restante da semana. Ainda vamos tentar fazer o show dos pássaros sábado e domingo, mas vou me sentir melhor sabendo que as outras contam com um abrigo.

— O quê? E Ariel? — A garota não queria que o falcão fosse enviado para longe como ela, para morar com estranhos. — O lugar dela é aqui.

O abutre bicou os arames da gaiola quando o cara gato tentou pegar a alça. O rapaz praguejou e tirou a mão.

— Senhorita, ninguém consegue chegar perto desse abutre.

Keelie inclinou-se sobre a gaiola, a ave dobrou as asas e aproximou-se dela.

— Uau. Que incrível — falou o veterinário, que tinha cabelos louros encaracolados. — Você tem jeito com as aves.

— Valeu. — A garota enrubesceu quando o rapaz piscou para ela. Apesar de ele ser uma graça, não levaria seu falcão para uma universidade. — Cameron, eu posso ajudar com Ariel. Por favor, não a mande embora.

Zeke apoiou-se no marco da porta.

— Eu ajudo minha filha a fazer isso.

Cameron disse:

— Bom, não posso pedir melhor encorajamento que esse. — Ela se virou para o rapaz. — Diga para os outros que já vou.

— Está bem. — Ele escreveu algo na prancheta e foi embora.

Keelie olhou para o abutre, que pestanejou com os olhos pequeninos e brilhantes para a garota, como se perguntasse se podia ficar com ela. Sentiu pena dele.

Sir Davey comentou:

— O feioso pode ficar comigo.

— Como? — Várias vozes perguntaram ao mesmo tempo.

— Ele pode ficar comigo. — Sir Davey pronunciou alto e bom som cada palavra.

— Alguém precisa de café — comentou Keelie.

— Vou preparar um pouco em breve, mas não está havendo falta de cafeína. Posso cuidar do abutre. — Ele olhou para o predador engaiolado.

— Nunca imaginei que gostasse de aves. Você reclamou tanto ontem quando as trouxemos para cá. — Cameron deu um largo sorriso. — Acho então que Louie pode acampar com você.

Zeke riu.

— Acha que vai aumentar as vendas, Davey?

— Melhor do que aquele seu gato. Ouvimos dizer que ele andou tomando cerveja derramada no pub.

— De novo não! Pelo visto vou encontrar Knot junto com os piratas. — O pai de Keelie balançou a cabeça. — Espero que não tenha deixado uma conta.

— Diz que está brincando, vai! — pediu a filha.

— Queria poder ficar, mas tenho que ir depressa para o centro de aves de rapina de Fort Collins. — Cameron pegou uma gaiola com um pequeno falcão dentro. — O atendente da loja de conveniência me deu uma notícia interessante. Estão correndo boatos por aí de que as terras do festival serão vendidas para um shopping a céu aberto. Eu não ficaria surpresa se a administração tentasse fazer algo como fechar o festival mais cedo, por causa dos estragos. Talvez até embargar algumas construções agora mesmo.

Zeke arqueou as sobrancelhas.

— Você ficou sabendo dessa história de shopping a céu aberto pelo atendente?

Ela assentiu.

— Lá no posto perto da saída.

— Vou precisar checar isso — salientou ele.

Ariel esfregou a cabeça cheia de penas nos dedos de Keelie, que sorriu para o falcão. Ao menos ainda passariam mais tempo juntos.

— Deixei minha lista de reparos a serem feitos na mesa do Davey, nos fundos. — Cameron rumou para a porta, carregando a gaiola no alto, bem longe das mercadorias.

— Vou tratar deles quando voltar. Keelie e eu temos planos para esta tarde. — Ele pôs a mão no ombro da filha.

A lista de tarefas do pai aumentava cada vez mais. Ia precisar de um BlackBerry para lidar com aquilo tudo. A garota se perguntou se ele seria contra um, já que não via necessidade para micro-ondas nem celulares.

— E Ariel? — quis saber a filha. Ela não queria deixar a ave naquela gaiola portátil diminuta.

— Pode vir junto. Vamos entrar na floresta. Ariel vai ficar bem.

Animada, Keelie colocou a luva pesada e meteu o braço dentro da gaiola para que Ariel subisse nela.

Conforme os dois caminhavam pela Trilha do Ferrageiro, Ariel ia empoleirada, com as asas abertas para manter o equilíbrio. Assim que eles cruzaram a ponte, Keelie deu uma espiada para checar se conseguia ver a criatura misteriosa que vivia na água e que a salvara do Barrete Vermelho. Talvez a tempestade a tivesse levado na correnteza.

O pai se virou para a filha.

— Vamos entrar na floresta, e quero que você só observe. Não fale, mesmo se o que acontecer for estranho. Vou responder a todas as suas perguntas depois. Melhor nos apressarmos, o momento está para chegar.

Aquilo pareceu tão estilo contos de fada dos irmãos Grimm. *O momento está para chegar*. Sei. O pai demonstrava o lado místico em relação às árvores. Desde que ele não levasse um bastão com uma bola de cristal no alto, a garota estava preparada para manter as estribeiras. Depois de tudo o que vira e vivenciara, não achava que restasse nada que a assustasse.

Knot corria na frente de Keelie, como se quisesse ser o líder da expedição. Será que ela não podia fazer nada sem que aquela bola peluda aparecesse?

No interior da floresta, um sentimento claustrofóbico começou a tomar conta dela. O suor escorria por suas costas, e a garota teve dificuldade de respirar. Sentira-se assim quando ela se perdera e deparara com Elianard.

Ariel deu uma grasnada e virou a cabeça emplumada na direção de Zeke.

Keelie parou. E se ela não conseguisse encontrar a saída? E se encontrasse aquelas criaturinhas em forma de insetos e gravetos? E se o Barrete Vermelho aparecesse?

O pai se virou.

— Eu não posso ir.

Zeke pareceu intrigado. Em seguida, arqueou as sobrancelhas.

— Ah, tem razão. Sinto muito. Tinha me esquecido disso.

— Do quê?

O pai tocou a filha, e um calor reconfortante espalhou-se por seus dedos. Era assim que as árvores se sentiam quando ele as tocava? Ela sentiu a ansiedade esvair, dissipando-se como névoa sob o sol matinal. Inalou e começou a respirar de um jeito purificante, como fazia nas aulas de ioga na escola.

— Está melhor?

— Estou. Não sei por que tenho claustrofobia nestas florestas. Nunca tive isso antes.

— É um feitiço para manter longe os intrusos.

— O Pânico.

— Como você sabia disso?

Antes que ela pudesse responder, Ariel agitou as asas e voou até os galhos mais altos de um cedro imponente.

— Ariel, volta aqui.

— Pode deixar. Ela ficará bem. Está iniciando sua jornada.

— Jornada. Não é o que eu quero que ela faça. E se escapar?

— As árvores vão ficar de olho nela. Agora, venha.

Isso aí, a mística das árvores.

Enquanto os dois caminhavam, Ariel voava rápido adiante e ficava aguardando num galho. Quando ambos se aproximavam, ela ia para outro e esperava. Apesar do bater das asas do falcão e do ruído das passadas de Keelie e Zeke nos gravetos caídos sobre o solo, o silêncio era total. Knot ia depressa de um lado do caminho até o outro.

Uma brisa suave fez o cabelo de Keelie esvoaçar e trouxe um leve cheiro de putrefação no ar. Cogumelos de novo. Ariel voou até a garota. Ela estendeu o braço, permitindo que o falcão pousasse sem muita firmeza. A ave virou a cabeça, e seu olho dourado reluziu. Então encostou a cabeça emplumada no rosto dela.

Keelie ficou quieta até Ariel abrir as asas para se reequilibrar.

— Venha, filha.

Um brilho prateado no meio de um círculo de cogumelos chamou a atenção da garota. Era um anel de prata. Ela o pegou e examinou. Folhas em alto-relevo espalhavam-se pelo aro cintilante e fino. Raven dissera que sua amiga dançarina do ventre, Aviva, perdera um anel como aquele.

Ariel soltou um grasnido e virou a cabeça em direção ao grande carvalho. Algo reluziu, mas Keelie não viu ninguém. Ela meteu o anel no bolso do jeans, sentindo que havia algo ali.

Os pelinhos de sua nuca se arrepiaram. Outra brisa passou. A garota sentiu um aroma de canela. Aquilo era assustador. Seria o Barrete Vermelho?

Ela ficou imóvel e conectou-se com seu eu, que lhe permitia conversar com Hrok. A clorofila restante em seu sangue zumbiu quando as árvores responderam. E lá, diante de uma, encontrava-se Elianard, trajando uma túnica ricamente bordada, segurando seu cajado. Ele e Keelie se entreolharam, e o homem lançou-lhe um olhar raivoso ao se dar conta de que estava visível.

Caminhou na direção de Keelie, que recuou.

— Como consegue gerar tanto poder, Keelie Heartwood? Dizem que os falcões têm sorte, e este aí, especificamente, protege você. Por quê? Como é possível que você, uma pirralha mestiça, possa domar animais selvagens, invocar árvores e derrotar meus feitiços? Que talismã traz consigo? Posso sentir o poder dele.

— Não uso nenhum talismã. E o que exatamente você é, algum tipo de duende maligno que cresceu demais, na linha daquele sujeitinho maldoso de barrete vermelho?

Keelie tocou um dos cogumelos nojentos no solo com o pé. Ele murchou e seu fedor putrefato sumiu.

Elianard parecia surpreso.

— O Barrete Vermelho? — O homem olhou ao redor, nervoso. — Ele está aqui?

Ela esperava que não. Mal sobrevivera ao último encontro com o anão maníaco. Mas, se Elianard pensasse que a garota podia sentir a presença do Barrete Vermelho, isso agiria como um repelente de insetos. Keelie ergueu o queixo e inalou. Ariel grasnou, virando a cabeça de um lado para o outro, fuzilando Elianard com o olho bom.

— Está perto.

Ele virou-se puxando a túnica, atento.

— Elianard. Caminhou de um jeito tão silencioso que não o notei. — Zeke andou na direção deles, observando com cautela o homem vestido de forma opulenta. Quer dizer então que seu pai também não gostava dele.

Ariel saltou do braço de Keelie, roçando a cabeça de Zeke com a ponta da asa.

— Venha, filha, chegou a hora da cerimônia. O que você está prestes a testemunhar é um ritual crucial, um dos mais importantes que um pastor de árvores deve fazer. — A expressão do pai e sua voz mostravam-se cheias de pesar.

Keelie assentiu, olhando de esguelha para Elianard.

Ele enrijeceu o corpo; então, deve ter se dado conta de que ela não mencionaria o feitiço da invisibilidade. Com uma leve reverência, o homem se pôs a caminhar diante deles.

Para a surpresa de Keelie, Sean e vários outros cavaleiros da justa estavam parados de forma solene diante de uma carroça de madeira, cercados por outros que ela vira no festival. Os cavalos da Ilha Equus estavam atrelados à carroça. Todos usavam roupas semelhantes às de Elianard, túnicas verde-escuras com árvores bordadas. Keelie também se surpreendeu ao ver Elia com eles, aparentemente triste.

Zeke envolveu a mão da filha. Ela sentiu uma paz fluir por seu corpo.

Ele, então, soltou-a e ergueu a dele, com a palma voltada para a frente e para os ali reunidos.

— Vocês estão na floresta de Reinanlon. À sua frente, repousa a Rainha Álamo, Flora.

Incrivelmente, no momento exato, um raio de sol atravessou as nuvens e iluminou a árvore caída e fina, com o tronco queimado. Sem tocá-la, Keelie sabia se tratar do álamo que se comunicara com ela no momento da morte, na noite anterior.

Ela ficou arrepiada.

— Viemos para homenagear sua magia e fazê-la seguir adiante no mundo para curar, e pedimos permissão à floresta e a todos que a amaram para fazê-lo — continuou o pai.

Todos inclinaram as cabeças. Keelie também. Ariel tinha pousado num pequeno álamo ali perto.

Uma brisa leve fluía pelas árvores. Uma série de folhas esverdeadas com fragrância de flores de cerejeira caiu como cascata sobre o álamo, uma homenagem de suas irmãs. Ariel passou voando pela torrente de folhas, um borrão de asas em meio ao verde adejante. Keelie olhou para cima e ficou pasma quando viu outro falcão voar pelos galhos rumo a Ariel.

Os dois falcões deram voltas em torno um do outro. Em seguida, Ariel deixou escapar um grasnido e desceu a pique. Keelie ergueu a mão com a luva e o falcão fez um pouso perfeito. A outra ave foi subindo cada vez mais, e a garota ficou triste por Ariel, que nunca poderia ir tão alto, com tanta liberdade. O falcão contemplou-a com o olho bom, como se dissesse: "Vou poder, sim."

Sean e os outros cavaleiros da justa deram passos à frente e ergueram o tronco como se estivessem carregando o caixão de um amigo, e o colocaram com deferência na carroça, os galhos pendendo para trás, arranhando o solo com suas folhas cada vez mais secas.

— Venha, Keelie — chamou Zeke.

Ela prosseguiu caminhando com cuidado pela floresta cheia de detritos, esquivando-se de galhos pendurados. Uma tristeza envolvia as árvores, como o orvalho matinal, e cingia o manto dela. Keelie respirou fundo, sentindo um profundo pesar tomar conta de si, vindo das árvores e das pessoas de túnica verde a seu redor. Precisava se livrar dele. Estendeu a mão e se equilibrou ao tocar numa árvore. Álamo. Tal qual a outra. Uma dor forte fluía por seu tronco. Ela pôde ouvir seu coração bater em ritmo lento e constante, fazendo-a recordar-se de Peles tocando tambor no Condado.

Nossa rainha.

Mãe raiz.

Keelie não dissera para a mãe que a amava na manhã em que ela morreu. Elas tinham discutido a respeito do piercing no umbigo. A mãe já estava atrasada para pegar o voo. "A gente conversa sobre isso depois. Te amo, Keelie", dissera, dando-lhe, em seguida, um beijo no rosto.

A garota foi baixando aos poucos até o solo e deixou as lágrimas caírem. Nunca mais teria a oportunidade de dizer para a mãe que a amava.

Como vamos folhar sem nossa Mãe? Como vamos florescer?

Como Keelie poderia viver sem a mãe?

O pai tocou seu ombro, e parte do pesar desapareceu, mergulhando, como suas lágrimas, nas folhas no solo. O pequeno álamo e as outras árvores que formavam a corte arborizada da Rainha sofriam. Sua dor era intensa, e Keelie tentou bloqueá-la, sem sucesso. Sentiu o coração tão pesado que não sabia se podia se mover. Queria apenas deitar encolhida no solo florestal, fechar os olhos e voltar à manhã anterior à morte da mãe.

Um por um, os enlutados aproximaram-se para tocar na árvore caída, sussurrar algo e afastar-se. O que será que diziam? Será que ela erraria?

— Venha, Keelie, precisa se despedir.

De pé diante da carroça, ela pôs a mão na árvore. Assim que a tocou, fez-se um grande ruído quando o tronco rachou. O álamo partiu-se ao meio, revelando ter algo na parte central, um diminuto coração chamuscado.

Murmúrios de espanto espalharam-se entre os presentes.

— Um presente. A árvore deu seu coração.

O pai pegou-o e colocou-o na mão da filha. Ela o segurou, sentindo a aspereza aconchegante da madeira queimada. Lascas negras acabaram se soltando, revelando a suavidade do ébano na parte interna.

— Não vale, ela nem é uma de nós. — A voz estridente de Elia rompeu o silêncio.

Zeke abraçou Keelie, ignorando a reclamação da menina. *Ele é o amparo do qual necessito*, pensou Keelie, *não a árvore*. Ela sentiu o amor incondicional fluindo das profundezas da alma dele. Deixou as lágrimas caírem espontaneamente. Pelo álamo, pela floresta, pela mãe.

Knot acomodou-se na carroça ao lado da árvore, sentando como um guarda felino. Não agia como se estivesse com ressaca após ter tomado a cerveja derramada; comportava-se bem. Andando ao lado do álamo, Keelie olhava de esguelha para Sean. Ele fitava o caminho adiante, como os outros cavaleiros, enquanto conduzia a carroça até o festival.

Ela se perguntou o que ele teria achado do acesso de raiva de Elia. Outros tinham ficado chocados, e ainda falavam disso enquanto caminhavam. Elianard e a filha haviam sumido logo após o comentário.

Tudo ali lembrava muito *O senhor dos anéis*, exceto por Knot. Ela apertou o coração da árvore. Ficou pensando o que Sean acharia dela agora. Não sabia ao certo o que o presente significava, apenas estava ciente de que recebera algo especial da Rainha Álamo.

A carroça parou diante da casa de Zeke. Ele, Sean e os outros carregaram o tronco para a loja.

Sir Davey fez uma reverência quando a árvore passou. O urubu-de-cabeça-vermelha achava-se ao lado dele, parecendo uma galinha de estimação horrorosa.

— Pai — disse Keelie.

— Tudo bem. Pode ir ficar com Sir Davey.

— Novo amigo? — Ela observou o urubu-de-cabeça-vermelha esfregar a cabeça para cima e para baixo na calça do anão, como um cachorro dedicado. Ariel passou por cima de Sir Davey, suas garras roçando a cabeça do homem antes de pousar no carvalho fora da loja.

— Aves! Vou acabar com um cérebro de passarinho antes mesmo que o festival termine. — O café que segurava não ajudara a melhorar sua disposição.

Knot saltou da carroça e foi saracoteando até a entrada da loja. O urubu-de-cabeça-vermelha chiou quando o gato passou por ele. Knot ignorou-o e meteu-se debaixo de uma mesa enquanto os cavaleiros enchiam a loja.

Eles se moviam em silêncio, com agilidade. Sean foi o último. Parou, sorriu e piscou para ela.

— Que as bênçãos das árvores estejam com você, filha do Pastor das Árvores. — Ele acrescentou bem baixinho: — Vai ter que me contar o que fez para conseguir o coração daquela árvore.

Muda por causa da proximidade dele, Keelie se deu conta de que perdera a oportunidade de dizer algo, pois o rapaz já saía da loja. Ela observou-o subir com agilidade na carroça junto com os outros justadores. Na certa voltariam para a Ilha Equus. A garota teria que voltar furtivamente até lá uma noite. As festas deles deviam ser tão boas quanto as do Condado. Tinham que ser. Sean estava lá, sem falar em todos os outros cavaleiros.

Naquela noite, depois de tomar banho, Keelie notou as luzes acesas no andar de baixo pelas frestas do assoalho. O pai estava na loja. Ela pôs os sapatos, colocou o manto sobre a camisola e desceu.

Zeke preparava a Rainha Álamo, com as ferramentas ali perto, como um cirurgião.

— O que você vai fazer?

— Vamos fazer uma cadeira de balanço. A magia da árvore vai se transformar em energia curativa. — Ela apertou o pequeno coração de madeira que levava na mão. Essa parte do álamo sempre seria sua.

Era tão triste olhar para o tronco e saber que um espírito sensitivo vivera em seu interior um dia. Quando o pai se inclinou para pegar um serrote na caixa de ferramentas, Keelie reparou na orelha pontuda. Recordou-se das palavras de Elianard.

— Pai.

— O que, Keelie?

— Lembra quando Elianard apareceu enquanto estávamos a caminho do Lorem Arboral?

— Lembro?

— Não achou estranho ele surgir do nada daquele jeito?

— Não. — Zeke estava concentrado na madeira, passando a mão nas laterais chamuscadas do tronco.

— Eu vi quando ele apareceu. Usou um feitiço que o deixava invisível.

O pai ergueu os olhos.

— Hein?

— Quis saber que talismã eu usava, por que eu tinha tanto poder. Ele me chamou de mestiça.

O serrote caiu no chão.

Keelie olhou fixamente para Zeke por sobre a árvore.

— Elia disse a mesma coisa.

Com as mãos, o pai puxou os cabelos para trás das orelhas para mostrar suas orelhas com pontas. Ela fez o mesmo, revelando as suas: uma redonda, outra pontuda.

— Keelie, eu queria contar para você no momento certo. Deveria ter feito isso anos atrás. — Sua expressão demonstrava seu arrependimento.

Ela pensou nas orelhas de Sean e de Elia. Não era possível que vários participantes do festival tivessem o mesmo defeito congênito.

— Não precisa mais, pai. Você é um elfo. E eu sou... sou o quê? Uma espécie de mestiça? — A filha tocou na orelha direita. Era redonda. Com a mão trêmula, sentiu o contorno da esquerda, que ela sabia não ser totalmente redonda nem pontuda; possuía um formato peculiar: uma ponta suave.

Zeke andou até Keelie. Então estendeu a mão e, com delicadeza, ergueu a cabeça dela em sua direção. Ela não desviou o olhar.

— Eu sei que você achou a vida aqui no festival incrivelmente diferente da que levava antes. Sei que o tempo que passou comigo colocou em xeque seus conceitos a respeito da realidade. O mundo está cheio de criaturas diferentes e, entre as que pensam e raciocinam, os seres humanos formam apenas uma pequena parte.

Ele apontou para o álamo.

— Você conheceu o povo das árvores, as *bhata* e as *feithid daoine*. Já deve ter notado que Knot é mais que um gato.

Patas felinas tocaram sua calça e, quando ela se mexeu, a bola peluda agarrou-se à perna dela.

O pai deu um sorriso melancólico.

— Knot adorava sua mãe também.

— Ah, e aposto que era correspondido. Mas quero saber mais sobre os elfos.

— Muitos de nós aqui no festival e em várias partes do mundo somos elfos. Somos mais que seres humanos e podemos ser considerados guardiões da floresta. Eu sou o pastor das árvores e, pelo visto, você herdou esse dom.

— É por isso que tenho esta conexão fora do comum com móveis — comentou Keelie. Ele pareceu ter ficado satisfeito por ela não ter desmaiado com o choque, nem gritado nem saído correndo.

A filha não sabia o que exatamente significava ser uma fada, porém, no fundo, no fundo, sua compreensão fluía, como se a represa que contivera tudo já não existisse mais. Acontecimentos estranhos começaram a fazer sentido de repente. Ela não era maluca nem uma aberração. Precisava agradecer a Ariel por ter lhe aberto o coração.

— Mamãe sabia que você era um elfo quando vocês se casaram?

— Sabia. Não havia segredos entre nós.

Keelie sentiu um alívio agradável. Bom saber que a mãe soubera de tudo, embora isso trouxesse novas questões a respeito do que levara a mãe a ir com ela para a Califórnia.

— A magia é real, com consequências bastante reais também — continuou o pai. — Você precisa aprender a dominar a magia, senão ela vai controlar você. Ou pior, outros poderiam usá-la através de você.

A garota estremeceu, lembrando-se do Barrete Vermelho. Então algo lhe veio à mente.

— Isso significa que a mamãe foi embora para ficar longe dos elfos?

Zeke soltou um suspiro.

— Sim. Para se afastar deles. Você era tão pequena, tão indefesa. E Katherine sabia que um dia você enfrentaria o que ela teve de enfrentar da parte de gente bitolada. — Ele segurou seus ombros com firmeza. — Entenda isso, Keelie, e nunca duvide sequer um instante de que sua mãe e eu nos amávamos. Nossa relação foi especial. O que torna você especial também.

Os olhos de Keelie ficaram marejados. Palavras inexprimíveis a sufocaram. O pai tirou uma mecha da testa da filha.

— Você é o melhor de minha relação com Katherine, filha.

— Por que você não me contou antes?

— Porque eu não sabia qual seria a sua reação. Não, não é verdade. Eu sabia exatamente qual teria sido. Você não teria acreditado em mim. Acaba de voltar à minha vida. Nós dois estamos de luto por causa da sua mãe. Eu não queria perder você e receava que fosse o que aconteceria se lhe contasse a verdade. Teria acreditado em mim se eu tivesse lhe contado?

Ela balançou a cabeça com tristeza.

O pai cingiu seu ombro com um braço.

— Sair da Califórnia foi difícil, mas você teria vindo até aqui em breve, de qualquer forma, Keelie. A magia amadurece entre a puberdade e a fase adulta. Sua mãe teria trazido você de volta. — Zeke deu um beijo no cabelo dela. — Eu só queria que você não tivesse sido obrigada a vir por causa da morte dela.

— Vocês teriam se unido de novo? — Keelie não achava que a mãe teria se sentido à vontade como uma renascentista.

— Infelizmente, o tempo não foi benéfico no nosso caso. E, depois de separados, descobrimos que o único ponto em comum entre nós dois era a nossa filha. Não vou perder você de novo. Vamos fazer dar certo.

O coração chamuscado do álamo formigou. Ela abriu os olhos e olhou para ele, que continuava na palma de sua mão. Será que partiria o coração do pai ao voltar para Los Angeles?

14

As costas de Keelie doíam, e ela cheirava a lascas de cedro e suor. Depois de trabalhar com o álamo a noite inteira junto com o pai, ficara acordada até as sete da manhã para ajudar Cameron na área das aves de rapina. Acabara de descobrir que era uma fada e, no dia seguinte, fora montar gaiolas.

O coração de madeira do álamo estava pendurado numa corrente de prata sob a blusa dela. O pai o transformara num pingente, envolvendo-o com fios de metal em vez de perfurá-lo. O objeto dava à filha uma sensação de segurança. Ariel voava no alto e, de vez em quando, ouvia-se um grasnido de outra ave. Havia outro falcão por perto. Será que Ariel tinha um namorado?

Sir Davey enterrara pedras protetoras em torno das gaiolas, esperando repelir o Barrete Vermelho. Keelie demonstrara curiosidade, mas não estava pronta para aprender mais sobre a magia terrena nem sobre os efeitos mágicos da lama. Tentava lidar com as árvores.

O pai fora convocado para uma reunião de elfos num lugar secreto na floresta. Ele mencionaria o Barrete Vermelho. Alguns membros de seu povo vinham negando a existência dessa criatura, mas chegara a hora de fazer algo a respeito dela. Danos suficientes já haviam sido causados, até mesmo com dois universitários ainda hospitalizados.

Um encontro com todos os participantes do festival fora convocado para mais tarde naquele mesmo dia. Keelie precisaria tomar um banho antes de ir. Esperava encontrar Raven, que andava ocupada com a limpeza do herbanário.

— Ora, ora. Ela faz uma coisa direito e vira a queridinha do papai. — A voz doce tinha um tom rancoroso. Elia.

— Minha manhã estava sendo ótima até você chegar — disse Keelie. — Mais parece uma tempestade num piquenique. Aparece quando não é chamada.

— Kabum, kabum, kabum! — exclamou a outra. Os olhos verdes transmitiam um brilho ferino.

— Nossa, essa foi a sua imitação de trovão? Ou foi o seu cérebro lançando alguns neurônios?

— Muito engraçadinha, humana — disse Elia, com sarcasmo.

— Humana? E você não é? Finalmente a gente concorda em alguma coisa. Eu sei sobre os elfos, Elia.

A outra demonstrou perplexidade, porém recobrou a calma depressa.

— Olha, só porque Sean anda elogiando você agora, não se acostume muito com essa fama recém-adquirida. Pode ser que esteja desfrutando de um lugarzinho ao sol, mas lembre que é a garota do show de lama e, mais cedo ou mais tarde, vai se estrepar. Vai ter que voltar para o buraco cheio de lodo de onde saiu rastejando. — Ela sorriu e brincou com um laço prateado na parte frontal do vestido cor-de-rosa cheio de lacinhos.

— Ah, quer dizer que sou a garota do show de lama? Posso até ter os pés arraigados com firmeza no solo, mas não jogo sujo, como certas pessoas maldosas. — Ariel voou na direção de Keelie e, em seguida, pousou num cedro.

Keelie estendeu a mão enluvada. O falcão foi até ela, as garras afundando com força no couro. A garota teve a impressão de ter visto uma criatura em forma de graveto observá-la de um azevinho ali perto. Quando olhou outra vez, viu que continuava ali. Ela sorriu, mas a figurinha sumiu, camuflando-se em meio à floresta.

— Moçoila, está tudo bem? — Sir Davey pôs-se ao lado de Keelie. Louie, o abutre, caminhava bamboleando atrás dele.

Elia franziu o cenho ao vê-lo.

— Eu deveria ter adivinhado que Keelie Heartwood se misturaria com gente da sua laia, anão.

Keelie teve vontade de dar uma bofetada na menina e de arrancar um dos adornos prateados do vestido cor de bala dela pela grosseria com Sir Davey.

— Por que gosta tanto de ser tão grossa com todo mundo?

— Não sou, ao contrário do que você diz, grossa com todo mundo. Na verdade, até sou elogiada pelo meu povo pela capacidade que tenho de socializar com os turistas e ainda manter meu lado nobre. — Ela pegou mechas douradas do cabelo com a mão pálida e jogou-as por sobre o ombro delicado.

Keelie simulou um vômito, colocando o dedo na própria boca aberta.

Sir Davey riu.

— Rudimentar, senhorita Keelie. Seu pai não aprovaria isso.

Ela revirou os olhos.

— Então não ria.

Ele piscou para ela, em seguida, farejou algo no ar. Louie chiou e balançou a cabeça careca, fitando Elia.

— Por que não vai ficar com seu próprio povo e nos deixa ter um dia de paz para que possamos terminar nosso trabalho com tranquilidade? — sugeriu Sir Davey.

Elia olhou-o furiosa.

— Como ousa me insultar?

— Não é um insulto, é uma sugestão. — Ele cruzou os braços diante do peito.

— Uma dica — acrescentou Keelie.

Elia colocou uma longa mecha de cabelo atrás da orelha, permitindo que a filha de Heartwood visse com clareza a orelha pontuda, similar à de Sean e à de seu pai. Keelie lembrou-se de que a filha de Elianard, como Zeke, era uma fada, e ela própria metade fada. Seriam parentes?

Que ideia mais repugnante. E se alguém metade fada como Keelie tinha tantos poderes, do que Elia seria capaz?

Naquele momento, a filha de Heartwood tinha coisas mais importantes a fazer que ficar no meio da Trilha do Forrageiro trocando insultos com aquela menina.

— Cuidado, garota do show de lama. Nunca saberá ao certo quando o lado selvagem do seu falcão vai dominá-lo. Ele pode sair voando e nunca mais voltar — disse Elia.

Um arrepio de mau presságio percorreu a espinha de Keelie, que se aproximou da outra e ficou cara a cara, nariz com nariz.

— É uma ameaça?

Ariel agitou as asas, como se dissesse "eu cuido dela".

— Não. Só um aviso.

— Nunca ameace Ariel. — O coração de madeira esquentou em sua pele.

— Ou você vai fazer o quê?

— Afaste-se, Keelie — gritou Sir Davey.

Foi o que ela fez; em seguida, sentiu pequenos tremores sob os pés. Não havia terremotos no Colorado, havia? A falha de San Andreas não poderia tê-la seguido até lá.

Com um sorriso maroto nos lábios, o pequeno homem estendeu a mão e agitou os dedos. Um montículo de terra arredondado irrompeu em torno de Elia conforme minhocas iam subindo, contorcendo-se, até a superfície.

A menina gritou, ficando na ponta dos pés na tentativa de evitar o monte cada vez mais alto daqueles bichos. No entanto, onde quer que pisasse, um novo grupo de minhocas aparecia. Sir Davey continuou a mexer os dedos, dando uma risada travessa conforme o fazia.

Elia gritou, levantou o vestido longo e saiu correndo. Keelie protegeu os ouvidos com as mãos. Por fim, os berros da menina foram se tornando cada vez menos lancinantes conforme ela voltava para seja lá qual lugar ficava durante o dia.

— Acho que ela vai voltar para os da laia dela — comentou Sir Davey.

Keelie riu.

O homenzinho deixou a expressão satisfeita de lado e ficou sério, de súbito.

— Cuidado com ela e com alguns dos justadores; fique especialmente de olho em Ariel. Não gostei das palavras que saíram da boca daquela menina. Ela está planejando algo.

— Hum, bom, eu consigo enfrentar Elia.

— Acho que tem razão. Você pode ser apenas metade fada, mas consegue fazer coisas que ela não consegue.

— Como o quê?

— Lidar com a magia das árvores. As habilidades dela são outras.

— E assustadoras. Pode ir comigo até a loja?

Ele fez uma reverência.

— Será uma honra, senhorita!

Keelie ficou intrigada com o que acabara de testemunhar. Ao caminhar ao lado do anão, imaginou se ele ficaria ultrajado ou se lhe passaria um sermão se inquirisse. Por fim, a curiosidade a dominou. Ela quis saber, num impulso:

— Como fez as minhocas saírem do solo daquele jeito?

O anão analisou-a com os olhos cinza determinados.

— Está preparada para conhecer esses detalhes?

A garota o avaliou por alguns instantes. Ia levar séculos para descobrir a verdade a respeito de todos os acontecimentos esquisitos em seu entorno.

Na floresta, ela viu outra criaturinha de gravetos movendo-se entre os troncos dos cedros. Aquela aparentava ser maior, quase do tamanho de um cachorrinho. Parecia que o povo da floresta ficava mais ousado.

Como ela podia lidar com a realidade quando voltasse ao mundo real? Ela se lembrara de ter corrido atrás de fadas quando era pequena. E, agora, passara a vê-las de novo.

— Ah, você está pensando que, se der vazão a todas as esquisitices que viu e fez, elas acabarão se tornando reais em todos os lugares que frequentar — disse Sir Davey.

Keelie parou de andar.

— Está bem, admito. — Ela colocou as mãos na cintura.
— Porque, de onde venho, esses troços não fazem parte do mundo real.

— O que acontece com você se acreditar que são genuínos?

A garota sentiu um aperto no peito ao ter de confessar em voz alta.

— Se eu acreditar que as fadas são reais, que o gato do meu pai usa botas e empunha uma espada e que realmente sinto e vejo o espírito de uma árvore na casca dela, não vou fazer parte do mundo da minha mãe. Crer no que pensei que era fictício e só possível nos contos infantis tira uma parte da mamãe de mim e uma parte de mim dela.

— Keelie, você nunca perderá sua mãe — ressaltou Sir Davey. — Ela pode ter deixado esta existência, mas vive em você. Estará com você cada dia de sua vida. Quanto a acreditar em magia, fadas e gatos de botas e ver rostos em árvores, você precisa aceitar que essas coisas fazem parte do seu mundo, sendo aspectos dos quais não tinha conhecimento antes.

Sir Davey pegou a mão dela e afagou-a de um jeito reconfortante.

— Quando você enfrentar os problemas deste mundo, sejam eles reais ou, como você alega, imaginários, então o faça de coração, órgão em que estão todos que a amam. Do fundo do seu coração vem a magia que faz de você a pessoa que é.

Keelie se deu conta de que os dois haviam chegado a Heartwood. Ela tinha noção do que Sir Davey dizia porque abrira o coração para a magia e fizera a diferença para a floresta na noite da tempestade. Arriscara-se. Havia espaço em seu coração para Ariel, para a mãe e talvez para o pai também. Ainda assim, a garota tinha a sensação de que se amasse alguém tanto quanto a mãe, iria perdê-la aos poucos.

— Não exagere, moçoila. Conversar com as árvores requer muita energia.

Ela riu.

— E também fazer minhocas saírem se contorcendo do solo.

— Com certeza. Está na hora de eu ir embora e descansar por hoje.

— Obrigada, Sir Davey.

— Sempre que precisar de ajuda para aceitar a magia, Keelie, não se esqueça de vir falar comigo. Sobretudo se alguém disser ou fizer algo que vire seu mundo de cabeça para baixo.

Ela não conseguia imaginar o que poderia ser mais perturbador que ver rostos em árvores, tocá-las e sentir seus espíritos, além de vislumbrar fadas adejando no ar.

— Eu prometo.

O anão se virou para ir embora.

— Sir Davey?

Ele parou e fitou a garota.

— Os dragões existem?

— Os que eu conheço estão ocupados posando para ilustradores de contos de fada. — O pequeno homem acenou, despedindo-se.

Uma coruja arrulhou e distraiu Keelie.

— Que tipo de resposta é...?

Ela olhou ao redor. Onde estava ele? A garota examinou a trilha. Sir Davey tinha desaparecido.

Estranho. Então Keelie pensou que não havia nada mais no festival que pudesse surpreendê-la.

Keelie subiu com cansaço a escada até os quartos em cima da loja do pai. Estava exausta, fedendo a dejetos de ave e enjoada por ter visto Ariel comer seu rato. Cameron disse que cuidaria do falcão para que Keelie participasse da reunião. Assim que a garota abriu a porta, o aroma delicioso de pizza a acolheu. O pai estava sentado à mesa da cozinha, lendo o jornal. Ele a fitou por cima do papel, em seguida, abaixou-o.

— Está com fome, Keelie?

Ela assentiu.

Ele se levantou e fez um gesto com a mão.

— Sente-se. Você parece exausta.

— Estou acabada. — A filha se deixou cair numa cadeira. Então olhou embaixo da mesa para ver se Knot não estava ali, esperando para emboscá-la. Ele não se encontrava lá. Por algum motivo irracional, ela ficou decepcionada. Gostava de dar um empurrãozinho no gato e vê-lo deslizar apoiado no traseiro pelo assoalho. — Bom. — A barriga dela roncou, lembrando que ela não comia desde o café da manhã. — Estou sentindo cheiro de pizza?

— Está. De queijo. Venho tentando manter a pizza quentinha, esperando você chegar.

— Sabe, se tivesse um micro-ondas, poderia esquentar se esfriasse. — E acrescentou, estalando os dedos: — Rápido assim.

— Nada de micro-ondas. Mexe com a vibração das árvores. Por falar nisso, depois que você terminar de comer e antes de ir para a reunião, vamos trabalhar naquela cadeira de balanço.

Lá embaixo, Keelie observou-o trabalhar, sabendo que o pai recebia o estranho conhecimento que fluía furtivamente até ela sempre que tocava na madeira.

Ela estendeu a mão para acariciar a tábua de tom creme-amarelado que o pai lhe entregou. Seus dedos formigaram quando a tocou e, em sua mente, surgiu a imagem de uma floresta com pinheiros altos crescendo sob o sol quente. Abelhas pareciam zumbir ao redor dela, porém Keelie sabia que não eram reais, apenas parte das lembranças adormecidas da madeira.

— É um pinheiro, da costa. Posso sentir o cheiro do mar.

A face do pai iluminou-se quando ele sorriu.

— Incrível. Trata-se de um pinheiro-amarelo da Geórgia, de uma floresta perto de Savannah.

Zeke pegou um galho grande debaixo da bancada e colocou-o em cima da mesma.

— Tente este aqui. O que me diz a respeito dele?

Passando a ponta do indicador pelas junções suaves do galho, ela sorriu.

— Este caiu durante uma tempestade da parte mais alta de um carvalho, junto com um pouco de visco. Costumava ser usado como poleiro por falcões.

O pai deu um largo sorriso.

— Impressionante. Tudo vem para você como se tivesse estudado o assunto a vida inteira. Keelie, é fantástico!

— Eu acho assustador.

Ele riu.

— Acho que é o que pareceria para um forasteiro. Você pode imaginar por que mantemos esse conhecimento em segredo. Antigamente, pessoas podiam ser queimadas nos postes por causa disso.

Keelie ficou imaginando como seria ser queimada numa estaca, ciente do tronco em que se estava amarrada e da lenha sob os pés.

O comentário de Zeke a um só tempo agradou-a e amedrontou-a. O dom passara de geração para geração na família Heartwood. Será que ela fazia tanto parte do pai? Será que o lado da mãe desapareceria sob a influência dele?

— Está com saudades dela, não está?

— Estou. E muita. — Keelie não ficou surpresa por ele ter consciência de seus pensamentos. Qualquer expressão estranha em seu rosto poderia ser interpretada corretamente da mesma forma.

— Eu sei. — O pai virou-se para que a filha não visse seu rosto. Agachando-se, ele passou as mãos em alguns galhos e em outros pedaços de madeira no chão. — Sempre que preciso ponderar a respeito de qualquer assunto, faço alguma coisa. Algo meio verde e zen acontece.

— É mesmo? Bom, então mãos à obra agora — disse Keelie.

O pai começou a lixar a madeira da cadeira que eles tinham feito juntos. Alta e elegante, com o assento ligeiramente côncavo e pernas firmes, o móvel fez a garota se lembrar da mãe. O freixo delicado era da mesma cor dos cabelos de Katherine, que fora magra e graciosa.

Zeke não deixou a filha fazer as pernas que ela queria — esguias, como as da mãe —, e aquelas tornavam a cadeira robusta, além de lhe dar uma base forte. O móvel era como sua mãe, embora fizesse parte dela e do pai, por ser uma criação dos dois.

Ele observou a obra.

— Uma última lixada, daí uma camada de verniz. O que você acha?

— Linda.

O pai anuiu, satisfeito.

— Nós trabalhamos bem juntos, filha.

O telefone tocou.

Ele atendeu.

— Alô? Sim, está falando com ele... Deve estar brincando! Vocês disseram que iria para Nova York e depois para o Colorado... Isso é ridículo! Simplesmente mande a bagagem da minha filha para o aeroporto de LaGuardia, e vou pedir que um amigo a pegue lá.

Keelie sentiu uma grande amargura. Onde será que suas malas estavam agora? Onde estaria seu coelhinho de pelúcia? Onde estavam as fotografias da mãe? Ela os imaginou no fundo do oceano Atlântico junto com os restos do *Titanic*.

Por outro lado, desde quando seu pai riponga e natureba conhecia alguém em Nova York? Ela ficou surpresa até por ele conhecer o nome "LaGuardia".

Zeke desligou.

— Parece que sua bagagem foi parar na Groenlândia.

— Groenlândia. Tipo no Círculo Ártico? No Polo Norte?

— Vamos receber seus pertences algum dia. Não se preocupe.

— Vou tentar não me preocupar. Vou tomar um banho rápido antes da reunião.

Keelie se vestiu no quarto e tirou os pelos de gato de suas roupas. Não tivera tempo de levá-las até o Chalé Suíço. De alguma forma, Knot conseguira entrar no guarda-roupa e se sentara em cima de sua bolsa.

O celular tocou. O coração de Keelie disparou. Devia ser Laurie ligando para confirmar os planos da Grande Fuga. Ela fez menção de pegar a bolsa; Knot bufou, com as orelhas abaixadas, paralelas à cabeça, e deu uma patada na garota.

— Gato malvado. Devolva a minha bolsa. — Ele abanou o rabo. — Ainda não perdoei você por ter feito xixi na minha roupa íntima.

O bichano a olhava de um jeito hostil. O celular parou de tocar.

— Está bem. Continue agindo assim.

Knot passou a lamber o corpo.

Keelie tirou a bolsa debaixo do gato, que caiu no chão, de pé. Seu ronronado ressoou no quarto.

— Qual é o seu problema, hein? Toda vez que sou ríspida, você gosta. Gatinho pirado.

O bichano esfregou-se em sua perna. Ela chutou-o de leve, tirando-o do caminho. Ele escorregou pelo chão, apoiado na barriga.

— Eu tenho que ir. Por sinal, quando você fica esparramado assim, mais parece um sapo de cabeça peluda.

Os olhos do gato dilataram-se, formando esferas como luas negras. Ele começou a ronronar mais.

— Esquece, seu gato pentelho.

Assim que a menina abriu a porta, Knot passou correndo por ela. Desceu com passadas pesadas, parou e ficou no último degrau, como se aguardasse Keelie. A garota observou-o: ele abanava o rabo.

Keelie desceu a escada e rumou para a loja.

— Pai, manda seu gato embora, está me olhando com maldade.

— Knot, comporte-se.

O gato foi até o carvalho diante da loja e começou a afiar as garras.

A Taverna do Caçador estava enchendo depressa com o pessoal do festival. Keelie acomodou-se perto do pai, apoiando-se na cerca de madeira. Cedro.

Elianard lançou um olhar furioso para ela enquanto Elia se empetecava, parecendo entediada. Tania tagarelou por um longo tempo sobre a ameaça da administração de fechar permanentemente o festival se as barracas não fossem consertadas de imediato. Embora só faltassem mais duas semanas para o término do Festival da Renascença de Montanha Alta, muitos comerciantes e artesãos dependiam da renda obtida nesse período para se manter até o próximo evento.

Keelie recostou-se mais na cerca, observando Knot, que se sentara em cima da antiga platibanda que circundava a construção. A cabeça do gato estava inclinada para a frente, numa imitação de abutre, e ele olhava fixamente para Louie, o urubu-de-cabeça-vermelha que se tornara o novo companheiro de Sir Davey. A ave não se dera conta de que estava sendo ridicularizada.

Raven foi na qualidade de representante do herbanário enquanto Janice arrumava a bagunça em casa. Ela não fazia ideia da sorte que tinha de contar com a mãe.

Elia se abanou com a mão e olhou com desprezo para Keelie. Atrás dela, Elianard pareceu murmurar algo.

Hã! Keelie lembrou-se de que, segundo Sir Davey, ela era muito mais poderosa que Elia.

Um cheiro de algo em decomposição chegou junto com a brisa que soprava o deque da taverna. O pendente de coração esquentou e formigou ao encontro da pele de Keelie. Algo empurrou a sola do sapato dela, e a garota mexeu o pé, movendo-o para o lado e levantando a saia. Uma arvorezinha abria caminho pela tábua do piso. Keelie observou, chocada, quando brotaram galhos, e folhas verdes, em forma de agulha, desabrocharam em cada extremidade. O aroma de cedro fresco encheu o ar.

Keelie cobriu depressa a árvore em crescimento com a saia e olhou ao redor, para ver se alguém a observava. Elianard fitava a ponta do sapato dela, que aparecia sob a roupa. Dava a impressão de que um urso pardo sairia do forro da garota. Ou o Barrete Vermelho.

Ela se alarmava cada vez mais.

Algo a tocou nas costas. A garota sentiu o cheiro de cedro e gemeu, sem ousar se virar. Deu umas batidinhas no braço de Zeke.

— Pai, temos um problema. — Keelie moveu a saia. Ele ficou boquiaberto ao ver o galho de cedro brotando do piso. — E isso não é tudo. — Ela moveu o ombro para mostrar o galho que crescera da cerca.

— Como?

A filha ergueu as mãos, como quem diz: "Sei lá!"

Raven foi se sentar ao lado dela. A amiga fitou o galho com um olhar perplexo.

— Isso é novidade. — Então ela fez um gesto de indiferença com a mão. — Olha, todo mundo vai ficar falando sem parar sobre a administração. Estou careca de saber. Vá se encontrar comigo no herbanário daqui a uma hora. A Cabana do Rebolado entrou em liquidação, e podemos dar uma garimpada lá antes que os mundanos comprem tudo neste fim de semana.

— Legal. Assim vou ter tempo de ir ver Ariel antes. — Keelie sussurrou para o pai. — Você se importa se eu for dar uma olhada no falcão e depois me encontrar com Raven para ir até a liquidação da Cabana do Rebolado?

O pai desgrudou os olhos do galho e assentiu distraído.

— Parece uma boa ideia.

Conforme as duas garotas se retiravam do deque, puderam ouvir a voz monótona do próximo falante.

— Você me salvou, Raven. Acho que eu teria morrido de tédio.

— Haverá corpos e mais corpos lá. Como sobrevivente das reuniões anteriores do festival, preciso avisar você: não caminhe, fuja correndo da próxima vez que uma for anunciada.

Nas gaiolas, a menina despediu-se da amiga, que foi pegar dinheiro na loja da mãe. Keelie colocara o seu na bolsinha do cinto naquela manhã. Cameron caminhava com Moon no ombro. Ela ficara ali para orientar os consertos que já estavam sendo feitos.

— Oi, Cameron.

— Oi, Keelie.

— Pensei em deixar Ariel voar enquanto vou até a Cabana do Rebolado. Acho que ela está com um namorado, pois tem outro falcão rondando por aqui.

Cameron parou e olhou para cima.

— Isso não é bom.

— Por que não? Acho que é legal.

— Keelie, Ariel está parcialmente cega. Não pode caçar sozinha, muito menos se defender se outro falcão a atacar.

— Como assim?

— Parta ou morra. Se esse que acaba de chegar for territorial, não está a fim de fazer amigos. Quer que Ariel vá embora ou morra. Keelie, ela nunca poderá ser libertada.

Nunca poderá ser libertada. A garota olhou para o falcão parcialmente cego e pensou nos próprios planos de fugir para a Califórnia.

Poderia levar Ariel junto. Pensou na ave morando entre as palmeiras e os shoppings ou em seu antigo bairro, em que arbustos floridos formavam a vegetação mais alta.

O falcão se sentiria infeliz, como Keelie lá — porém, será que ela mesma ainda se sentia assim? A garota fizera novos amigos e contava com o pai ali; além do mais, as árvores podiam contar com ela para protegê-las da magia negra. Zeke não poderia fazê-lo sozinho.

Quando Keelie parara de sentir tristeza?

15

Confusa, Keelie foi depressa para a loja de Janice, a fim de se encontrar com Raven. Poderia conversar com a amiga, que conhecia ambos os mundos também.

Knot a seguia, conforme ela caminhava. Ia furtivamente de uma árvore a outra, depois sumia. Tarl veio andando na outra direção, carregando um monte de asas de fada manchadas e sujas. Outra participante do show de lama o seguia, com itens similares.

Tarl deu um largo sorriso.

— Bons-dias, Keelie.

— O que está fazendo com isso? — Ela ouvira falar que a pobre coitada que administrava a barraca das asas de fada estava arrasada, porque todo o estoque dela fora arruinado na tempestade.

— Comprei tudo para o show de lama. Não fiz sujeira, joguei limpo.

— Não fez sujeira. Saquei. Ha.

— Podemos dar a você um papel no novo show: Lamaçal da Noite de São João. Você pode ser a Fada da Lama Musguenta.

— Dispenso, mas valeu pelo convite.

— Se mudar de ideia, sabe onde pode encontrar a gente. — Os dois prosseguiram com passadas ruidosas pelo caminho lamacento.

Para quem gostasse de lama, aquele lugar era o paraíso. O céu escurecera de novo, garantindo ainda mais poças e substâncias viscosas.

Raven estava parada à porta do herbanário, parcialmente coberto com uma lona azul. Ela acenou para Keelie.

— Ei, você espera um segundinho? Vou ter que cuidar de algo para a mamãe.

— Claro. — Keelie adorou a oportunidade de poder entrar na loja cheirosa. Viu um rabo cor de laranja pendurado num galho de árvore à entrada balançando de um lado para o outro como um pêndulo. O restante do gatinho pirado devia estar escondido atrás das folhas. Ela se lembrou do Gato Risonho de *Alice no país das maravilhas*, cujo sorriso era a última coisa a desaparecer.

Teria sido um livro mais curto se o bichano tivesse feito xixi na bagagem da Alice.

Keelie ignorou Knot. Por que não podia ter um gato normal? Não, espere aí. O gato não era dela. Ele pertencia ao pai. Se ela fosse ter um animal de estimação, não haveria de ser um maluco. Claro que até um gnu seria comum comparado a Knot.

Como a porta do herbanário estava escorada, mas aberta, Keelie entrou.

— Janice? Sou eu, Keelie — avisou.

Ela esfregou os dedos na saia para fazer com que parassem de formigar. A porta da loja era de pinheiro. A garota respirou profundamente, ansiando pelo aroma e pela energia curativa das ervas. Tossiu. O ambiente cheirava a água sanitária e cogumelo estragado. A tempestade destruíra a atmosfera.

Janice apareceu com uma longa vela feita de ervas. Caminhava devagar para não apagar a chama.

— Que bagunça, né? Tivemos que jogar tudo fora e, ainda assim, não conseguimos nos livrar do fedor. — Ela colocou a vela no meio de uma mesa.

— Posso ajudar em algo? — perguntou Keelie.

— Tem mais velas nos fundos. Pode pegar, vamos acendê-las aqui.

A parte de trás da loja ainda contava com um telhado. Sacos plásticos cheios de ervas estavam nas estantes laterais, e havia velas grossas em pratos de porcelana. Keelie pegou três e apoiou uma em cima da outra; em seguida, apanhou uma caixa de fósforos na mesa perto delas e voltou para a parte da frente.

Acendê-las fez com que se lembrasse da mãe, que gostava de comer à luz de velas. Recordou-se da face dela, reluzindo do outro lado da mesa, em meio à iluminação dourada. Sabia quando Katherine tivera um dia ruim, já que então ela servia o jantar na mesinha para dois sob os móbiles musicais na varanda. As chamas das velas bruxuleavam e oscilavam, repetindo o cintilar dos vaga-lumes, que adejavam em torno das flores na cerca de trás.

Keelie se perguntou se aqueles insetos realmente eram bichos. A mãe com certeza teria gostado que ela pensasse assim.

Janice interrompeu seus pensamentos.

— Parece que Knot a seguiu. Está sentado no meu terraço, lambendo-se. O que você fez para merecer tal acompanhante?

Keelie correu até a porta da frente da loja e olhou para o outro lado do caminho, mas o rabo laranja já tinha sumido.

— Sei lá. Vivo falando que ele é nojento, mas ele só ronrona.

A face de Janice iluminou-se com um sorriso.

— É porque você gosta de animais. Ouvi dizer que ajudou a salvar as aves de Cameron.

A garota ficou séria.

— Ajudei. Já teve notícias dos rapazes que foram parar no hospital?

— As feridas deles estão cicatrizando bem, mas continuam sob observação psiquiátrica. Contaram para os médicos que foram perseguidos e mordidos pelo Barrete Vermelho — comentou ela, revirando os olhos.

Keelie prendeu a respiração por alguns instantes.

— E foram?

— Bom, tinham marcas de mordida nos braços e nas pernas. — Ela suspirou. — São trabalhadores temporários, sabe? Universitários.

Não têm muito juízo. Mas eu disse para seu pai que isso é preocupante, porque o Barrete Vermelho permitiu que o vissem. Esses rapazes têm sorte de estar vivos.

— Você acha que ele ia matar os universitários? — A garota lembrou-se da risada diabólica e das mãos afogando-a. O duende ia se livrar dela também, mas Knot o impedira.

— O Barrete Vermelho é muito perigoso. E ninguém sabe por que está por aqui. Outro mistério é por que veio para o herbanário, entre tantas opções.

— Ele veio aqui? — Claro. Os cogumelos podres que Raven tirara com a pá eram um sinal infalível. — Vocês estão em perigo?

Janice mordeu o lábio.

— Raven vai voltar a estudar em breve, e eu também vou embora. Não tenho como recuperar minhas ervas e acabar com este fedor nas próximas duas semanas. Então vou embora daqui a alguns dias. Preciso deixar a loja consertada e preparada para o inverno antes de ir embora. Mas a gente vai se ver de novo. Vou para Nova York, e você e seu pai irão para lá daqui a umas três semanas. — Ela sorriu de um jeito maternal. Keelie deu um passo à frente, aceitando seu abraço.

A mulher cheirava a ervas e consolo, o que eliminou o fedor de água sanitária e de putrefação. Uma onda de calor espalhou-se pelo corpo de Keelie, antes de a culpa atingi-la como um caminhão de cimento. O que Janice pensaria dela quando Keelie fugisse? Não haveria Nova York.

— Ei, quase esqueci. Tenho uma coisa para você. — Janice foi rápido até os fundos da loja e trouxe uma garrafa azul-cobalto com tampa de conta-gotas. — Aqui está um extrato para intoxicação por clorofila. Três gotas pela manhã sempre que receber amor demais das árvores.

Ela precisava perguntar a alguém antes que seu coração aumentasse mais de tamanho e empurrasse a mãe para fora.

— Janice, lembra quando mencionou que sua mãe morreu quando você era jovem? Foi se esquecendo dela com o passar dos anos?

As pulseiras da mulher tiniram quando ela estendeu a mão para tocar no ombro de Keelie.

— Ah, querida. Não. Eu nunca, jamais me esqueci da minha mãe. Penso nela todos os dias. Sinto falta dela, apesar de ter 45 anos. Sempre serei filha dela, ela sempre será minha mãe. Ninguém pode substituí-la. Assim como ninguém pode ficar no lugar de Katherine. Leva tempo para a gente sanar a dor em virtude da perda de alguém, mas, quando o sofrimento vai embora, ficam as boas lembranças.

— E se eu mudar? E se me tornar tão diferente da garota que minha mãe amava, a ponto de ela não gostar da pessoa que virei?

Janice afastou um cacho da testa de Keelie.

— Sua mãe a reconheceria se entrasse aqui agora. Ela a amaria mesmo que você se permitisse amar seu pai. Ela amaria você mesmo com sua roupa nova, que a faz parecer uma princesa de conto de fadas da Renascença.

— Ela me amaria mesmo se eu acreditasse que existe magia e que consigo ver fadas de graveto? Mesmo se eu pudesse sentir o espírito de uma árvore? Mesmo se eu visse Knot usando botas e empunhando uma espada?

Janice abraçou Keelie.

— Ah, claro que sim. Ela a amaria simplesmente porque é a filha dela. Katherine amou Zeke, e você é parte do seu pai também. Nada que você faça impedirá esse amor.

Aquilo quebrou a fechadura da caixa que continha a dor de Keelie. As palavras saíram com rapidez da boca da garota, como se a jovem receasse que, se parasse, jamais as diria.

— Eu gritei com minha mãe no dia em que ela partiu. Mamãe não queria que eu fizesse um piercing no umbigo. Eu disse que não a amava, que ela era má. Como ela já estava atrasada para pegar o voo, acabou falando que a gente conversaria sobre isso quando voltasse. E me disse que me amava, só que eu não respondi.

Janice a abraçou.

— Deixe isso para lá, minha querida. Deixe isso para lá. Katherine sabe que você a ama. As mães sabem que as filhas as amam, mesmo quando discutem. Entenda: se a sua vida for diferente da que ela idealizou para você, continua sendo a sua vida, não a dela. Não viva a vida de Katherine. O presente dela e do seu pai para você é a sua própria existência. Ela ia querer vê-la feliz.

Enxugando uma lágrima, Keelie desejou estar tendo aquela conversa com o pai. Será que ele entenderia?

— Como você sabia o que eu estava pensando?

— Não sabia. Adivinhei. Minha mãe queria que eu me tornasse médica por causa de toda a minha experiência com o câncer. Mas eu não quis seguir a via da medicina ocidental. Tinha dom para usar ervas. Por isso, segui minha intuição, e estou fazendo o que minha mãe queria, só que do meu jeito.

— Minha mãe sempre foi muito rigorosa quanto à escola e ao meu futuro como advogada.

— Talvez consiga dar um jeito de misturar um pouco do que ela queria com o que você quer.

Raven meteu a cabeça pelo vão da porta.

— Está pronta para fazer compras na Cabana do Rebolado? Vocês duas estão tendo um momento tipo programa da Oprah? O que eu perdi?

Keelie riu, constrangida, e enxugou as lágrimas.

— Não estou muito fashion, estou.

Raven deu um largo sorriso.

— As roupas do show de lama é que não eram fashion. Você se livrou delas.

— Devia ver as asas de fada que o Tarl conseguiu para a trupe dele.

— De jeito nenhum! — A amiga riu e pôs a mão na testa. — Vamos fazer compras. Preciso tirar essa imagem da mente.

— Keelie, sempre que quiser, pode vir conversar comigo sobre a sua mãe ou o que quer que seja. — Janice afagou seu braço.

— Acho que vou aceitar sua oferta.

A menos que fosse embora no domingo.

Um aroma de incenso exótico espalhava-se no ar do lado de fora da Cabana do Rebolado, e, quando Raven abriu a porta, uma onda hipnótica de toques de tambores ressoou. A amiga de Keelie estalou os dedos e girou o quadril ao entrar no ambiente cheio de burburinho.

Keelie ficou parada no degrau da escada, impressionada com as cores da loja. Era como estar no interior de um arco-íris, da caverna de Aladim, de outro mundo.

Um fogão à lenha aquecia de um jeito aconchegante o amplo ambiente interno, deixando-o seco. Nuvens de fumaça finas espalhavam-se no ar, oriundas de incensos colocados em diversas partes. Tapetes e almofadões cobriam o piso, ocupados por garotas que folheavam revistas e faziam, por um lado, desenhos nas mãos umas das outras e, por outro, muita algazarra.

A área atrás de um biombo intricadamente pintado no canto servia de cabine de provas. Um rabo laranja peludo aparecia sob ele. O gato pervertido estava espiando as pessoas tirarem a roupa. Keelie disse a si mesma que não se trocaria mais na frente dele.

Nas paredes, havia ganchos com lenços de seda coloridos, organizados por matiz. Saias adornadas com pedras e espelhinhos, bustiês de lantejoulas e peças com franjas ficavam num lado da loja, ao passo que no outro se viam roupas em estilo tribal, de tons escuros: vermelhos, azuis e verdes revestidos de preto. Em um balcão, havia kits de hena para a pintura de faces e mãos.

Keelie examinou tudo, fascinada.

Uma mulher alta, de cabelos escuros e ondulados, trajando um bustiê brilhante, adornado com medalhas, e usando uma saia vermelha de cintura baixa, caminhou descalça, com a roupa retinindo, rumo a elas.

— Raven, seu véu chegou.

— Eu esperava que já tivesse chegado. — A amiga seguiu a mulher, que se abaixou atrás de um balcão de madeira e pegou um tecido dobrado. Keelie observou enquanto Raven o estendia com um leve puxão, segurava-o com as pontas dos dedos de ambas as mãos e girava-o graciosamente em torno do corpo.

— Uau. — Keelie se perguntou quanta prática era necessária para se mover com tanta perfeição.

— Keelie, esta é Aviva. A dona deste lugar incrível.

A garota sorriu, pensando que um aperto de mãos certamente não condizia com aquele tipo de loja.

A dona deu um largo sorriso para ela.

— Quer dizer que é a herdeira de Heartwood. Ouvi coisas boas sobre você, Keliel.

— Valeu. — Todo mundo conhecia seu nome esquisito? Segundo Raven, fora Aviva que perdera o tal anel. Keelie buscou o aro de prata na bolsinha de couro pendurada na cintura. — Isso é seu?

Raven o fitou, de olhos arregalados.

— É o seu anel.

— Pode crer. — Aviva estendeu a mão, e Keelie o colocou na palma da mulher.

— Achei na floresta ontem.

— Eu nunca vou para a floresta. — Aviva olhou para Keelie com desconfiança. — Você por acaso sabe onde está o MP3 do Zak?

— Aviva, cala a boca. Você perdeu o anel no Condado. Keelie só foi até lá uma vez, na noite em que chegou. Seja lá quem o encontrou...

— Roubou...

— Deve tê-lo deixado cair na floresta.

A mulher desviou os olhos de Raven, que a fuzilava com o olhar.

— Você tem razão. Sinto muito, Keelie. Obrigada por encontrar meu anel.

— De nada.

— Ei, pare!

As cabeças se voltaram para o grito atrás do biombo. Knot estava se espremendo para passar debaixo dele com uma borla dourada na boca. Ele olhou ao redor, com olhos esbugalhados, daí correu para a porta, escapulindo por ali antes que esta se fechasse após a entrada de uma nova cliente, uma mulher que ficou espantada e deixou a trouxa que levava cair no chão.

— Knot, volta aqui. — Keelie correu até a entrada, saltando sobre a trouxa e empurrando a recém-chegada no afã de pegar o bichano. Ela viu seu rabo laranja aparecer em meio ao capim alto do outro lado do caminho, como uma bandeira. — Para, seu gato idiota. Isso não é seu.

A garota correu pelo capim e depois pela trilha, no outro lado do pequeno prado. Passou pela barraca das asas de fada destruída, sem as mercadorias estragadas, que seriam reutilizadas por Tarl, pela barraca do arco e flecha, por algumas de comida, em que havia bastante movimento, barulho de serra elétrica e aroma de madeira cortada, e, então, pela área de recreação infantil e pelo cheiro de ovelhas no zoológico interativo. Knot ia saltitando adiante, a borla esvoaçando atrás dele conforme o felino percorria a toda velocidade o caminho.

O que planejava fazer com aquilo? Aquela bola peluda idiota só queria que Keelie a perseguisse. Sir Davey fitou os dois, atônito, quando eles passaram depressa; em seguida, ambos deixaram para trás o herbanário e o livreiro, e começaram a subir a Fileira das Árvores rumo à clareira.

Agora a garota sabia aonde o bichano se dirigia. E acenou para Scott enquanto corria para Heartwood, tentando interceptar Knot na escada. Ele era rápido demais para ela; subira a escada externa e passara pela portinhola antes mesmo que Keelie pisasse no segundo degrau.

Era melhor a borla estar em bom estado, porque ela com certeza não pagaria por aquela mercadoria. A garota bateu a porta com força quando passou e gritou com o gato.

— Vai me devolver isso já, seu gato cleptomaníaco. Essa é a última vez que vai me envergonhar. — Keelie olhou debaixo da cama e atrás do sofá. Ele não estava no banheiro nem na cozinha. Um ponto molhado no chão chamou sua atenção. Uma pegada. Então ela viu outras, rumando para o quarto do pai. O chão molhado denunciara o gato.

A garota abriu a cortina com suavidade e, então, bradou:

— Não!

Knot estava se agachando na última gaveta do criado-mudo do pai, prestes a aprontar o pior.

16

— Saia daqui, Knot. — Keelie falou com severidade, usando o tom de advogada da mãe. — Se fizer xixi na gaveta do papai, vai ver só! Nem vou ser eu a encarregada da matança.

Ele pestanejou, os olhos verdes semicerrados, a borla pendurada na lateral da boca como um charuto dourado caído.

Keelie tentou pegar o gato, mas ele passou saltitando por ela e largou a borla por fim. A garota pegou-a com a ponta dos dedos, evitando a baba deixada por Knot.

Pelo visto não sofrera danos. Ela se virou para fechar a gaveta, caso o bichano resolvesse voltar, e parou. Havia um álbum de fotos em cima de uma coberta branca dobrada. Parecia velha, mas seu aroma era familiar. Tão familiar que os olhos de Keelie ficaram marejados. Seu cheiro lembrava a mãe.

Ela se sentou no assoalho, apoiando as costas na lateral da cama do pai. Pôs o álbum no colo e pegou a coberta branca, que, na verdade, era um xale de crochê delicado. Colocou-o ao redor do corpo, puxando-o pelos ombros até o rosto, como se a mãe a estivesse abraçando de novo. Fechou os olhos e deixou-se levar — permitiu que rolassem as lágrimas de saudade daquele rosto que nunca veria outra vez.

Quando se recuperou, abriu o álbum ao acaso. Era uma narrativa cronológica da sua vida. Keelie o folheou, surpresa com as fotos. Como o pai conseguira todas elas? Cada uma fora legendada com a caligrafia metódica da mãe. Katherine fizera aquele álbum. E para ele.

Ela voltou ao início. A primeira fotografia mostrava a mãe bem novinha, com cabelos longos e dourados espalhados por sobre os ombros. Usava um vestido de noiva rendado, em estilo medieval, com um cinto comprido, adornado com pedras semipreciosas. Uau, era mesmo uma guirlanda de flores nos cabelos da mãe? Keelie sorriu. A mãe ficaria tão constrangida em saber que a filha estava vendo essa versão antiga dela.

Zeke encontrava-se ao lado de Katherine na foto; os cabelos longos e escuros presos em um rabo de cavalo. Estranho, mas parecia exatamente igual ao que era hoje. Não envelhecera nada. À esquerda da mãe estava a avó Josephine, com um terninho escuro e a costumeira blusa branca esvoaçante, e, ao lado do pai, achava-se uma mulher de cabelos grisalhos compridos e ondulados, deixando à mostra orelhas pontudas; usava uma coroa fina de fios prateados. O belo vestido de chiffon desta fora bordado com desenhos espiralados em tom prata. Keelie olhou de perto. Folhas. O que mais poderia ser?

Ela fitou a fotografia, um momento de outros tempos. A mãe parecia muito feliz. Estava de braços dados com Zeke e o fitava, com um sorriso no rosto. Era óbvio que o amara de verdade, pelo menos no início. Por que mudara?

Keelie acariciou o papel lustroso da fotografia como se pudesse tocar em Katherine. *Mãe, por que você me afastou dele? Por que separou nossa família?*

A filha nunca saberia. O pai tinha a própria versão da verdade, mas a mãe partira para sempre.

Na segunda fotografia, Katherine estava sentada de pernas cruzadas no chão, ao lado de um bebê com uma cabeleira encaracolada rebelde. Sorrindo, Keelie tocou em seus cabelos na foto. Caramba, eles já eram cheios e assanhados naquela época. Do outro lado da neném de cabelo crespo, o pai agitava um cachorrinho de pelúcia, tentando chamar sua atenção com um sorriso maroto nos lábios. A menina se concentrava nas peças à sua frente, ignorando os pais.

Keelie aproximou-se da foto. As peças de montar pareciam ter sido feitas de cerejeira. Ela deu um tapa na própria testa. Começava a ficar obcecada com madeira. Será que ia identificar tudo quanto era objeto desse material pelo resto da vida?

Outra fotografia mostrava Keelie um pouco mais velha, sentada no colo de Zeke, segurando uma boneca. A menina ria. A bonequinha tinha orelhas pontudas. De onde será que viera? O sorriso do pai era tão maroto quanto nas outras imagens. Ali estava um homem apaixonado pela esposa e pela filhinha.

Ocorreu à garota que, às vezes, quando Zeke achava que ela não o via observando-a, mantinha aquele sorriso maroto nos lábios.

Keelie olhou para o alto. Se a mãe estava em alguma nuvem com os outros anjos, a filha queria que descesse e fosse conversar com ela. Que respondesse às suas perguntas. A garota fechou os olhos. Quando os abriu, continuava sozinha no quarto do pai.

Estremeceu, embora a manhã gelada da montanha não estivesse mais fria do que de costume. Como o xale caíra enquanto Keelie olhava as fotografias, ela o recolocou, envolvendo-se bem. Talvez fosse apenas psicológico, mas se sentia mais aquecida e segura com ele.

Keelie ainda tinha alguns dias para decidir se pertencia ao mundo do pai ou se voltaria ao que a mãe lhe dera. Uma terceira opção lhe ocorreu. Zeke poderia ir para a Califórnia. Não Los Angeles, mas talvez as montanhas florestais do Norte. Podiam virar uma família de novo, e Ariel moraria com eles.

A garota ainda ficaria perto das amigas e das lembranças que guardava da mãe e da avó Josephine; porém, ela ainda não sabia ao certo se seu lugar era aquele. Tivera certeza da resposta quando chegara ao festival, mas, agora, não mais.

A ideia deixou-a inquieta. Talvez precisasse dar uma caminhada para espairecer. Tinha decisões a tomar a respeito da sua vida. E queria saber mais sobre o que era ser uma fada. Fora um grande passo para uma patricinha californiana descobrir que não era totalmente humana, conversar com árvores e lutar contra forças malignas na floresta. Mais parecia o enredo de um videogame, mas era a vida.

Se Keelie realmente fosse com Addie para a Califórnia, sabia que partiria o coração do pai. Os dois tinham se aproximado muito depois de todos aqueles anos de separação.

Mas *ele* não deixara a filha com a mãe todos aqueles anos? Cartas esporádicas de festivais da Renascença por todo o país e brinquedos eram enviados pelo correio. De qualquer forma, não se podia considerar isso uma criação paternal. O pai não estivera presente nos momentos difíceis. Quando Keelie perdera um dente andando de patins ou quando um garoto paquerado por ela a convidara para ir a uma festa e depois lhe dera bolo. A mãe, sim, estivera lá. A mãe entendera.

Uma voz longínqua em sua mente perguntou: *E quanto à vez em que você viu aquela criatura na floresta e sua mãe lhe disse que não havia nada ali?* Mas havia. E Katherine vira também. E não se podia dizer que era um cavalo branco, não com aquele chifre enorme.

Keelie sentiu uma ânsia súbita de sair e ficar entre as árvores. Envolveu-se ainda mais com o xale. Já com a sensação de ser bem diferente da Keelie Heartwood que tentara alcançar a sra. Talbot apenas uma semana atrás, ela foi até o patamar da escada externa.

O que a fizera mudar? O pai? Ariel? Com certeza não fora aquele gato odioso. Ela também ficara obcecada por madeira e ansiava ficar em torno de árvores vivas. Se voltasse para Los Angeles, poderia ir à praia, mas haveria apenas plantas importadas, palmeiras e arbustos com quem trocar ideias; ela se perguntou que tipo de faces teriam. Talvez pudesse cultivar ervas para satisfazer sua necessidade de manter contato com plantas ou comprar uma árvore nova.

Keelie meneou os dedos dos pés descalços, sorrindo. Sir Davey dissera que lidar com a lama faria a magia se desviar de sua mente e conectar-se com seu coração. Quem sabe andar sem sapatos na terra não surtiria o mesmo efeito? Talvez devesse ir até o prado conversar com o álamo. A garota lembrou-se da onda de energia que ele enviara por meio dela quando tocara Moon.

Naquele momento, aquela energia curativa viria a calhar para Keelie.

Seu celular tocou lá dentro. Ela seguiu o toque até a bolsa, que estava no chão, perto da cama e, claro, cheia de pelos de Knot.

— Alô — atendeu.

— Oi. Os planos continuam de pé para a Grande Fuga.

Keelie não queria pensar nessa escapada, não quando planejava a Grande Conciliação.

— A gente pode conversar amanhã? Meu pai está me chamando.

— Pai? Achei que fosse o genitor, o ogro, o velho, o doador de esperma.

— Amanhã. A gente conclui os planos.

— Está bem, Keelie. Amanhã, então. — Laurie pareceu estar brava com ela.

Keelie meteu o celular debaixo do travesseiro, depois se cobriu bem com o xale, sentindo-se culpada. Knot estava em cima da cama, lançando-lhe um olhar furioso com aqueles olhos esquisitos cor de gás pantanoso. Ele bufou.

— Cala a boca, seu masoquista idiota. Eu não vou pagar por essa borla. Espere só até eu contar para o papai.

Zeke chamou-a lá de fora.

Os pelos de Knot eriçaram-se como o rugido de um leão.

— Fica frio, sua bola peluda. Eu não vou a lugar nenhum.

O gato bufou de novo, ainda bravo, e deu um passo atrás, como se estivesse pronto para atacar.

— Fica quieto, seu gato pirado.

Ele começou a ronronar alto.

— Ei, você não ouviu quando chamei? — O pai parou à entrada cortinada. Então ficou olhando fixamente para o xale.

— Pai, eu posso explicar.

— Então explique, por favor. — O olhar dele passou para Knot, que se deitara na cama e fingia que dormia.

— A culpa é dele. — Keelie tocou no gato com o dedo. — Ele roubou uma borla da Cabana do Rebolado, e vim correndo atrás dele para recuperar a peça. Daí ele se meteu no seu quarto, e, como pensei que o danado ia fazer xixi na sua gaveta, só quis proteger suas coisas.

— Entendo.

— Quando Knot saiu de lá, vi o álbum de fotografias e o xale. O cheiro era tão parecido com a mamãe...

O tom de voz de Zeke suavizou.

— Sei. — O pai se virou por um instante e, em seguida, olhou para a filha. Seus olhos aparentavam estar mais brilhantes, como se ele estivesse tentando conter as lágrimas. — Pode ficar com ele. Eu ia dar para você de qualquer forma.

— Obrigada. Por que estava me chamando?

— Você recebeu uma caixa da minha mãe. Da sua avó. Vamos abri-la e ver o que ela mandou.

Ela o seguiu até a sala, lembrando-se do que ele dissera a Sir Davey a respeito de Keelie ser "a escolhida". E, seja lá o que isso significasse, sua avó não aceitaria. A garota recordou-se da zombaria de Elia sobre gente metade humana e de Elianard chamando-a de mestiça. Será que a mãe de Zeke pensava assim também?

— Vamos abrir a caixa. — O pai cortou o papel pardo que envolvia o pacote, e um aroma forte de canela espalhou-se pela sala. Keelie recuou. Tinha o cheiro de Elianard. Ela pegou o papel e o alisou. O endereço do remetente era: "Floresta do Pânico, Oregon." Será que a avó morava num lugar com esse nome?

Keelie observou o pai abrir a caixa e olhou dentro.

— Uau. Quer ver o que sua avó lhe mandou?

— Não tem nada aí que morda? — Nunca se sabia, naquelas bandas.

— Não. — Ele riu e afagou os cachos de cabelo da filha, como se ela fosse uma garotinha. Keelie os ajeitou e se inclinou para olhar a caixa.

— Pai, que tal se, em vez de a gente morar na Floresta do Pânico, a gente fosse para o norte da Califórnia, sabe, tipo lá onde ficam as grandes sequoias.

— A nossa casa fica na Floresta do Pânico. — Zeke a olhou com curiosidade. — Por que está perguntando?

— Se a gente morasse na Califórnia, eu ficaria perto das minhas amigas, e ainda assim podíamos viver numa floresta. Eu até podia cuidar da Ariel. Formaríamos uma família.

— Já somos uma, Keelie. E a sua avó mora no Oregon. Temos muitos parentes lá também.

— Talvez você tenha, mas eu não. Nunca recebi um cartão de aniversário, nem um telefonema, nem um *puxa, você ainda está viva* da sua mãe desde... hum, deixa ver... ah, sim, desde que nasci, durante a minha vida inteira — gritava, embora não tivesse essa intenção.

O pai a fitou.

— De onde veio isso?

— Você é tão desligado. Não somos uma família. Estamos começando a nos entender, mas isso não significa que você pode me meter no seu mundinho silvestre como se eu fosse um esquilo ou algo assim. Eu não sou uma árvore. Você não é o *meu* pastor.

— Eu nunca disse que era. Eu sou seu pai. — Ele também gritava agora.

— Pare de gritar.

— Não fui eu que comecei, foi você.

— Ah, cresça e apareça, Zeke. Você é um tremendo Peter Pan com suas fãs e seu jeitinho elfo de ser. Um natureba que se dedica a cerimônias com árvores. Eu preciso dar o fora daqui. Tenho que tocar em algo concreto. Tchau.

— Aonde você vai? Volte aqui. A gente não terminou.

— Ah, terminou, sim. — Keelie bateu a porta ao sair, mas ela entreabriu; então a garota a reabriu e bateu com toda a força.

Enquanto Keelie descia a escada com passadas pesadas, viu Knot na janela do quarto, olhando-a boquiaberto, em estado de choque felino. Isso a fez se sentir ótima. Ela mostrou a língua para ele e se dirigiu ao Condado.

Precisava de companhia humana. Se não estivesse rolando uma festa, Keelie daria início a uma.

Scott fez menção de lhe dizer algo, depois se virou e foi para o outro lado. Ela olhou de esguelha para o espelho sobre uma mesa na loja. Seus olhos estavam avermelhados e inchados. Beleza. Sean ficaria de joelhos ao vê-la — daí vomitaria.

As nuvens no céu estavam agitadas também, um reflexo perfeito dos sentimentos de Keelie. Ela ansiava por trovões e raios. Ao pé da colina, viu a ponte e foi mais devagar, lembrando-se do Barrete Vermelho. Talvez não devesse estar sozinha ali. E devia ter trazido a capa.

A garota pisou na ponte, esperando ouvir a voz sob ela, mas ouviu apenas a água correr borbulhando pelas pedras. A grama estivera escorregadia e lamacenta até ali, e cogumelos pontilhavam as margens.

Keelie deu de ombros. O Barrete Vermelho estivera ali, provavelmente depois da tempestade que fizera o riacho encher. Onde estava a criatura que a salvara? E o que seria?

A conclusão lógica, em se tratando da Travessa do Espírito da Água, levava a uma entidade espiritual.

— Oi? Espírito? Eu queria agradecer a você o outro dia. Salvou a minha vida. — Nenhuma resposta.

Ela saiu da trilha e andou rio abaixo, observando a água que circundava as árvores inclinadas sobre o riacho. A margem era mais alta ali, e abaixo Keelie via áreas arenosas, pequenas praias que assinalavam depósitos de sedimento.

A garota teria adorado brincar ali quando pequena. Na curva seguinte do riacho, notou um movimento perto da água. Um peixe enorme ofegava, atolado na margem arenosa.

— Coitadinho, vou ajudar você. — Embora talvez fosse tarde demais, ela foi até lá, segurando-se em raízes conforme descia.

O peixe dirigiu os olhos grandes e castanhos para Keelie e disse o nome dela arfando.

Ela recuou, batendo a cabeça numa raiz. Álamo. Algo subiu em seu ombro, vindo das samambaias que se inclinavam sobre a margem. Keelie ficou paralisada, torcendo que não fosse uma cobra ou um baita inseto. O rosto musgoso que a observou a apenas dois centímetros lhe parecia familiar agora.

— *Bhata.*

A figurinha de gravetos parecia satisfeita. Um bracinho similar a folhas em forma de agulha tocou com suavidade o rosto da garota e o outro apontou para o peixe.

Keelie se ajoelhou perto do peixe. Ele piscou para ela, tinha fios de barba longos nas laterais da enorme boca sem lábios e ergueu uma barbatana fina e ossuda, em que se via a mãozinha com três dedos interligados por membranas natatórias.

— Keliel.

— Espírito?

A criatura fechou os olhos e, em seguida, abriu-os de novo.

— É você. Está machucado? Quer que eu o coloque de volta na água? O que posso fazer para ajudar?

Pelo canto dos olhos, Keelie viu que outras fadas de graveto haviam chegado, bem como algumas do tipo inseto, que o pai chamara de outro nome. As margens começavam a ficar cheias delas.

Ela hesitou, mas, em seguida, estendeu a mão e empurrou o espírito, fazendo uma careta ao sentir a textura viscosa e gelada de peixe. Eca.

O espírito gritou, e seus bracinhos agarraram o pulso dela, os dedos pegajosos grudando em sua pele. Keelie titubeava entre gritar, correr e ajudar a pobre criatura.

A compaixão venceu. Ela olhou ao redor, buscando algo que pudesse usar como encosto, e viu o álamo sobre si com o tronco delgado erguendo-se até a copa, as raízes parcialmente expostas, em virtude da erosão.

Keelie tirou o pingente de coração chamuscado e o colocou no espírito. Não aconteceu nada. Com os olhos fixos na criatura, ela estendeu a mão para trás e pegou uma raiz grossa.

O mundo ficou verde. No prado, a metros dali, ela viu Hrok e, mais adiante, no rochedo, estava Sir Davey, cercado de equipamento científico, concentrado no trabalho.

A garota olhou para o espírito.

— Cure.

Nada aconteceu. Keelie pensou na noite em que curara Moon no prado. Será que precisava ser uma árvore específica?

Hrok, ajude-me.

Abaixe seus escudos, Keliel que Fala com Árvores. Deixe a magia fluir por você. Pare de temer.

Que temor? O espírito era meio nojento, mas não assustava Keelie. De que a garota tinha medo? Do Barrete Vermelho. Da raiva do pai. De si mesma. De seus planos. Do futuro. Do que ela se tornara.

Não, do que sempre fora. Essa era a verdade que temia. O que era? Que Keelie não podia ser considerada totalmente humana. Mas que os pais haviam agido de um jeito humano demais. Haviam se amado e desistido desse amor por ela. E agora a filha planejava abandonar o pai.

A garota não podia voltar para a Califórnia. Já não era mais a mesma Keelie, mas sim Keliel que Fala com Árvores, a filha do Pastor das Árvores. Precisava descobrir o que isso significava. Aquela seria sua vida dali para a frente.

Uma onda de energia verde fluiu pela raiz, queimando os músculos dela conforme ia abrindo caminho até o outro braço e descendo, descendo, preenchendo o espírito. Keelie tentou soltá-lo, receando que tanta energia o machucasse, mas ele continuou a segurá-la com força, revigorando-se, absorvendo a magia como um nadador ansiando por oxigênio.

Em torno de Keelie ouvia-se o zumbido e o tinido das fadas animadas. Por fim, os dedos estranhos e pegajosos a soltaram, e ela largou a raiz.

O espírito esvaeceu, deixando o pingente de coração chamuscado na margem.

Keelie o pegou e tirou a areia que ficara nele. O espírito sumira de vista.

— Ingrato — murmurou ela.

Então, a *bhata* a atacou.

17

Keelie escalou as raízes, o vestido longo apoiado nos braços, agradecendo ao álamo e mantendo o rosto na curva do cotovelo para que a *bhata* não conseguisse arranhar sua face nem atingir seus olhos.

Quando finalmente pisou no solo, correu levantando a saia, agradecida por aquelas mangas longas impedirem que as criaturinhas tilintantes de gravetos fossem para seus braços. Antes que ela chegasse à trilha, uma nuvem de insetos veio da ponte, e a garota mudou de direção, indo rumo ao prado. Os bichinhos voadores a alcançaram depressa e agarraram seus cabelos, pinicaram seu couro cabeludo e beliscaram seu pescoço.

A pele de Keelie formigava com a magia delas, e a garota já estava meio tonta por causa da clorofila que canalizara para salvar o espírito. Ela apertou o passo e, então, a tontura se transformou em temor quando chegou ao Pânico. Keelie sentiu um aperto no peito e teve a sensação de que a floresta se fechava ao redor.

As *bhata* tiniam e pinicavam, perfurando sua roupa. Keelie gritou e puxou a bainha da saia até a cabeça, tirando-a. Ela se livrara das criaturinhas que cobriam a saia, só que outras tomaram o lugar delas.

— Sir Davey — bradou a garota. — Socorro!

Ele se virou e ficou boquiaberto ao ver o que a perseguia.

— Venha aqui, moçoila. Rápido.

Rápido? E ela por acaso estava passeando? Keelie saltitou nos últimos metros e agarrou a rocha, os pés buscando desesperadamente um apoio nas laterais cheias de liquens.

Sir Davey a puxou para cima do rochedo. As *bhata* que a cobriram antes sumiram, mas as parecidas com insetos continuavam ali. O anão fitou-as.

— As *feithid daoine*. Não se veem com muita frequência.

— Eu preferiria nem ver. Não sei o que foi que fiz para deixá-las tão fulas da vida, mas elas me atacaram como se eu tivesse pegado o mel delas ou algo assim.

— Onde?

Keelie contou a ele o que ocorrera com o espírito e sua invocação de Hrok e do álamo para salvá-lo.

— E você está dizendo que o espírito desapareceu?

— Estou. — Começara a ventar mais, o que trouxe o cheiro de chuva.

O pequeno homem notou também.

— Este rochedo não é o lugar mais seguro para se estar numa tempestade com relâmpagos. Melhor eu ir deixá-la em casa.

— Para que todos esses troços? — O rochedo estava cheio de caixas, grandes fragmentos de cristal envolvidos com arames, um disco de metal que girava sobre uma vara de madeira fixada num buraco escavado na pedra. Parecia um experimento científico do ensino fundamental.

— Tem um feitiço ruim por aqui, em alguma parte. É arredio, e estou tentando localizar.

— Feitiço ruim? Você precisa de um equipamento para encontrar? Ele me perseguiu desde o riacho!

Sir Davey parou de olhar para seu equipamento e agitou as sobrancelhas de lagarta.

— Elas não são feitiço ruim, moçoila. São apenas *feithid daoine*.

— *Feta* o quê? Nunca vou me lembrar disso. O povo-graveto é o *bhata*, certo?

— Certo.

— Eles que começaram. Todos me odeiam.

— Na certa eles tentavam dizer algo.

— Ah sim, que não vão com a minha cara. Mensagem recebida, com a maior clareza — gritou Keelie em direção ao prado.

O disco de metal no alto da vara começou a rodopiar, e os cristais a reluzir. Sir Davey os observou.

— Opa.

— O que significa?

— Está chegando. Agache-se. — Ele a empurrou para baixo assim que um raio caiu bem acima.

Keelie ouviu a canção maníaca do Barrete Vermelho.

— Ouviu isso? — perguntou ela.

— Não, o quê? — Sir Davey sintonizava o aparelho. — É melhor você voltar para casa.

Keelie pensou no pai bravo e nas coisas terríveis que ela lhe dissera. Zeke ou o Barrete Vermelho? Fosse como fosse, estava ferrada. A garota apertou o coração chamuscado.

A atmosfera ficou verde e densa como um xarope. Ela fechou os olhos, impeliu-o mentalmente e sentiu Hrok por perto, mas nada além disso. Então Hrok lhe mandou um aviso.

A garota abriu os olhos e viu que o vento levantara detritos da floresta, que adejavam no ar. O líquen perto dela abriu a boca para gritar. As *bhata* estavam sendo lançadas em rodopio pelo prado, como um tornado de gravetos e folhas.

Um movimento no chão chamou a atenção de Keelie. Era Elianard, ela podia ter jurado, mas ele se movia apressado rumo às árvores. Então, houve outro deslocamento, mais rápido, rumo a ela, com aquele cheiro! Canela e cogumelo, dois aromas que certamente a fariam sentir náuseas pelo resto da vida. A péssima combinação entupia o nariz dela.

O Barrete Vermelho atacou Sir Davey, em seguida, eles saíram rolando da rocha para o chão. A boca do duende abriu-se, adquirindo uma dimensão fora do normal, como a de um sapo gigante, mas cheia de dentes ameaçadores. Seus olhos concentravam-se em Keelie, e ele ria enquanto sugava a aura de Sir Davey. Gavinhas em forma de névoa, de tom bronze, brilhavam à medida que a criatura inalava.

Keelie desceu do rochedo e pegou um cristal para atacar o Barrete Vermelho. Mas ele se tornara mais poderoso ao consumir a força vital de Sir Davey. As *bhata* caíam do céu ao redor da garota, conforme a energia delas era sugada pela criatura maligna, que criara um vórtice de morte ao redor de si.

A garota caiu, e um raio atingiu o solo ali perto. A eletricidade eriçou seus cabelos e fez sua pele formigar. Gotas de chuva caíram sobre ela e trovejou, o som aumentando até se tornar ensurdecedor.

A boca de Keelie estava cheia de poeira. Ela cuspiu, pensando na magia terrena, e seu peito ardeu. A garota levou a mão até ali para tirar o que quer que a estivesse queimando, só que não era uma brasa e sim seu colar. O coração chamuscado reluzia em tom verde e batia ao ritmo da seiva da floresta, com o brilho forte do verão.

Keelie foi rastejando adiante e meteu o coração na boca do Barrete Vermelho. Ele gritou, rangeu os dentes e recuou. Ela foi se arrastando até ele, sendo circundada por uma luz clorofilada ao passar pelas *bhata* que se haviam recuperado e voavam para o alto.

A garota podia sentir as árvores ao redor, uma companhia sólida que abrangia o prado e as montanhas. Todas elas estavam com Keelie, que agarrou Sir Davey e puxou a energia que restava dele em direção ao verde. Talvez ele fosse morrer. Talvez já estivesse morto.

Debaixo dela, a terra tremeu. Ela sentiu-a ondular sob si. O que fizera?

O Barrete Vermelho trincou os dentes e se levantou; em seguida, fitou-a enfurecido e começou a cantar. Keelie vislumbrou algo prateado no dente dele. O colar!

Atrás do duende, a terra borbulhou da forma como fizera quando Sir Davey evocara as minhocas para assustar Elia.

As borbulhas aumentaram, e raízes saíram do solo, oscilando no ar, como se algo enterrado no subsolo buscasse apoio na tempestade.

Keelie segurou Sir Davey com firmeza quando o Barrete Vermelho foi se aproximando. Uma das raízes arremeteu, derrubando o duende.

O coração chamuscado saiu rolando livremente, e a garota esticou-se para pegá-lo. O sujeitinho maligno tentou abocanhar Keelie com seus dentes pontudos, chegando a alcançar a manga da roupa dela e a arranhá-la. Então, ela pegou a corrente do colar e puxou-a, o braço ardia em virtude da mordida da criatura. Será que ele era venenoso?

O Barrete Vermelho se virou, rosnando, mas parou quando um livro grande apareceu na superfície ondulante da terra. Pedaços de lama endurecida caíam da capa, da qual saía um brilho prateado forte, apesar da escuridão provocada pelo temporal, revelando um desenho de espinhos cercados de raios. Em sua mente, Keelie sentiu a energia do pai unindo-se à das árvores. Ele canalizou ainda mais energia, extraindo poder da montanha ali perto.

O duende gritou e deu um salto rumo ao livro. Outra raiz arremeteu contra ele, que a mordeu, partindo-a em duas.

Atrás dela, Keelie ouviu um grito e, pensando que seu pai viera, virou-se para avisá-lo. Mas era Elianard, com os olhos fixos no livro.

A garota agarrou o coração chamuscado. Não havia como alcançar o duende antes que ele pegasse o livro.

Jogue-o, Keelie. A voz do pai ressoou em sua mente.

Eu não posso. Sir Davey está ferido. Está morrendo, pai.

Você tem que fazer isso. Jogue o coração. Tente acertar o livro.

Ela soltou Sir Davey e se levantou com esforço, cambaleando por causa do Pânico e da magia negra. Keelie levou o braço direito para trás e jogou o coração chamuscado com toda a força, os olhos grudados nos espinhos brilhantes da capa do livro. O coração, que cintilava em tom verde, fez um arco sobre a cabeça do Barrete Vermelho e caiu na lama perto do livro; em seguida, rolou para trás, até atingi-lo. A prata reluziu esverdeada quando o duende estendeu a mão e tocou no livro.

Um relâmpago caiu sobre a terra, cegando Keelie. Ela gritou de dor e foi jogada para trás, impulsionada pela explosão do raio. As árvores bradaram quando suas raízes queimaram, e Keelie caiu com força no chão. Então, tudo ficou escuro.

Quando ela despertou, um tom cinza a circundava. Abriu bem os olhos. A penumbra era interrompida por brilhos avermelhados. Carros de bombeiros. Uma multidão se juntara. A face do pai surgiu sobre Keelie.

— Você acordou. — Ele parecia a um só tempo preocupado e feliz. Uma estranha combinação.

— O que aconteceu? — Como Keelie não sentia cheiro de fumaça, sabia que não havia incêndio na floresta. — Sir Davey?

— As sobrancelhas dele estão chamuscadas, mas ele está bem.

— O Barrete Vermelho? — Ela queria poder dizer frases completas, mas sua garganta doía tanto que o pouco que falava saía num tom rouco.

— Ele se foi. Queimado. Tudo o que resta é uma cratera com a capa de um livro e um gorro vermelho. Nós, hã, tiramos os dois itens dali antes da chegada dos bombeiros.

— Minha cabeça dói.

— Você foi lançada com bastante força. Como está seu braço esquerdo?

Keelie o moveu.

— Dolorido. Bom, acho.

O pai ergueu o braço da filha para que ela o visse. Cicatrizes profundas, em ziguezague, cobriam seu antebraço. Pareciam feridas curadas havia muito tempo.

— O Barrete Vermelho me mordeu. Mas já cicatrizou. — Ela fitou o antebraço, impressionada.

— Foram as árvores. Sir Davey sobreviveu.

— O Barrete Vermelho estava sugando a energia vital dele. Como fez com o espírito.

— Sim, o espírito. Você fez muitos amigos, filha. O espírito convocou as *bhata* e as *feithid daoine* para avisá-la.

— Eu achei que elas estavam me atacando.

— Tenho algo para você. — O pai abriu a mão dela e colocou um objeto ali. Algo tosco e arredondado.

Keelie olhou para a mão em concha. Um fragmento de prata — tudo o que restara da corrente derretida — e o coração chamuscado. A Rainha Álamo salvara todos eles.

18

De pé no patamar da escada de casa, Keelie contemplou a noite iluminada pelos vaga-lumes, que cintilavam ao seu redor. Ela se cobriu mais com o xale da mãe. As folhas das árvores cantarolavam uma canção farfalhante de paz. De algum ponto no alto, um ronronado ressoou, acompanhando-as. Ela observou a silhueta do felino encurvado em contraste com o céu.

Keelie olhou de relance para o apartamento, onde o pai dormia no sofá, cobrindo o rosto com uma almofada verde cheia de adornos de árvores prateadas. Ele tinha bebido várias canecas de hidromel com Sir Davey, alegando que apaziguavam seus nervos em frangalhos de pai. E os piratas estiveram lá também, bebendo mais do que todo mundo na Taverna do Caçador.

Uma brisa suave fez os cabelos da garota esvoaçarem. A fragrância de flores misturada com a de canela. Keelie olhou ao redor. Cheiro de elfo. Seria Elia? Alguém estava parado debaixo da cornija da loja do pai e, então, moveu-se até ficar sob o reflexo das luzes internas. Sean. Ele levou o dedo aos lábios e fez um gesto com a mão para que ela descesse. O coração de Keelie disparou. O que ele fazia ali?

Os roncos do pai continuavam a ecoar sob a almofada. Melhor não acordá-lo. Aquele descanso era merecido.

Os vaga-lumes iluminaram o caminho de Keelie. Contendo-se para não descer correndo os degraus amplos de madeira, a garota desceu com passadas lentas e firmes. A mãe aconselhara a não parecer ansiosa demais quando se encontrasse com seus paqueras. *Mantenha um ar de mistério*, dissera. Keelie esfregou as palmas da mão na calça, caso estivessem suadas.

Sean estendeu a mão, e ela colocou a sua ali com charme, como vira Elia fazer.

— Por que veio aqui?

O rapaz usava uma blusa bordada, bem no estilo elfo, e jeans. Seu modo de se vestir misturava o mundo humano com o de seu povo. Tal como Keelie.

— Eu vim vê-la, minha donzela.

Ela sentiu um frêmito de satisfação percorrer sua espinha.

— Venha caminhar comigo até a justa — convidou Sean, apertando a mão dela.

Será que tinha alguma festa lá?

— Está bem. Mas vamos ficar na trilha, certo?

Sua face charmosa e delgada iluminou-se com um sorriso de compreensão.

— Claro.

Nenhum dos dois disse nada enquanto caminhavam, mas ambos estavam à vontade. Keelie gostou de sentir a pele dele tocando a sua. Depois de um tempo, o silêncio se tornou um ruído. Ela vasculhou o cérebro em busca de algo inteligente para dizer. Queria ser espirituosa, impressionar Sean com sua perspicácia, porque, depois de ele ter namorado Elia, uma garota esperta seria uma mudança muito bem-vinda.

Keelie, que atraíra raios, derrotara o Barrete Vermelho e salvara o festival, não conseguiu pensar em nenhum comentário.

— Todo mundo está falando do que você fez hoje. Foi muito corajosa. Salvou muitas vidas.

A garota sorriu, em parte por causa do elogio e em parte porque ele fora o primeiro a dizer algo.

— Obrigada.

Ela queria que ele a beijasse. Gostava muito dele e talvez não tivesse outra oportunidade. Daí, claro, se Elia descobrisse que Sean beijara Keelie, a fada petulante perderia o controle como nunca antes.

Mais silêncio. Os vaga-lumes cintilavam, e o vento dançava entre as árvores. Keelie podia sentir o zumbido clorofilado delas enquanto se regozijavam por causa do esvaecimento da magia negra. Embora a garota não as visse, sabia que as *bhata* e as *feithid daoine* também estavam comemorando na floresta. Sua pele vibrava em harmonia com a magia delas.

Os dois passaram pela ferraria. Estava bem escuro e silencioso naquele momento, ao contrário dos fins de semana em que o martelo do ferreiro batia contra o aço enquanto ele fazia espadas e outras lembranças caras para os mundanos comprarem.

Sean parou e se virou para Keelie. Embora já houvesse anoitecido, uma reflexo suave da luz do poste iluminava o rosto dele.

Algo quentinho e peludo esfregou-se na perna da garota. Knot os seguira. O rapaz acariciou o rosto de Keelie com a ponta dos dedos. Ela se inclinou para a frente, aguardando o beijo que, com certeza, viria a seguir. Estar tão pertinho daquele jeito era bom demais.

A garota se lembrou da noite no Condado, quando o capitão Randy se aproximara dela e tocara seu seio, e como ela não quisera que ele parasse. A sensação do corpo dele pressionando o dela fora ótima, e Keelie queria sentir o mesmo com Sean. Mais até, porque o rapaz era alguém que, na verdade, ela poderia namorar.

Ele abaixou o rosto em direção ao dela. Ia mesmo beijá-la. Ela ergueu a face, já prevendo a sensação dos lábios dele tocando os seus.

Knot meteu as garras na calça dela, atingindo sua perna, fazendo-a suspirar e recuar. Uma unha afiada do bichano arranhara sua pele. A garota forçou-se a ignorar a dor. Queria prolongar aquele momento com Sean. Ela sacudiu a perna, na tentativa de se livrar do felino diabólico, mas o bichano não arredou o pé.

— Você está bem? — perguntou o rapaz, preocupado.

Ela enrubesceu, constrangida. Apontou para baixo.

— Knot.

Os olhos do gato reluziram quando ele olhou furioso para Sean.

Keelie sussurrou:

— Você vai virar um protetor de orelhas feito de pelos de gato laranja.

O felino arqueou as costas e bufou, mas afastou-se.

Sean sorriu e se inclinou mais em direção a Keelie; então, seus lábios pressionaram os dela com suavidade. Um tremor percorreu as costas da garota, cujo coração começou a bater mais rápido. Quando o rapaz se afastou, ele franziu o cenho e deu um sorriso forçado. Keelie sentiu o nervosismo virar enjoo. Sean tinha ficado desapontado com seu beijo. Ela fizera algo errado.

Embasbacada, a garota inclinou-se e apoiou-se na barra da cerca. Carvalho da Dakota do Norte.

— Algo errado? — perguntou ela.

Ele ergueu o joelho e mostrou Knot preso à sua perna. O gato balançava o rabo e bufava como um bichano pirado e esquisito. Keelie deu umas batidinhas na cabeça dele.

— Sai daí.

O felino ronronou.

— Ele foi o guardião da sua mãe — comentou Sean, como se isso explicasse o comportamento estranho. — Está protegendo você agora.

— Que tipo de guardião?

O rapaz agitou a perna na tentativa de tirar o gato maluco dali.

— Eu lembro que ele atacava qualquer um que julgasse ser uma ameaça para ela. Está bem mais tranquilo desde então.

— Uau. Você devia ter uns cinco anos quando minha mãe se casou com meu pai. Que memória!

— Não, isso foi há apenas quinze anos. — Sean sorriu para ela. — Eu estava com setenta — acrescentou ele em tom casual.

Keelie ficou pasma e se sentiu feliz por estar apoiada no poste; do contrário, teria se espatifado no chão por causa do choque. Somou setenta mais quinze mentalmente e deixou escapar a resposta.

— Você tem oitenta e cinco anos!

A imagem de um velhinho enrugado lhe veio à mente.

O rapaz anuiu. Knot desenganchou-se da calça de Sean, saltou até a terra e saiu saracoteando com o rabo empinado. O rapaz pareceu ter ficado aliviado.

— Sou um dos elfos mais novos autorizados a lidar com os cavalos. E acho que quando pedir permissão a seu pai para cortejá-la, ele ficará impressionado. — Sean notou a expressão da menina e franziu o cenho. — Eu disse algo errado?

— Não, está tudo bem. — Keelie se perguntou se o rapaz estaria brincando, mas ele não era do tipo que gostava de pregar peças.

Um silêncio constrangedor surgiu entre os dois como uma cortina invisível.

— Ainda posso cortejá-la?

— Não faço a menor ideia do que isso significa. Estou tão confusa. — A garota passou a mão na própria testa. Sean não aparentava ter oitenta e cinco anos. Parecia um tremendo gato de dezenove, e Keelie sentia um frêmito agradável ao olhar para ele, exceto pelo número oitenta e cinco martelando em sua mente. Ela visualizou cabelos ralos, passos vacilantes, mãos enrugadas e cobertas de manchas amarronzadas. Nada disso aparecia ali. Qual seria o significado daquilo em relação ao processo de envelhecimento dela? Keelie era um híbrido de seres humanos e elfos. Sua vida duraria como a de uma fada? Ou como a de uma humana? Alguém sabia?

Zeke tinha que responder a muitas perguntas.

— Sean, você pode me acompanhar até Heartwood? Preciso conversar com meu pai.

— Zeke não lhe contou. — Não era uma pergunta. Os olhos de Sean arregalaram-se quando leu a resposta no rosto dela. — Acho que ele vai ter uma longa noite.

Os dois subiram juntos a trilha, e os dedos do rapaz tocaram a mão dela como se pedissem permissão para ir além. Ela deixou que envolvessem os seus e, em seguida, pressionou com suavidade a mão dele.

Um pensamento indiscreto ocorreu a Keelie, que não resistiu e indagou:

— Sean, se você tem oitenta e cinco, quantos anos Elia tem?

Ele deu um largo sorriso, como se viesse aguardando aquela pergunta.

— Tem só sessenta. Mas tome cuidado com ela. Acho que planeja fazer algo contra você. Ela não ficou nada satisfeita com o respeito que você ganhou agora da parte dos elfos.

— O que isso significa?

Sean suspirou.

— Tem alguns que a consideram uma aberração por causa do seu sangue humano, mas outros mudaram de opinião.

Pasma, ela comentou:

— Quanta generosidade da parte deles.

Uma aberração? A menina começava a gostar cada vez menos da família do pai. Não fora à toa que a mãe se mandara da floresta. Com a mão livre, ela fechou mais o xale em torno do corpo.

Conforme Sean e Keelie caminhavam de mãos dadas, o único ruído ao redor era o de seus passos na terra com cascalhos. Vaga-lumes dançavam em torno de ambos, e ela se perguntava, àquela altura, se eram mesmo insetos.

A revelação do rapaz a respeito de sua idade não a incomodara tanto quanto a ideia de que os elfos não gostavam dela, e tudo por causa de sua ascendência. Keelie queria se tranquilizar e curtir o momento com Sean. Já fora difícil o bastante aceitar o fato de que ele era um elfo; ela supôs que a questão da idade era mais um fator ligado a isso. Perguntou-se que outras surpresas a aguardavam. Tipo, se Sean tinha oitenta e cinco, quantos anos teria seu pai?

Se aquela era a nova realidade de Keelie, ela queria saber todos os detalhes. Capacidade de falar com as árvores — sim. Alvo de duendes malévolos com barretes vermelhos — sim. Não totalmente humana — sim. O que mais não lhe contaram? Na escola, a garota aprendera que informação era poder, e precisava de dados naquele momento.

Os dois pararam ao pé da escada, e Knot passou correndo entre ambos. O felino fez uma pausa na metade da escada, balançando o rabo de um lado para o outro, como se para apressá-los. Beleza, agora ela aprendia linguagem de rabo de gato.

Sean era bem mais alto do que ela. Keelie se perguntou se ia beijá-la de novo e subiu um degrau para facilitar a empreitada, caso ele quisesse. Até aquele momento, aquela tinha sido a melhor noite da vida dela. Mal podia esperar para contar tudo a Laurie. Tudo menos a parte sobre os elfos.

O rapaz segurou com suavidade o queixo de Keelie para que ela não desviasse os olhos.

— Quando nos conhecemos, tentei me convencer de que meus sentimentos por você eram fraternais, mas não foi esse o caso. E já faz algum tempo. Quero ser muito mais do que um irmão.

Keelie estremeceu e se perguntou por que Knot bufou de um jeito ameaçador.

— Knot, cala a boca.

O bichano estava arruinando seu momento romântico. Ela agarrou o corrimão, buscando reconfortar-se na madeira familiar.

Sean colocou a mão sobre a dela.

— Depois desta noite, eu também vou proteger você. Quando o festival terminar, nossos caminhos vão se separar, mas vamos nos encontrar de novo na Floresta do Pânico. Vou ficar pensando em você, Keelie Heartwood. Espero que me deixe roubar mais beijos antes do término do festival.

Knot bufou. A garota colocou a mão atrás das costas, fechou o punho e agitou-o na direção do bichano.

— Não precisa roubar nenhum. São seus, Sean. — Ela tirou a mão debaixo da dele, apoiou-a no peito do rapaz e inclinou-se para a frente a fim de beijá-lo.

Sean abraçou a jovem, que fechou os olhos e sentiu a maciez da boca dele na sua, a força dos braços que a cingiam. Ela não tinha experiência, mas ele, com certeza, tinha. De oitenta e cinco anos. O pensamento deve tê-la feito recuar um pouco, porque ele a beijou no rosto.

— Boa-noite, Keelie.

A garota abriu os olhos e viu-o partir em meio à escuridão. Oitenta e cinco anos. Em que ela estava se metendo?

Uma mancha alaranjada o acompanhou. A situação já não seria motivo de pânico na Floresta do Pânico. Ela só precisava dar um jeito de superar a questão da idade dele.

Lá em cima, Keelie ergueu a almofada verde do rosto do pai e jogou-a nas pernas dele. Zeke levantou-se de supetão.

— O quê? Filha, você está bem?

Ela pôs as mãos no quadril.

— A gente precisa conversar. Agora!

Keelie gostou de seu novo look. O espelho mostrava uma morena de cabelos encaracolados com talento para se vestir de um jeito fashion. Provavelmente a mãe teria gostado da forma como a filha renovara o estilo renascentista com seus toques contemporâneos.

Suas novas botas estilosas eram um par antigo da mãe, que o pai guardara durante todos aqueles anos. Serviam perfeitamente.

Ela achou que estava ótima, exceto pelos restos de lama nas pontas dos dedos. Podia até ouvir a mãe dizendo: "Keelie, olhe só isso! Precisa fazer as unhas!"

A garota levou a mão ao coração.

— Você está aqui, mãe. Vou amar você para sempre.

Keelie e Zeke conversaram por horas. Ele respondera a algumas das perguntas da filha, embora ela ainda estivesse confusa.

— Espere, Keelie. — Raven foi correndo até ela, usava algumas das roupas novas também. — Soube que você saiu com Sean ontem à noite. Elia ficou fora de si.

— É mesmo? — A garota sentiu um misto de raiva e satisfação. Receava o que a outra pudesse aprontar, mas era ótimo saber que sofria. Tentou sentir um pouco de compaixão pela fada, mas não conseguiu. Ficou feliz por Raven não ter feito nenhum comentário a respeito de sua saída repentina da loja da dança do ventre. — Quer dizer que ela está furiosa?

— Com certeza. Só hoje, até agora, Elia já puxou o cabelo da melhor amiga, deu um tapa num sujeito da Corte Real e teve um acesso de raiva na frente da Pérgula das Rosas. — A amiga riu. — Todo mundo está curtindo isso. Nunca a vimos tão brava antes.

— Fico me perguntando como será que ela descobriu. — Ou a menina tinha um espião na floresta ou Sean lhe contara. Ou ela mesma os seguira. Essa última opção não parecia muito provável.

Keelie pensou em Elia, com seus sessenta anos. Não fazia ideia do quanto Raven sabia, mas tinha certeza de que alguns aspectos da vida dos elfos, incluindo talvez sua existência como povo diferente, não eram compartilhadas com os seres humanos. Zeke dissera que a filha envelheceria bem mais devagar do que as pessoas comuns, mas que ela não viveria até os quinhentos anos como a avó.

O pai não aparentava ter 327 anos. Tinha ótima aparência. Ele disse à filha que o lado bom disso seria que, quando Keelie envelhecesse, não teria rugas. Nem precisaria aplicar Botox no rosto.

Raven voltou para a loja da mãe, e Keelie foi até as gaiolas, ainda pensando nos elfos. Agora que os problemas haviam terminado, as árvores não conversavam. Talvez elas soubessem de algo que a garota pudesse fazer para ajudar Ariel. Talvez o carvalho no prado lhe dissesse algo, embora a ideia de voltar até lá não a entusiasmasse.

Nas gaiolas, Keelie colocou a luva de couro e abriu a gaiola do falcão. Ariel deu um grasnido e agitou as asas. A garota não conseguia aceitar que aquela ave nunca seria livre. Se não havia um tratamento médico que a curasse, talvez algum tipo de magia desse conta do recado.

Ariel subiu no pulso de Keelie.

Cameron apareceu, vindo da parte dos fundos.

— Oi. Estava limpando as gaiolas. — Riu quando viu o falcão no pulso de Keelie. — Você faz maravilhas com ela. Ariel sabe quando você está vindo.

O falcão esfregou a cabeça emplumada no rosto da garota. Seu olho dourado reluziu e sua cabeça oscilou de cima para baixo, como se a ave sentisse que havia algo diferente em sua melhor amiga humana. Keelie gostaria de poder conversar com falcões também.

Cameron prosseguiu:

— E quem diria que Sir Davey e Louie se dariam bem daquele jeito.

— Eu vou visitá-lo agora. Daí aproveito para ver como vai o abutre também — disse Keelie.

— Obrigada.

Uma vez fora das gaiolas, Keelie soltou Ariel, que se dirigiu aos álamos perto da loja Horda de Dragões. No caminho, sua asa direita esbarrou numa árvore, e a ave começou a despencar, mas, então, recuperou-se e voou até um galho.

A garota sentiu alguém segurar seus ombros. Não se virou. Seus olhos marejados concentravam-se no falcão.

— A gente vai ter que decidir em breve, Keelie. Seria justo mantê-la numa gaiola pelo resto da vida dela?

Keelie não queria ouvir o lado compassivo de Cameron.

— Tem que haver um jeito de ajudá-la. — Ela fechou os olhos e conectou-se com as árvores. — Olhem Ariel.

As folhas farfalharam em resposta.

O falcão a seguiu, voando de árvore em árvore até chegar à loja Horda de Dragões.

— Não vá muito longe — avisou a garota.

As vitrines da loja reluziam com cristais. Keelie inspirou. Cheiro de café. Sir Davey fizera a mistura contra dor de cabeça. Ela ouviu um gemido nos fundos e foi até lá.

O homenzinho estava sentado no pequeno sofá, com um pedaço enorme de hematita pressionado contra a testa. Louie se acomodara na beira do móvel, os olhos fixos em Sir Davey.

Ele abriu os olhos.

— Estou morrendo, moçoila. Minha cabeça não para de latejar e, sempre que levanto os olhos, vejo o mensageiro da morte assomando no alto. Está esperando que eu bata as botas.

Keelie disse:

— O senhor precisa se levantar e dar uma caminhada. Fazer o sangue circular. Deu certo comigo.

Sir Davey soltou outro gemido.

— No seu caso, você foi atingida por magia. Eu atraí isso para mim mesmo.

Ela foi até a cozinha. Serviu café, grosso e forte, numa caneca de cerâmica e levou-a para ele.

Louie abriu as asas quando o anão se sentou e aceitou a bebida.

— Esta loja não para de girar.

— Tome seu café. Vai ver como ajuda. Confie em mim. Eu sei.

— Acho que sim, moçoila. Nenhum efeito colateral por causa de ontem?

— Não, estou bem.

— Você parece diferente. Acho que são seus olhos. Dão a impressão de serem mais de elfo que de ser humano. Como se você soubesse de detalhes que outras pessoas desconhecem.

— Conversei muito com meu pai. Aliás, quantos anos o senhor tem?

Sir Davey deu uma risadinha no momento em que ia tomar um gole de café. Fez uma expressão de dor ao engolir.

— Ah, quer dizer que ficou sabendo da questão da idade?

— Fiquei. Então, quantos anos o senhor tem?

— Sou velho o bastante para saber das coisas e jovem o bastante para seguir adiante. — Ele ergueu um dedo, como se tentasse sentir o vento.

— Não vai me contar.

— Não. Preciso manter alguns segredos. Cultivar certo ar de mistério. As mulheres gostam disso. — Sir Davey agitou as sobrancelhas cinza-chumbo, parecidas com lagartas, e fez outra careta.

Keelie levantou-se.

— O senhor ainda não melhorou de todo, mas é melhor descansar agora.

Louie se acomodou de novo na beira do sofá. O anãozinho fechou os olhos e cobriu-se, levando a manta até o queixo.

— Você fez bem, Keelie.

Ela apagou a luz.

— Eu sei.

Lá fora, o sol do início da tarde estava forte, e o ar revigorante e limpo. A garota ergueu o rosto, permitindo que o calor reconfortante a cobrisse. A sensação era similar à satisfação de um banho quente, em contraste com o que ela sentira quando Sean a beijara.

O rapaz dissera que queria mais que amizade, e Keelie estava pronta para explorar esse caminho também, independentemente da idade dele.

Keelie subiu pela Trilha do Ferrageiro rumo ao herbanário, onde notou que a lona azul tinha sido substituída por uma porta novinha em folha. O aroma de alfazema espalhou-se pela loja.

Aviva caminhava por ali. Enrubesceu quando viu Keelie e passou depressa por ela. Tente fazer uma boa ação, e algumas pessoas agem de um jeito desprezível.

Ela bateu na porta da frente.

— Vocês já abriram?

Raven abriu a porta. Estava destrancada.

— Como está Sir Davey?

— De ressaca. Vai sobreviver. Quer dar um pulo lá em Heartwood?

— Não posso. Ainda precisamos fazer uma faxina aqui. E mamãe continua acendendo velas. Daqui a pouco, a loja vai infringir as leis antifumaça. Eu vou até a Cabana do Rebolado mais tarde. Não quer ir também?

Keelie meteu a mão no bolso e tirou uma nota de cinco dólares.

— Você paga pela borla do Knot? Eu me sinto mal à beça por causa disso. E espero que Aviva não ache que peguei o anel dela. Ela acabou de passar por mim e estava com cara de poucos amigos.

Raven agitou a mão.

— Esquece. Eu fiquei bem irritada com ela e deixei bem claro que aquilo não era jeito de tratar uma ótima amiga minha. Afinal de contas, você devolveu o anel. De que planeta ela é?

— Podia ser como Elia, uma el...

— Uma fada como Elia? Não, Aviva andou bebendo e fumando demais no Condado. E eu sei tudo sobre os elfos, garota.

Keelie deu um largo sorriso.

— Raven, você sabe tudo de tudo.

— Espere aí, tenho algo para você. — Ela foi até os fundos e voltou com uma caixinha. — Abra.

— O que é?

— Um presente, sua boba.

Keelie abriu a tampa e tirou uma série de borlas douradas. Riu.

— Valeu, eu acho.

Raven deu de ombros.

— Não pareceu legal Knot ficar com uma, ainda mais depois de você ter saído correndo atrás dele. Então, achei que realmente queria uma dessas.

— Claro, vou até dar nós nelas. Afinal, Knot com *nó* se paga. — Keelie tentou ficar séria.

A amiga lhe deu uma cotovelada.

— Pode parar, ou vou acabar com você. Olhe, vai ter um festaço no Condado hoje. Estão dizendo que os piratas montaram uma barraca em homenagem ao capitão Dandy Randy. Parece que o nosso Don Satterfield vendeu um jogo de software que criou para uma daquelas grandes empresas.

— Quer dizer então que todo aquele tempo que ele passou no porão da mãe jogando videogame valeu a pena? Que bom para ele.

— Está a fim de ir? Vou ser sua guarda-costas se for. Os piratas não vão mexer com você. A menos que queira, claro.

— Eu adoraria ir. Eu sabia que o capitão Donald tinha mais do que um traseiro bonito.

Raven revirou os olhos.

— Quando a gente for para o Festival de Nova York, vou levar você para passear. Eles realmente sabem dar festas em Valfenda.

— Valfenda? É o nome da cidade?

— É de *O senhor dos anéis*, garota californiana.

Tudo parecia ter saído direto daquele livro. Keelie precisava lê-lo.

— A gente se vê de noite, lá pelas nove — disse Raven.

— Até mais.

Ariel voou e roçou na cabeça de Keelie, quando ela se dirigia ao Caminho do Rei. A loja de vitral estava fechada; o falcão pousou num cedro, em meio às árvores, entre o estabelecimento e o portal da frente. Os pelinhos da nuca da garota arrepiaram-se. Ela olhou ao redor, mas não viu nada fora do normal. Sentira o mesmo na presença do Barrete Vermelho, porém agora ele tinha ido embora para sempre.

O falcão pousou num galho alto e observou-a.

Keelie fitou os telefones públicos. Precisava ir adiante. Laurie tinha de saber que a Grande Fuga seria cancelada. Keelie não voltaria para a

Califórnia naquele momento. Seu lugar era ao lado do pai e de Ariel. Ela já não podia ser considerada a mesma que passara por aqueles portões dias antes, embora a filha de Katherine ainda estivesse ali, dentro dela.

A menina pegou umas moedas na bolsinha e meteu-as na abertura do telefone. Discou o número de Laurie.

— Alô? — A voz da amiga parecia tão normal que fazia a garota se lembrar de como sua vida fora comum na Califórnia.

— Laurie, sou eu, Keelie.

Ela teve de afastar o fone da orelha para proteger o ouvido do grito dado pela amiga.

— Ah. Meu. Deus. Achei que você nunca fosse ligar. Sabe, tipo, estou tentando falar com você há séculos e mais séculos.

— Do que você está falando? A gente tem se falado um dia sim outro não sobre a Grande Fuga. Você precisa ligar para sua prima Addie e avisar que não vai ter nada no domingo.

— Que prima Addie? Do que você está falando? Não falo com você desde que me ligou naquela noite de um telefone público. Sabe, que desespero. Ligar a cobrar de um telefone público.

Os pelinhos na nuca de Keelie se arrepiaram. Sentiu a presença da magia negra que vivenciara com o Barrete Vermelho.

— Keelie, você está aí? — perguntou Laurie, apesar de sua voz aparentar estar bem longe.

Elia estava debaixo dos cedros. Ela levou o polegar e o dedo mindinho à orelha, simulando um telefonema; daí deu um largo sorriso.

Keelie engoliu em seco. Não aguentava mais. Aquela fada estava ferrada.

— Laurie, eu ligo para você depois. Tenho que ir.

— Está bem, mas me telefona logo. Preciso contar tudo sobre o novo namorado da Constance, e a blusa linda que ela comprou na La Jolie Rouge. Um arraso.

— Tchau, Laurie. — Keelie desligou, e o fone encaixou com o som metálico característico.

Uma batida de asas alertou a garota a tempo de ela erguer o braço com a luva de couro. Ariel pousou em seu pulso.

A energia clorofilada das árvores fervilhou sob a pele de Keelie. *Cuidado.*

Elia estava parada bem mais perto, os olhos pequenos semicerrados fitavam a garota e a ave. Como ela fizera aquilo? Keelie não vira a menina se mover.

— Você deveria ter ido embora quando teve a oportunidade — disse a outra.

Keelie ergueu Ariel, deixando-a mais perto de si. O falcão moveu-se, irrequieto. A garota acariciou as costas macias e emplumadas da ave, reconfortando-a.

— Eu não vou embora, Elia. Meu lugar é ao lado do meu pai.

— Você é um erro. Mestiça. Como esse seu pássaro idiota. E nós, elfos, sabemos o que fazer com erros. Nós os consertamos. — O ar em torno delas brilhou. A sensação que se tinha era a de magia, mas não a acalentadora das árvores. Aquela se assemelhava mais a unhas arranhando a pele de Keelie.

Ariel soltou um grasnido e tentou bater as asas, mas pendeu para o lado. Keelie pegou-a e puxou-a para perto. O falcão parou de se movimentar em seus braços.

— O que você fez com ele? — quis saber a garota, assustada.

— Ele não está morto; só o amaldiçoei, nada mais.

— Como você amaldiçoou Ariel? Desfaça o feitiço.

— Me obrigue. — Elia se afastou, sorrindo. — Isso mesmo, você não pode... sua humana. Agora isso vai provar para todo mundo que você não é tão especial. Você não passa de uma mestiça.

De repente, Ariel acordou, movimentando a cabeça para a frente e para trás. Seu bico arranhou Keelie, fazendo-a sangrar.

A garota gritou, mas não por causa da dor. Quando o falcão virou a cabeça, Keelie notou o motivo de seu estresse. Ambos os olhos de Ariel mostravam-se, naquele momento, leitosos. Ela estava totalmente cega.

Elia bradou quando uma bola laranja e peluda berrou e saltou do telhado triangular da loja de vitral em cima de seus cachos dourados;

parecia que Knot se fundira com a cabeça dela. Elia saiu correndo pelo Caminho do Rei, gritando e golpeando o felino, que se aferrara a ela como se ele fosse um caubói de rodeio.

Keelie observou Janice tirar o cataplasma do olho de Ariel. Apesar de ter passado 24 horas sob os cuidados de Janice, Cameron e Sir Davey, o falcão continuava cego.

Raven aparecera algumas vezes, encorajando Keelie a ir à festa dos piratas, mas a garota ficara com Ariel. Elia ia pagar pelo que fizera.

— Querida, tentamos de tudo — disse Janice. — Preparei todos os remédios para lesões no olho que conheço.

Sir Davey acrescentou com tom de voz grave:

— Usei todo feitiço de cura que conheço, moçoila, mas não consigo quebrar a maldição de um elfo.

Keelie pôs a ave no antebraço coberto com a luva de couro. Apoiou-se na divisória de madeira que separava as gaiolas. Aproximou o falcão de si, e a ave esfregou a cabeça em seu rosto. A maciez das penas fez a garota se lembrar dos beijos de boa-noite da mãe. Ficar perto de Keelie era a única coisa que acalmava Ariel, que parara de comer.

Janice parecia estar prestes a dizer algo, porém, de súbito, calou-se. Keelie ergueu os olhos. Cameron caminhava na direção deles, junto com Zeke. A garota sentiu um aperto no peito.

A treinadora olhou para ele, em seguida, para a ave.

— Keelie, precisamos conversar.

Ela nem respondeu. Seu coração disparou. Sabia que rumo a conversa tomaria.

Ariel abriu as asas, e Keelie obrigou-se a relaxar os punhos cerrados.

Zeke estendeu a mão para pegar a da filha.

— Pai, Elia fez isso.

Ele sussurrou:

— Eu sei, e ela vai ter que enfrentar a assembleia dos elfos por causa disso. Elianard avisou que se encarregaria do castigo de Elia.

Keelie sentiu até náusea.

— Ele não vai castigar a filha. Acho que o vi competindo com o Barrete Vermelho por aquele livro e, quando Elia me atacou, senti a presença da magia negra.

— Mais um motivo para aguardar — ressaltou o pai. — Acho que essa situação vai além de Elianard e, seja lá por que motivo, seu destino está ligado a ela. Precisamos tomar cuidado. Você tem que me prometer que não vai se aproximar de Elia para tirar satisfações sobre Ariel. Não é assim que os elfos agem. A assembleia retomará a discussão em Nova York. Elianard e Elia estarão lá também. E, quando formos, vamos levar o falcão e cuidar dele. Prometo que vou fazer o que puder para descobrir uma cura e devolver a visão a Ariel. Há textos antigos na Floresta do Pânico, nos quais talvez encontremos uma solução.

Keelie soltou um suspiro.

— Pai, vou tentar evitar Elia, mas, se ela se aproximar de Ariel em Nova York, vou usar toda a magia que puder para proteger o falcão. Essa é a forma de agir dos seres humanos.

Epílogo

Onde estava a bagagem dela? Keelie encontrava-se diante do trailer alpino. Já aceitara o fato de o pai ser um elfo com poderes mágicos e de ela mesma ser metade fada; mas seu lado de garota californiana estilosa não suportava aquela casinha de madeira decorada com arabescos rebocada pela caminhonete enferrujada.

Havia coisas aparecendo por tudo quanto era janela, e o pai vinha usando palavras que deviam ser uns tremendos palavrões em linguagem de elfo enquanto tentava guardar tudo.

— Você vai ter que comprar um trailer maior — gritou a filha.

Ele se inclinou pela janela e olhou para baixo, na direção dela.

— Basta aumentar este aqui. Só preciso acrescentar mais espaço na cabine.

— Pai. Não. Vai ficar parecendo um troço saído dos contos da Mamãe Ganso. Sabe, a casa torta da viela torta? Só que esse vai ser o chalé torto sobre rodas.

— Acho que você vai ter que dividir a cama com Knot.

Keelie pensou na caminha de lã com adornos de rena. Onde aquele bichano se metera?

Uma buzina tocou, e, em meio a uma nuvem de fumaça, chegou uma picape cheia de piratas a caráter. O veículo parou na frente de Keelie. Todos os rapazes na carroceria ergueram as canecas de cerveja e deixaram escapar a um só tempo um *argh*.

O capitão Dandy Randy dirigia. Ele fitou Keelie com um brilho libidinoso nos olhos e mandou-lhe beijinhos. A garota pôs as mãos na cintura e retribuiu o cumprimento. Podia interpretar muito bem o papel de mulher da vida de pirata. O capitão pôs o chapéu e abriu a porta da picape. Suas botas ressoaram ao pisar no cascalho do estacionamento.

Ele foi andando com seu jeitão arrogante até Keelie. Os outros piratas gritavam na carroceria, ainda erguendo as canecas. Bradaram vários "salve, marujos".

O capitão Randy piscou para a garota.

— Estou devolvendo um amigo pirata para a senhorita, já que estão prestes a zarpar.

Ele abriu a porta do passageiro. Uma massa informe peluda, laranja, de quatro patas, saiu. Estava com uma bandana vermelha em torno das orelhas e ronronou ao passar pela garota. O rabo mostrava-se hasteado.

— Knot? — perguntou Keelie.

O capitão Randy assentiu.

— No fundo, um verdadeiro pirata. Tomou várias canecas de hidromel comigo e com o pessoal. Vamos sentir saudades dele. A gente veio se despedir.

Knot subiu na cabine da caminhonete de Zeke. Keelie se virou.

— Ei, sou *eu* que vou do lado do meu pai, sua bola peluda. — Ela se voltou para o capitão. — Parabéns pelo programa.

— Obrigado. — Keelie percebeu que, atrás da fachada de pirata, havia um cara jovem e tímido. Ele ergueu a cabeça e sorriu para ela.

— Você vai para Nova York?

O capitão Randy balançou a cabeça.

— Talvez. A senhorita Raven vai trabalhar na divulgação do meu novo programa.

Ela sorriu.

— Legal. Bom, se a gente não se encontrar em Nova York, então até o ano que vem.

Ele fez um gesto de despedida e virou-se; em seguida, parou e lançou outro olhar sensual de pirata para a garota.

— Quer saber? — perguntou.

Andou até Keelie, abraçou-a, inclinou-a para trás e lhe deu um beijo nos lábios — um profundo, de língua e tudo. Ouviram-se mais gritos e assobios vindos da picape.

O capitão Randy endireitou-a. Ela ficou parada, pasma.

— Lembre-se de mim, mocinha. — E, então, caminhou de forma arrogante até o automóvel. Todos os piratas o aplaudiram. Daí, ele ligou a picape e se mandou em meio a uma nuvem de poeira.

Keelie comentou:

— Louco.

O pai se pôs ao seu lado.

— Por que ele fez isso? — quis saber Zeke.

A filha deu de ombros.

— Piratas. São imprevisíveis. — Ela se afastou, sussurrando: — *Io-rô-rô.*

O pai gritou:

— Bom, fique longe deles.

Na cabine da caminhonete, Knot se acomodara no banco do carona, perto da janela, como se estivesse pronto para ir para Nova York. A bandana do gato sumira.

Keelie foi até ele.

— Ponha-se no seu lugar na nova cadeia alimentar, bichano. Sou eu que vou perto da janela. Se eu não for aí, vai me dar enjoo e vou vomitar em cima de você.

Knot deitou-se no banco, pôs as pernas dianteiras debaixo do peito e começou a ronronar. Pareceu um desafio.

Um caminhão da California Airlines ia passando, então parou de repente. Keelie sentiu uma onda de expectativa percorrer sua espinha. Sua bagagem. Tinha que ser. Ela queria pular de alegria, mas se apoiou na cabine da caminhonete. Sabe-se lá se Sean andaria por ali.

O entregador da companhia aérea desceu, e Keelie já sabia, pelo jeito como ficou boquiaberto, que ele nunca vira nada parecido com o trailer.

Ele a olhou, depois observou de novo o chalé de madeira na parte de trás da caminhonete.

— Isso parece um hotel de esqui sobre rodas.

— Eu sei — disse Keelie. — Pode cantar feito um alpícola se quiser.

Se Raven estivesse ali, as duas poderiam começar a cantarolar algo saído de *A noviça rebelde*, o musical no qual Keelie e Laurie haviam atuado na aula de teatro no ano anterior.

— Tenho uma entrega para Keelie Heartwood.

— Sou eu — disse ela com vontade de gritar "beleza!" e agitar o punho cerrado no alto em sinal de vitória. A bagagem tinha chegado.

Zeke meteu a cabeça para fora da janela do trailer.

— É o que eu estou pensando?

O entregador tirou diversas caixas grandes com adesivos de vários portos de escala, em seguida, pediu que ela assinasse sua prancheta eletrônica.

Keelie o fez sem tirar os olhos do pai, que observava a quantidade e o tamanho das caixas. Ele ficou pálido. Hã! Era bem possível que tivesse de trocar a casa sobre rodas por uma motocasa Winnebago. Ela imaginou uma similar às usadas pelas celebridades do rock, com chuveiro e TV. Perguntou-se se eram difíceis de dirigir.

O entregador apontou para o trailer.

— Cara, isso é uma obra de arte. Nunca vi tantos detalhes na madeira.

A cor de Zeke voltou ao normal. Ele se endireitou.

— Obrigado, meu caro — disse o pai, fazendo uma reverência.

O sujeito o olhou de um jeito estranho.

As imagens suntuosas de televisão por satélite e de ônibus de roqueiros esvaeceram conforme o pai solicitou que outros trailers lhes arrumassem um lugar para as caixas.

Depois que o entregador foi embora, Janice, Sir Davey e Scott chegaram em suas motocasas e trailers para pegar parte da bagagem de Keelie antes de partir. Sir Davey tinha uma Winnebago nova, bem legal. Ela mostrou-a ao pai.

— E disso aí que eu estou falando. Conforto moderno.

Em resposta, Zeke arqueou a sobrancelha com desdém.

Janice dirigia uma caminhonete, um Wagoneer. A expressão de Raven era contrariada. Além disso, ainda eram as primeiras horas da manhã. A amiga saiu do veículo.

— O que você tem? — perguntou Keelie.

— A mamãe. A gente vai para uma floresta aí pegar ervas silvestres. Caramba, vou ficar uma semana parada na floresta, catando uma planta azeda para preparar um extrato fedorento.

Keelie tentou não rir. Era difícil imaginar Raven fazendo isso.

— Olha — disse ela. — A Cameron, com Ariel e Louie. Ela conseguiu todas as licenças para poder transportar as aves pelos estados.

Cameron dirigia uma motocasa enorme, bem parecida com a de Sir Davey, sendo que a dela tinha aves de rapina em voo pintadas nas laterais. Ela parou. Keelie ficou na ponta dos pés, espiando, esperando conseguir ver o falcão.

— Como está Ariel?

— Sentindo sua falta, mas ficará bem. Então, garota, a gente se vê em Nova York.

Zeke aproximou-se.

— Cameron, nós nos encontraremos no Festival de Wildewood.

— Ah, então até lá.

Keelie e Zeke recuaram.

— Tchau, Cameron. Tchau, Ariel. Tchau, Louie — gritou a garota, e o veículo das aves de rapina sumiu em meio a uma nuvem de poeira. Ela tentou não ficar triste; veria o falcão dali a alguns dias.

O pai já guardara boa parte das caixas, exceto a menor, que pôs no Chalé Suíço. Keelie mal podia esperar para pegar as fotografias da mãe e o coelhinho de pelúcia.

Sir Davey observou o trailer entulhado do amigo. Acariciou o cavanhaque com o indicador e o polegar.

— Sabe, Zeke, talvez seja melhor você conversar com aquele meu amigo de quem comprei o Winnebago quando chegar a Nova York. Você tem que admitir que Keelie precisará de muito espaço.

A garota inclinou-se e abraçou Sir Davey.

— Ah, obrigada. Eu realmente não quero dividir o beliche com Knot. Ele solta pelos. E, pior, baba.

— Com certeza. Ninguém quer compartilhar nada com esse gato. — Sir Davey agitou a sobrancelha para cima e para baixo. — E compartilhar tampouco é o forte dele.

Zeke revirou os olhos.

— Posso reformar o trailer para aumentar o espaço interno.

Janice enlaçou Keelie com um dos braços.

— Zeke, ao menos considere conversar com o amigo de Sir Davey em Nova York. — Ela abraçou Keelie com mais força e, em seguida, sussurrou: — Nos vemos em breve.

Raven também revirou os olhos.

— Pense em mim no meio da natureza. A gente com certeza vai fazer compras quando eu voltar para o mundo real.

Keelie anuiu.

Janice suspirou.

— Entre no carro, Raven.

— Não quero uma caverna sobre rodas — comentou Zeke.

Keelie parou. Precisou refletir sobre aquele último comentário. O pai realmente quisera dizer aquilo? Os anões gostavam da Terra. Será que o interior da Winnebago de Sir Davey parecia uma caverna? Ela fitou a motocasa, louca para dar uma espiada dentro.

— Ele tem trailers em oferta em Forest Glades, com todas as regalias modernas — insistiu o anão.

O pai de Keelie ergueu as mãos, rendendo-se e, em seguida, olhou de soslaio para a menina.

— Vamos conversar sobre isso no caminho.

A filha foi até ele e lhe deu um beijo no rosto.

— Valeu, pai.

Janice buzinou, e Raven se inclinou para fora da janela a fim de acenar enquanto a mãe dirigia.

Keelie retribuiu o aceno.

Sir Davey colocou três caixas da menina em sua motocasa, e ela notou que ele estava com os olhos marejados.

— A gente se encontra no Festival — comentou a garota, inclinando-se de novo para beijá-lo na face.

O anão sorriu.

— Cuide-se e cuide do seu pai. Zeke também lamenta a morte de sua mãe. Ele a amava, e não deixe que ninguém, como alguns elfos arrogantes que eu conheço, diga para você que não foi assim.

— Sir Davey, foi neste trailer que ele e minha mãe moraram quando eu era pequena?

Ele anuiu.

— É por isso que seu pai está com dificuldade de se desfazer dele. Sua mãe adorava o enfeite de biscoito de gengibre.

Sir Davey entrou na Winnebago, ligou o motor e partiu.

Keelie contemplou o trailer esquisito de Zeke. Observou-o trancar a porta de trás e sorriu. Ela já morara naquele chalé com a mãe e o pai, como uma família. Podia continuar a fazê-lo por mais um tempo.

— Ei, pai, então o que podemos fazer para aumentar este chalé ambulante?

Sua recompensa foi um sorriso e uma expressão de alívio. *Eu poderia tê-lo convencido a comprar uma Winnebago*, pensou a filha, olhando para o pai. *Quase consegui o trailer novo.*

Zeke aproximou-se dela.

— Eu tenho uma coisa para você. Lembra quando pediu que eu guardasse? — Ele pegou um galho de álamo na parte de trás do veículo. — Achei quando Scott estava fazendo as malas. Sobrou quando fizemos a cadeira.

Ela agradeceu. O graveto fino estava seco e inútil, porém Keelie tinha algo em mente. Era perfeito para o experimento no qual pensava.

— Pai, preciso de uns minutinhos.

Ele assentiu.

— Estarei aqui.

Keelie rumou, depressa, para o prado. A cratera provocada pela descarga do raio fora fechada pela administração, o que deixara um enorme remendo na grama. Ela foi até a parte central da área marrom-escura, tão estranha em meio a todo aquele verde. Sentiu as árvores observando-a, bem como os outros habitantes da floresta. Meteu o graveto na terra, afundando-o o bastante para que ficasse à altura de sua coxa.

— Hrok, trouxe uma companheira. Espero. — Com uma das mãos ela segurou o graveto sem vida e, com a outra, o coração chamuscado, o qual levava pendurado no pescoço. Sean lhe dera uma nova corrente ao se despedir antes de ir embora. Ele a beijara e lhe dissera para manter o beijo no fundo do coração até se encontrarem de novo.

Keelie pensou no sacrifício da rainha Álamo. Será que a soberana atraíra o tornado e o relâmpago para si?

O coração da árvore esquentou em sua mão. A garota atraiu a energia até o braço. Fazia-o cada vez com mais facilidade. A mão que segurava o graveto formigou conforme a energia geradora de vida passou chiando por ela em direção ao ramo e ao solo. A terra ao redor do graveto moveu-se, e surgiram centenas de brotos enrolados, que se estenderam, formando grama.

Keelie ficou decepcionada. Queria que o graveto criasse raízes e se tornasse um companheiro para Hrok, um fragmento ressuscitado da rainha Álamo. Ao menos a garota tornara aquela área mais verde. O remendo de terra parecia uma crosta de joelho, feio e penoso de ver.

Ela saiu dali e parou para afagar a casca do tronco de Hrok. *Tchau, meu amigo. A gente se encontra no ano que vem.*

Até mais ver, Keliel que Fala com Árvores. Que seus anéis de idade sempre aumentem.

Keelie sentiu a presença do álamo em sua mente, a energia da seiva, os galhos voltados para o sol e o farfalhar das folhas em meio à brisa. E, ao redor dele, dos demais da floresta. E, de mais um, embora não um novo rebento. Ela se virou e ficou boquiaberta. Uma folhinha brotara da ponta do graveto.

O ramo da rainha Álamo vivia.

Quando filha e pai saíam do Colorado, ela viu a loja Tatuagens e Piercings Corporais do Tio Harry Mac, com seu letreiro luminoso de neon ofuscado pelo crepúsculo.

Keelie podia ser metade fada, mas a garota californiana filha de Katherine não se esquecera do piercing no umbigo.

Devia haver uma loja de tatuagem e piercing perto da área do festival em Nova York, e ela faria todo o possível para encontrá-la.

FIM